经济管理应用型系列教材

U0095435

宏观经济学

王 旗 主 编

罗 军 杨学琴 副主编

Macroeconomics

北京师范大学出版集团
BEIJING NORMAL UNIVERSITY PUBLISHING GROUP
北京师范大学出版社

图书在版编目(CIP)数据

宏观经济学／王旗主编.—北京：北京师范大学出版社，
2011.1
ISBN 978-7-303-12004-8

Ⅰ.①宏… Ⅱ.①王… Ⅲ.①宏观经济学－高等学校－
教材 Ⅳ.① F015

中国版本图书馆 CIP 数据核字（2010）第 260340 号

营 销 中 心 电 话　　010-58802181 58808006
北师大出版社高等教育分社网　http://gaojiao.bnup.com.cn
电 子 信 箱　　beishida168@126.com

出版发行：北京师范大学出版社 www.bnup.com.cn
　　　　　北京新街口外大街 19 号
　　　　　邮政编码：100875
印　　刷：北京中印联印务有限公司
经　　销：全国新华书店
开　　本：170 mm × 230 mm
印　　张：16
字　　数：245 千字
版　　次：2011 年 1 月第 1 版
印　　次：2011 年 1 月第 1 次印刷
定　　价：25.00 元

策划编辑：咸 平 戴 轶　　责任编辑：戴 轶
美术编辑：毛 佳　　　　　装帧设计：毛 佳
责任校对：李 菡　　　　　责任印制：李 啸

版权所有　侵权必究

反盗版、侵权举报电话：010-58800697
北京读者服务部电话：010-58808104
外埠邮购电话：010-58808083
本书如有印装质量问题，请与印制管理部联系调换。
印制管理部电话：010-58800825

编写指导委员会

主　任：熊　斌
副主任：章国兴　杨选成
成　员：熊　斌　夏子贵　章国兴
　　　　杨选成　初玉岗　谭志惠

内容简介

　　本书是西方经济学的宏观部分，主要面向国内应用型高校财经和管理类大学本科学生。全书共十一章，从宏观经济学的产生和发展入手，围绕现当代宏观经济理论最核心的概念 GDP 而展开，深入讲解了各种宏观经济理论模型，介绍了宏观经济调控工具和手段，并结合当今经济全球化的趋势对国际宏观经济理论作了引入式讲解。各章的开头和结尾有编者精选的案例和延伸阅读资料，可以培养学生的学习兴趣，并拓宽学生的知识面。

前　言

　　经济学是各种经济管理专业的基础性学科。它揭示各种重要经济现象的本质和规律，帮助人们用更广阔、更深刻的眼光去处理各种经济事物。在以经济建设为中心的时代，学习经济学具有特别重要的意义。现代西方经济学是在成熟市场经济中产生的，其中包含不少对发达市场经济现象的概括和总结，对于中国社会主义现代化建设有着重要的参考价值。

　　本书是西方经济学的宏观部分。西方经济学属于理论经济学，其中有较多抽象的理论概括和数学模型。现有西方经济学教材所面向的读者主要是国内重点公办院校学生，其语言抽象，内容深度较大，理论性较强而实践性不足。非重点院校学生的数学基础和抽象思维能力不足，普遍感觉难于理解。这些院校的人才培养目标是技术型和应用型人才，现有教材没有充分体现这种目标。针对现有教材的不足，本书设计了如下特点：

　　（1）实行案例在先的导入方式。考虑到非重点高校学生现有的知识基础和兴趣爱好，本教材各章都首先安排一个趣味性较强的典型案例，以增强对学生的启发性和吸引力。

　　（2）突出教材的可读性和实用性。本书在语言上注重通俗易懂而不片面追求学术色彩；在难度上充分考虑了非重点高校大多数学生的接受能力，删掉了一些难度较大的分析、论证和推导过程；在内容取舍上注重了知识的应用价值，简化了一些较为陈旧的原理，充实了一些现代经济学的新成果。

　　（3）在习题设置上兼顾普及和提高的需要。近年非重点学院学生考研渐成热点，本书习题的安排和选编在兼顾非重点院校学生实际的同时，充分照顾计划考研学生的需要。

本书适用于国内各类非重点院校中的经济学和管理学专业，包括财政、金融、商业、旅游、国际经贸、会计、审计、企业管理和公共管理等专业。这类院校其他专业需要了解经济学基础知识的学生，以及政府机关和企事业单位有志于经济学学习的人士也适宜阅读本书。

本书编写分工如下：

第 1 章　　　　初玉岗、蒋奉君

第 2、3 章　　　钟滨、罗军

第 4 章　　　　杨学琴

第 5 章　　　　徐德富

第 6、7 章　　　刘星海

第 8 章　　　　罗军

第 9 章　　　　吴敏

第 10 章　　　　杨小东

第 11 章　　　　岳茜玫

全书的延伸阅读资料由王旗摘编。本书在编写过程中主要参考了高鸿业、梁小民、许纯祯、李翀、李尚红、张树安等学者的有关教材。西南大学育才学院各位领导及教务处有关同志等都对本书的编写给予了积极支持。北京师范大学出版社戴轶编辑在文字处理上付出了辛勤劳动，在此一并表示衷心感谢。

囿于知识水平和教学经验，本书难免存在一些疏漏、差错和处理不当等问题，如本书后部分国际经济相关内容还有进一步优化的空间。经济学是一门发展和更新较快的科学，本书今后肯定有修改补充之必要。我们在此恳请使用和阅读本书的各界人士提出宝贵意见，以便在今后修订时参考采纳。

编者

2011 年 1 月于重庆

目 录

1

第 10 章　国际金融 /185

第1章 导 论

【案例导入】

宏观经济学的奠基人——约翰·梅纳德·凯恩斯

约翰·梅纳德·凯恩斯(John Maynard Keynes，1883—1946)，英国经济学家。

凯恩斯的父亲约翰·内维尔·凯恩斯曾在剑桥大学任哲学和政治经济学讲师，母亲弗洛朗斯阿达·布朗是一位成功的作家和社会改革先驱。凯恩斯7岁进入波斯学校，2年后进入圣菲斯学院的预科班。几年以后他的天才渐渐显露，并于1894年以全班第一的优异成绩毕业，获得他的第一个数学奖。1895年，他考取伊顿公学，并于1899年和1900年连续两次获数学大奖。他以数学、历史和英语三项第一的成绩毕业。1902年，他成功考取剑桥国王学院(剑桥大学)并获得奖学金。

1902年他进入剑桥大学学数学，后师从马歇尔学经济学，深受马歇尔的赏识。1906—1908年在印度事务部任职。1908年起在剑桥大学任教。1912—1946年任《经济学》杂志主编。1913—1914年任皇家印度财政和货币委员会委员。1915—1919年任英国财政部顾问。1919年作为财政部的首席顾问出席巴黎和会，同年因写《和平的经济后果》而驰名。1941年起任英格兰银行董事。1942年被封为蒂尔顿男爵。1944年出席布雷顿森林会议。他长期从货币数量的变化来解释经济现象的变动，主张实行管理通货以稳定经济。1929—1933年世界经济危机后提出了失业和经济危机的原因是有效需求不足的理论，鼓吹国家全面调节经济生活。他的经济学说在西方国家有广泛影响，被称为"凯恩斯主义"。

凯恩斯发表于1936年的主要作品《就业、利息和货币通论》引起了经济学界的革命。这部作品对人们对经济学和政权在社会生活中作用的看法产生了深远的影响。凯恩斯发展了关于生产和就业水平的一般理论，其具有革命性的理论主要有：

关于存在非自愿失业条件下的均衡——在有效需求处于一定水平上的时候，失业是可能的。与古典经济学派相反，他认为单纯的价格机制无法解决失业问题。

引入不稳定和预期性，建立了流动性偏好倾向基础上的货币理论——投资边际效率概念的引入推翻了萨伊定律和存款与投资之间的因果关系。

他的这些思想为政府干涉经济以摆脱经济萧条和防止经济过热提供了理论依据，成就了宏观经济学的基本思想。凯恩斯一生对经济学做出了极大的贡献，曾被誉为资本主义的"救星"、"战后繁荣之父"。他曾经说过的"那些认为自己完全不受任何知识影响的实干家，通常是某位已故经济学家的奴隶"这句话，一直激励着青年人去学习和探索经济学。

1.1 宏观经济学的形成与发展

所谓宏观经济就是指一定范围的经济总体及其总体运行，其外延包括整个国民经济总体、地区经济总体、城市经济总体、县、区经济总体以及乡、镇经济总体等。

宏观经济学的产生和发展大致可以分为四个阶段：17 世纪中期到 19 世纪中期为早期准备阶段或称萌芽阶段；19 世纪末到 20 世纪 30 年代为现代宏观经济学产生的准备阶段；1936 年到 20 世纪 60 年代为现代宏观经济学的产生和发展阶段；20 世纪 60 年代至今是现代宏观经济学进一步发展和演变的时期。

1.1.1 宏观经济学的萌芽阶段

经济学家早在 17 世纪中期就开始研究长期经济增长、通货膨胀和国际收支问题，可见，古典经济学自产生起就有对经济进行宏观分析。例如，亚当·斯密提出了国民财富的基本概念，重农学派关于社会总资本再生产与流通的探索，李嘉图对于国民财富增长和物价水平进行了分析研究，等等，都是以整个国民经济活动为研究对象。虽然这些宏观经济问题研究是和微观经济问题研究结合在一起的，但一些重要的成果，诸如亚当·斯密的经济自由主义理论，李嘉图的货币数量论，亚当·斯密、李嘉图和约翰·穆勒的经济增长论和国际分工论，萨伊定律以及马尔萨斯和西斯蒙蒂的经济危机理论等，都对现代宏观经济学的产生和发展有重大的影响。

1.1.2 宏观经济学的准备阶段

19 世纪中期到 19 世纪末，资本主义经济发展处于一个相对平稳的时期。

虽然这一时期经济发生了剧烈波动，失业问题也十分严重，但这些问题还未达到影响资本主义生存的地步，因而经济学家将充分就业作为经济研究的前提，致力于研究资源配置问题。这一时期微观经济研究取得了进展，而宏观经济并未引起经济学家的重视。直到 20 世纪初，随着经济危机问题日益突出，宏观经济学对于经济波动和周期的研究才趋于活跃。对现代宏观经济学形成和发展比较有影响的理论有维克赛尔的累积过程理论，瑞典学派的动态均衡理论，熊彼特的经济发展和周期理论，美英经济学家的货币数量理论，美国经济学家的国民收入理论以及伦敦学派的经济学说等。

20 世纪初至 20 世纪 30 年代，经济学家关于宏观经济问题的研究都是围绕如何解释和解决经济危机这一社会经济问题而展开的。围绕这一问题，许多经济学家提出了一些新的理论以及研究经济的新方法，为现代宏观经济学的产生做了一定的准备，但这些研究仅限于对货币数量和利率水平的分析，而未涉及国民收入水平的决定问题，对于当时日益严重的经济大萧条毫无建树。

1.1.3　宏观经济学的形成阶段

宏观经济学形成一个相对独立的理论体系，是从英国经济学家凯恩斯1936 年出版的《就业、利息和货币通论》一书开始的。在凯恩斯之前，经济学的研究基本都集中在微观领域，但也有不少经济学家涉足了总产量、就业、利息、工资等宏观经济问题，被称为宏观经济学的古典学派。古典经济学家普遍认为，在一个社会中，生产是起决定性作用的，供给决定需求，因此生产什么是社会经济的主要问题。在市场经济条件下，生产什么通常是由企业决定的，这是个体经济单位的行为，因此，经济运行的关键在于微观领域。

在这个基础上，社会生活中的经济波动仅仅是局部的、暂时的现象，当供求关系失衡时，市场可以通过价格、工资等因素的变动使经济自动地回到由供给决定的自然水平，从而不会出现大规模的失业，因此，政府没有必要对经济进行干预。

20 世纪 30 年代的经济大萧条使古典经济理论受到了挑战。按照古典理论，价格、工资等都是有伸缩性的，经济活动有其内在的调节机制，经济大萧条是不可能产生的。那么，是什么原因造成了大萧条呢？为回答这个问题，凯恩斯的理论应运而生。凯恩斯从社会总需求入手，寻找经济大萧条产生的原因，因此凯恩斯的理论一开始就是从宏观经济层面上展开的。凯恩斯理论的核心是有效需求，也就是目前众多宏观经济教材所指的总需求。凯恩斯认为，由于市场机制本身存在着某种缺陷（如价格、工资刚性），供给并不一定就能创造需求，而总需求是起决定性作用的，它决定着国民收入的波动。总需求的大小又主要取决于三个心理因素，即"边际消费倾向"、"资本的预期收益"和"流动性偏好"。如果人们对未来预期产生悲观情绪，或者说这些心理因素发生了不正常波动，就会影响人们的经济行为，从而导致总需求不足。在总需求不足又不能通过市场机制来调节的情况下，国民经济就会偏离充分就业的自然水平，从而导致经济的波动。他还认为，尽管在长期内，国民经济受价格机制的作用有回到自然水平的趋势，但这个过程是相当缓慢的，而且谈论长期是没有意义的，因为"在长期，我们都会死去"。这样，凯恩斯提供了一个对大萧条的理论解释，也产生了以研究总需求为核心内容的宏观经济理论。

1.1.4 新古典学派与新凯恩斯学派的争论

从 20 世纪 70 年代开始，发达国家出现的"滞胀"(Stagflation)，即失业和通货膨胀并发的现象，严重地动摇了凯恩斯主义的统治地位。凯恩斯的宏观经济理论既不能在理论上对这个现象进行令人信服的解释，又不能在实践上提出有效的政策措施，其内在合理性和可解释性遭遇到了根本性的挑战，因而受到了许多经济学家的质疑，其中以货币主义(Monetarists)和理性预期(Rational Expectations)学派的影响最大。货币主义以弗里德曼(M. Friedman)为代表，理性预期学派则以卢卡斯(R. Lucas)为代表。理性预期学派认为，在理性预期下，市场能够自动出清，政府对经济的干预是没有必要的，这又回到了古典学派的观点。另外，凯恩斯理论也在不断地发展，在吸取了理性预期学派的某些研究成果后，出现了新凯恩斯经济学(New Keynesian Economics)。目前，宏观经济学的争论主要在新古典学派和新凯恩斯学派两大学派之间展开，这实际上就是过去古典学派和凯恩斯学派之争的延续，其争论的内容主要集中在以下两个方面。

1. 市场机制的有效性

市场机制是否有效的核心是价格、工资是否具备充分伸缩性。如果价格、工资具有完全伸缩性，市场就会通过自我调节达到出清状态；如果工资和价格缺乏伸缩性，情况就会相反。新古典学派从理性预期出发，对价格、工资的伸缩性作了新的解释。他们认为，人们的预期不是被动地重复过去，而是主动的、有理性的，人们能够利用现有的一切信息形成理性预期并指导自己的行动。由于理性预期的存在，价格、工资就具备完全伸缩性，市场是能够出清的。

新凯恩斯学派则认为，即使理性预期存在，价格、工资的刚性仍然是一种普遍的现象，从而导致市场不能出清。例如，工资合同的期限一般是 2～3 年，在这期间不论外界有什么变化，工资合同的工资率是不能变更的，因此工资实际上并不具备充分的伸缩性。价格也在不同程度上存在着这种情况。商店里的商品牌价就具有相对稳定性，不可能时时刻刻发生变动，因为变动商品牌价是有成本的。单个商品中的这种价格相对稳定现象虽然对个别决策行为没有太大的影响，但是反映在宏观层面上就会积少成多，导致价格刚性。

2. 政府干预的必要性

有什么样的经济理论就有什么样的政策主张。古典学派认为价格、工资具备充分伸缩性，市场能够自动出清，因此政府干预经济是没有必要的。货币主义的基本观点是，在长期中，实际总产量和就业水平是由实际变量决定的，与货币因素无关；而在短期中，货币决定着总产量与就业水平的波动。因此，稳定货币就是稳定经济，政府的财政政策是无效的。而理性预期学派相信，由于理性预期的存在，政府的政策有可能事先被人们预料到，人们会做出相应的对策从而使政策失效，这也就是我们通常所说的"上有政策，下有对策"。因此，货币主义和理性预期学派都不主张政府对经济进行干预，不过，货币主义主张政府的任务就是保持货币供应量的稳定，而理性预期学派则认为任何形式的政府干预都是没有意义的。新古典学派还认为，最好的政策工具不是"最优控制"，而是一种博弈，在博弈的情况下，政府要保证政策的连贯性，否则良好的愿望可能导致灾难性的后果。而新凯恩斯学派则认为，由于市场机制本身存在着缺陷，市场出清只是一种理想状态，因此政府要担起市场出清的任务，政府对经济进行干预是必要的。

1.2 宏观经济学的研究对象与研究方法

1.2.1 宏观经济学的研究对象

宏观经济学是相对微观经济学而言的。微观经济学研究的是经济活动个体决策者的行为及其后果，例如，消费者如何购买以实现最大效用，厂商如何生产以实现最大利润等。而宏观经济学研究的则是社会总体的经济行为及其后果，即对经济运行的整体（包括整个社会的产量、收入、价格水平和就业水平）进行分析。例如，经济波动及与此相联系的就业与失业问题，价格水平及与此相联系的通胀、经济增长问题。可见，微观经济学研究的是森林中的树木，而宏观经济学研究的则是森林的整体。

具体来说，宏观经济学就是要研究怎样使总产出达到最大值，即潜在水平或充分就业水平；怎样减少失业，实现劳动的充分就业；怎样降低通货膨胀，实现物价稳定；怎样在开放经济条件下兼顾国内目标和改善国际收支目标等。

任何一个国家宏观经济运行的情况都可以通过一些指标加以测度，就像一个人的身体健康状况可以通过体温、血压等指标加以测度一样。测度宏观经济运行情况的重要指标有国民收入及其增长率、失业率、物价水平及其变动率。其他比较重要的指标还有政府财政预算赤字及贸易赤字和盈余的变动率、利率和汇率的变动等。这些变量之间有没有内在联系，一个变量的变动是否会引起另一个变量变动以及在多大程度上相互联系，这些都属于宏观经济学研究的问题。总的来说，如果微观经济学由于以价格为中心而被称为价格理论，那么宏观经济学则可以因为以国民收入为中心而被称为收入理论。

1.2.2　宏观经济学的研究方法

在宏观经济研究中，除微观经济研究常采用的均衡分析、静态分析、动态分析等方法外，还常采用总量分析法。现将宏观经济学常用研究方法简单介绍如下。

1. 总量分析法

由于宏观经济学研究社会总体经济行为，因而不能像微观经济学那样运用个量分析方法，而要用总量分析方法。例如，宏观经济学在研究价格时，不是研究某一产品价格如何由其供求决定，而是研究社会物价总水平如何由总需求和总供给以及其他总量因素来决定。

但是，在使用总量分析时要注意总量和个量之间的关系：

一是有的总量变化可以从微观分析的个量中直接加总（一般是加权平均加总）而得到，例如，每个人的消费支出加总就构成了整个社会的消费总支出，每个人的消费支出与其收入成比例，才有总量消费函数；每个厂商的投资支出加总就构成全社会的总投资，每个厂商的投资随利率变化而变化，就有了总量投资函数。

二是有时微观经济分析的一些个体变量虽然可以加总，但这种加总达不到研究整个社会经济行为的目的。例如，降低工资对每个厂商来说可以降低成本、增加利润，从而增加生产并增加雇佣工人数，但我们却不能从每个厂商降低工资的加总中得出整个社会能增加生产和就业的结论。因为如果每个厂商都降低工资则工人的消费支出会下降，并使总需求下降，从而导致整个社会的生产和就业下降。这是由于除了经济个体与经济总体所追求的目标不同外，而且某些行为对经济个体之所以正确或真实，是因为假定其他情况不变，即假定某一经济个体的经济行为对其他个体不产生影响，但宏观经济分析的是经济总体即所有经济个体，所以不能再假定其他同一类别的个量不变。

三是有时一些微观经济个体的行为根本不能直接加总。例如，当一个经济社会的经济景气发生变化时，各个厂商对经济的预期可能不一样，有的预期经济将会景气，则投资意向强烈，投资需求旺盛，有的预期经济将会不景气，则投资意向降低，投资支出下降。在这种情况下，难以通过将各个厂商的投资直接加总而得出总投资会增加或减少的结论。

2. 实证分析方法与规范分析方法

（1）实证分析（Positive Analysis）方法

实证分析方法研究经济现象是什么，即是对客观事物的状况以及客观事物之间的关系是什么的真实性陈述，是指对经济现象、经济行为或经济活动及其发展规律进行客观分析，得出一些规律性的结论。

（2）规范分析（Normative Analysis）方法

规范分析方法的哲学基础始于库恩的规范理论，强调科学及其发展是与价值观密切相关的，在科学研究中不可能没有价值观。可见，规范分析是以一定的价值判断为基础，提出一些分析和处理问题的标准，作为决策的前提和制定政策的依据。例如，采用什么样的财税政策以有利于缩小贫富差距、提高低收入群体的生活水平，政府应采取什么样的宏观手段抑制涨速过快的房价以提高"房权"的"幸福指数"等就属于宏观经济学规范分析。

3. 均衡分析法

经济均衡是指经济体系中各种力量处于平衡时的状态。均衡分析法就是研究各种经济变量如何趋于平衡的方法。马歇尔在其《经济学原理》中曾经借用机械力学的研究方法来说明经济的均衡，通过作用和反作用的力量来说明均衡与均衡的形成及其变化。因此可以说，均衡分析法主要研究的是各种经济力量达到均衡所需要的条件和均衡实现稳定的条件。虽然由于影响均衡的条件经常发生变动，以致均衡难以达到，但在假定其他条件不变时，研究各种力量的均衡方向，仍然是极为有用的。均衡分析法通常有两种：局部均衡法和一般均衡法。

4. 静态、比较静态和动态分析方法

（1）静态分析方法

静态分析方法是指抽象掉了时间因素和变化过程而静止地分析问题的方法。它主要致力于说明什么是均衡状态和均衡状态所要达到的条件，而不管达到均衡的过程和取得均衡所需要的时间。当已知条件发生变化以后，均衡状态会由一种状态转化到另一种状态。

（2）比较静态分析方法

如果只着眼于前后两个均衡状态的比较，而不考虑均衡点的移动过程和经济变化中的时间延滞，则被称为比较静态分析方法。

（3）动态分析方法

动态分析方法是指对经济体系变化运动的数量进行研究，通过引进时间的因素来分析经济事件从前到后的变化和调整过程。由此可以看出，是否考虑经济数量在时间上的变化是静态分析和动态分析的根本区别。

此外，宏观经济学中同样有短期分析与长期分析，也大量应用在微观经济分析中应用过的边际分析法。

1.3 宏观经济学的入门概念

经济学以晦涩难懂而著称，常有学生将其与微积分相提并论，故而不少学生"入得宝山空手而归"。为避免重演这尴尬历史，在此郑重提醒读者理解并掌握以下概念。

1.3.1 国内生产总值与国民生产总值

国内生产总值（Gross Domestic Product，GDP），是指一定时期内（通常是一年）一国境内所生产的全部最终产品和服务的价格总和。这里的"最终产品和服务"指的是由最终使用者购买的产品和服务，而不被用作投入品以生产其他产品和服务。

与国内生产总值十分相似的概念是国民生产总值(Gross National Product，GNP)，是指一国公民在一定时期内所得到的收入价值的总和。在一个封闭经济中(即与其他国家不发生任何贸易往来和资本流动)，国内生产总值与国民生产总值的值是相等的。但在实际情况下，这两个值通常是有出入的。因为在大多数国家里，总有部分国内产值为外国公民所有，而外国的部分产值又是本国公民的收入。

这里又需提及另一个概念——净要素支付(Net Factor Payments，NFP)，它等于本国公民的国外收入减去外国公民在本国的收入。它衡量的正是国内生产总值与国民生产总值之间的差异，即：

$$GNP-GDP=NFP$$

当在国外投入生产的本国生产要素所获取的收入大于在国内投资生产的外国生产要素所获取的收入，即当 NFP 为正数时，GNP＞GDP；反之，当 NFP 为负数时，GNP＜GDP。

1.3.2　名义量与实际量

以上对 GDP 和 GNP 的讨论是基于名义价值基础上的，也就是以现时的货币价值作为衡量产品和服务价值量的标准。然而，由于在实际经济生活中的货币价值通常是不稳定的，因而这种名义价值往往并不具备可比性。当存在通货膨胀或是通货紧缩时，就必须将所看到的名义量及其所蕴涵的实际量区分开来。

如何将 GDP 的名义量修正为实际量？其实只需剔除名义 GDP 中的价格变化因素即可。计算实际 GDP 的公式为：

$$实际\,GDP = \frac{名义\,GDP}{价格水平} \times 100\%$$

1.3.3　存量与流量

为深入了解一个国家的经济情况，我们必须区分存量和流量。

存量(Stock)是指某一经济量在某一个时间点上存在的量，它只能在某个时点上衡量，即它的定量没有时间范围，如资本存量。浴缸中的水量是存量，你所拥有的书籍量和你银行卡上的货币量也是存量。流量(Flow)是指某一经济变量在一定时间单位内的量，它只能在一定时期内衡量，定量要有时间范围,如国民收入、投资、消费等。从打开的水龙头流到浴缸中的水量是流量。我们在一个月内所买的书籍量和我们在一个月里赚到的收入量也是流量。宏观经济学的重要概念之一国内生产总值就是一个流量,它是一个国家在一个既定时期内生产的物品与劳务的价值。

1.3.4 名义利率与实际利率

利率是宏观经济的一个重要概念。它是借贷期内所形成的利息额与所贷资金额的比率。它反映了利息水平的高低。我们现实生活中的利率都是以某种具体形式存在的。

在通货膨胀、物价上涨的经济环境里,利率便有了名义利率和实际利率的区别。名义利率(Nominal Interest Rate)是以名义货币表示的利率。实际利率(Real Interest Rate)是名义利率剔除了预期通货膨胀以后的真实利率。

名义利率与实际利率的关系可以用公式表达:

$$1+R_n=(1+R_r)(1+P_e)$$

其中,R_n 为名义利率,R_r 为实际利率,P_e 为预期通货膨胀率。这一公式被称为费雪方程式,一般 $R_r \cdot P_e$ 很小,因此整理可得出名义利率与实际利率之间的换算公式为:$R_n=R_r+P_e$。这就是人们通常所说的费雪效应。

不过,我们通常认为,实际利率等于名义利率减去通货膨胀率。因此二者的关系可近似表示为:

$$R_r=R_n-P_e$$

1.3.5 通货膨胀率

通货膨胀率(Inflation Rate)是指从一个时期到另一个时期一般价格水平变动的百分比,它反映的是一般价格水平在一定时期内(如一个月、一季度、一年等)的上升速度。以气球来类比,若其体积大小为一般价格水平,则通货膨胀率为气球膨胀速度。

在实际中,一般不直接计算通货膨胀,而是通过价格指数的增长率来间接表示通货膨胀。价格指数可以分别采用消费者价格指数(Consumer Price Index)、生产者价格指数(Producer Price Index)、GNP 折算价格指数(GNP Deflator)。由于消费者价格是反映商品经过流通各环节形成的最终价格,它全面地反映了商品流通对货币的需要量,因此,消费者价格指数是最能充分、全面反映通货膨胀率的价格指数。目前，世界各国基本上都采用消费者价格指数（我国称居民消费价格指数），即 CPI 来反映通货膨胀的程度，其公式如下：

$$CPI = \frac{商品按当期价格计算的价值}{商品按基期价格计算的价值} \times 100\%$$

通货膨胀率一般通过物价指数来计算，其计算公式为：

$$通货膨胀率 = \frac{本期价格指数 - 基期价格指数}{基期价格指数} \times 100\%$$

注意，上式中，通货膨胀率不是价格指数，即不是价格的上升率，而是价格指数的上升率。

1.3.6　失业率

失业率(Unemployment Rate)是指失业人口占全部劳动人口的百分比，是反映一个国家或地区失业状况的主要指标，也是反映一国或地区的经济状况的重要指标。

各国失业率的计算都有明确的规定，例如在美国，凡年满 16 周岁、愿意工作而没有工作的所有人都算作失业人口；而有的国家则只把领取失业救济金的人算作失业者。因此，各国的失业率统计数字并不具备完全可比性。失业率的计算公式为：

$$失业率 = \frac{失业人数}{劳动力总人数} \times 100\%$$

一般来说，当一个国家的失业率较高时，说明这个国家的实体经济运行状况较差；反之，当失业率较低时，说明这个国家的实体经济运行状况良好。

但是，在某些西方发达国家，比如西班牙，国家统计的失业率非常高，有时甚至达到 20% 以上，但这些国家的经济没有一蹶不振。其中的原因在于，这些国家的社会保障非常完善，从而使许多失业者并不急于寻找新的工作；同时也有相当多的一部分人是"故意"失业，一方面可以领取高额的失业补助金；另一方面，自己再偷偷找一份工作，从事地下经济活动。

【延伸阅读】

宏观经济学与微观经济学的关系及宏观经济学在中国的运用

一、宏观经济学与微观经济学的关系

经济学是研究经济行为和经济运行规律的学问。经济活动是一个有机的整体，经济学本来没有宏观和微观的划分，这从经济学说史发展的轨迹可以看得很清楚。例如，在古典学派和重农学派那里，威廉·配第、亚当·斯密和大卫·李嘉图不仅研究了国民收入、国民财富、货币流通总量等问题，而且也研究了微观经济学领域的价值和分配问题，即使是魁奈，也对微观经济学领域内的"纯产品"问题进行过细致的讨论。只是到了后来，随着分工的发展，为了研究的方便和深入，才出现了宏观经济学和微观经济学的划分。对此，正如我国经济学家樊纲（1997）指出的，"经济学发展史的最初阶段上，理论是十分综合的，但也正因如此，最初阶段的经济学是较为幼稚的；经济学分支的发展，是一种进步；正是这种分工为理论的深入和这深入之后更高级的综合，提供了新的基础。"

微观的英文是 micro，原意是"小"。微观经济学是以单个经济单位为研究对象，通过研究单个经济单位的经济行为和相应的经济变量单项数值的决定来说明价格机制如何解决社会的资源配置问题。宏观的英文是 macro，原意是"大"。宏观经济学是以整个国民经济为研究对象，通过研究经济总量的决定及其变化来说明社会资源的充分利用问题。

两者的区别是明显的，主要表现在：

(1)研究对象不同。微观经济学的研究对象是单个经济单位，如家庭、厂商等。正如美国经济学家 J. 亨德逊（J. Henderson）所说，"居民户和厂商这种单个单位的最优化行为奠定了微观经济学的基础"。而宏观经济学的研究对象则是整个经济，研究整个经济的运行方式与规律，从总量上分析经济问题。正如萨缪尔森所说，宏观经济学是"根据产量、收入、价格水平和失业来分析整个经济行为"。美国经济学家 E. 夏皮罗（E. Shapiro）则强调了"宏观经济学考察国民经济作为一个整体的功能"。

(2)解决的问题不同。微观经济学要解决的是资源配置问题，即生产什么、如何生产和为谁生产的问题，以实现个体效益的最大化。宏观经济学则把资源配置作为既定的前提，研究社会范围内的资源利用问题，以实现社会福利的最大化。

(3)研究方法不同。微观经济学的研究方法是个量分析，即研究经济变量的单项数值如何决定。而宏观经济学的研究方法则是总量分析，即对能够反映整个经济运行情况的经济变量的决定、变动及其相互关系进行分析。这些总量包括两类：一类是个量的总和；另一类是平均量。因此，宏观经济学又称为"总量经济学"。

(4)基本假设不同。微观经济学的基本假设是市场出清、完全理性、充分信息，认为"看不见的手"能自由调节实现资源配置的最优化。宏观经济学则假定市场机制是不完善的，政府有能力调节经济，通过"看得见的手"纠正市场机制的缺陷。

(5)中心理论和基本内容不同。微观经济学的中心理论是价格理论，还包括消费者行为理论、生产理论、分配理论、一般均衡理论、市场理论、产权理论、福利经济学、管理理论等。宏观经济学的中心理论则是国民收入决定理论，还包括失业与通货膨胀理论、经济周期与经济增长理论、开放经济理论等。

微观经济学和宏观经济学虽然有明显的区别，但作为经济学的不同分支，共同点也是明显的：只是从不同角度对经济现象进行的分析，采用的都是实证分析法，即都把社会经济制度作为既定的，不涉及制度因素对经济的影响，从而与制度经济学区分开来。另外，微观经济学先于宏观经济学产生，发展得比较成熟，因而是宏观经济学的基础；两者互相补充，互相渗透，共同组成了经济学的基本原理。

关于宏观经济学的微观基础，一直是激烈争论的问题。宏观经济理论，无论是凯恩斯主义还是货币主义，都把微观经济理论所探讨和得出的某些原理当作既定的前提加以接受，诸如价值形成问题、收入分配的依据问题等并不包括在他们的理论之中。也就是说，宏观经济学一直缺乏自己的微观经济学基础。寻找微观基础一直是宏观经济理论研究者孜孜以求的工作。

(1)对于凯恩斯宏观经济学的微观基础问题，主要有两种看法：萨缪尔森早就提出，用新古典经济学的微观理论，即边际效用价值论和边际生产力分配理论作为凯恩斯宏观经济学的微观基础，因而被称为"新古典综合派"；另外以卡尔多、琼·罗宾逊为首的凯恩斯主义者则认为，要从李嘉图的价值理论和分配理论中去寻找宏观经济学的微观基础，要承认价值本身有客观的、物质的基础，承认分配问题不能脱离特定历史条件和所有权因素来考察。凯恩斯经济学的微观基础问题，实际上是凯恩斯主义中两大分支——新古典综合派与新剑桥学派之争，这个争论还在继续进行。

(2)货币主义宏观经济理论的微观经济学基础问题，货币主义们尤其是所谓第二代通货膨胀研究者们对其进行了补充和发展。他们认为，人们的预期的形成与市场信息之间存在着密切的关系，而市场信息的获得不仅需要成本，而且难以充分获得。因此，只分析宏观经济学领域中货币流通总量和利息率水平，不分析微观经济学领域中人们对工资和价格的预期、市场信息的传递方式，显然是不够的。

(3)希克斯在宏观经济学和微观经济学的结合问题上走了一条独特的道路，既不同于凯恩斯主义，也不同于货币主义。早在20世纪30年代，他在《价值与资本》一书中就着手于二者结合的尝试。在他的理论中，微观理论和宏观理论是一致的。

宏观经济学是研究经济的总体行为、考察经济的总体趋势的学问，而经济的总体趋势是经济中数以百万计的单个经济个体的行为加总的结果，因此，宏观经济理论必须与构成经济的数以百万计的家庭和企业的微观基本行为相一致。为此，现代宏观经济学采取三个基本步骤：首先，试图从理论水平上理解单个家庭和企业的决策过程。他们假定经济中存在一个典型的或平均的家庭或企业，然后利用微观经济学的工具研究它们在各种不同的经济环境中怎样以及将要怎样行为。其次，宏观经济学家试图通过加总经济中个别家庭和企业的所有决定，来解释经济的整体行为。他们将典型家庭或企业的行为以某种适当的方法加以"复合"(multiplied)，把经济中的关键变量如价格、产量、消费量等加总，然后推导出整体数据间的各种不同关系，以图解释关键经济变量间的联系。最后，通过收集并分析实际宏观经济数据以赋予理论经验内容，验证理论的有效性。宏观经济学就是这样运用微观经济学理论来不断完善自己的理论体系的。

二、宏观经济学在中国的应用

宏观经济学普遍地引入中国已有近20多年的时间，其中经历了批判、部分吸收、全盘吸收、科学借鉴等曲折的过程。但是由于种种原因，西方经济学在中国的有用性以及如何运用等问题尚没有得到很好的解决。其间的原因主要有：首先，长期以来，中国的经济学一直以马克思经济学为唯一的理论基础，西方经济学作为"后来者"要被整个经济学界接受需要一个较长的过程。其次，中国长期以来实行的是以公有制为主体的计划经济，与西方经济学赖以产生和发展的以私有制为基础的市场经济有巨大的体制差异，改革以来虽然正在实现转轨，但这种体制变迁尚未完成，这样，西方经济学要在中国开花结果，还需要伴随体制"土壤"的转变和培植。再次，中国长期实行中央高度集权的社会体制，主要依靠行政命令管理经济，西方的经济自由主义因子的生长需要一个过程；即使是强调政府作用的凯恩斯宏观经济学，其干预的"度"的把握也不是一个简单的问题。因此，只有在对现代西方经济学整体掌握和精髓吸纳的前提下，才能谈到西方经济学在中国的全面发展。

关于西方经济学包括宏观经济学在中国是否有用，已没有什么可争论的。中国经济学要与国际范式接轨是大势所趋。至于有人提出建立所谓的经济学的中国流派，其实大可不必。因为西方经济学作为一门科学，面对的是人类一般的经济活动，且已经形成了较为完整的理论体系，没有国界之分，是人类共同的财富；对不同国家来说，只是研究的问题不同，运用的经济理论和研究范式可以相同，西方经济学作为有用的工具，完全可以拿来运用，没有必要另起炉灶。当然，直接运用不等于完全照搬，一定的修改和完善还是必要的。当前重要的不是要不要重建中国经济学流派的问题，而是要平心静气地学习和消化西方经济学理论精髓和学术传统的问题，重点实现思维方式和研究范式的转换。

目前在我国，对宏观经济学的认识和运用中存在一定的误区，值得引起高度的重视，主要表现在：

(1)把宏观经济学当成是"宏大的、包罗万象"的学问。这是一种误解。其实，正如樊纲教授所指出的，宏观经济学的研究范围并不大，从一定意义上来说，它是很小的、很"窄"的，只是经济学宏大体系中的一个组成部分；它不能说明许多问题，而只能说明经济生活中特定的一类或一组问题；更严格地说，它只是对复杂的、立体的经济问题和经济现象，从一个特定的侧面、特定的角度进行研究和解析。

(2)把一些微观经济学的问题"宏观化"了。例如企业效率问题、产业结构问题等本来属于微观领域的问题，但在我国，由于计划经济体制下企业的事、结构的事都由中央政府管，因此似乎是"宏观"的事。但从理论分工的角度看，并非如此。现代宏观经济学虽然也从家庭、企业等微观主体的行为入手分析宏观现象，但它实际上研究的是单个主体所面对的一类特定问题，如消费和储蓄行为、投资行为、就业行为等动态效率问题，而不是"成本最小化"的企业自身问题，或"结构瓶颈"之类的产业结构问题。

(3)把一些本属于增长理论、发展经济学研究的"长期问题"扯进了宏观经济学的范围。增长理论属于一种"长期理论"，它研究的是经济增长的长期趋势问题和何种长期增长率最优的问题。而宏观经济学是一种"短期理论"，它研究的是"短期波动"问题，而不是"长期增长"问题。与此相关的是"发展问题"。所谓发展问题其实是增长问题在发展中国家的特例，它比一般的增长问题更加具体，也更加综合，一般运用发展经济学进行解释。所谓发展经济学，就是在经济学各种基础理论的基础上具体应用于发展中国家的一套理论，不仅仅涉及宏观经济学。

（4）把一些制度经济学的问题与宏观经济学混淆了。我们知道，经济制度或经济体制在整个经济运行过程中具有最基础的地位，它决定着人们的经济行为，决定着经济变量之间的关系，决定着经济的长期发展和稳定。但是长期以来，经济学包括宏观经济学在内的研究，一般都把"制度"假定为既定的。制度经济学则不同，它是把"制度"因素本身作为研究对象而发展起来的现代经济学分支学科，它专门研究经济制度对人们经济行为的决定性作用(如科斯的产权理论)以及制度本身发展变迁的规律(如诺思的制度变迁理论)。当前进行的"经济改革"问题，显然属于制度经济学的范围，但常常被当作宏观经济学问题来谈论。把体制转轨、制度变迁之类的"长期的、动态的"问题当作只能解决"短期的波动"问题的宏观经济学问题，显然超出了宏观经济学之所能，是不恰当的。

总之，宏观经济学是在给定的经济制度条件下，在经济长期增长的背景下，研究某一较短时期内的由各经济主体的行为所决定的经济总量之间的关系，研究如何缩小经济波动、实现经济稳定增长的经济学分支学科。宏观经济学的研究范围其实是很窄的、很有限的，不过是研究如何解释经济波动和如何通过宏观政策来熨平经济波动的"窄"问题。这是我国经济理论界在吸收、借鉴和运用现代西方宏观经济学时已经出现并必须注意纠正的倾向。

资料来源：清华大学领导力培训网。

【思考与训练】

一、名词解释

宏观经济学　国内生产总值　国民生产总值　流量　存量　名义利率
实际利率　通货膨胀率　失业率

二、简答题

1. 简述宏观经济学的形成与发展。

2. 简要解释凯恩斯对宏观经济学所作出的贡献。

3. GDP 与 GNP 有什么区别？

4. 什么是存量和流量？二者有什么联系？

第 2 章　国民收入核算

【案例导入】

卡塔尔成全球最富国家　人均 GDP 超 9 万美元

　　美国《金融杂志》最新公布的全球最富国家和地区排行榜显示，卡塔尔人均国内生产总值(GDP)为 9 万多美元，名列第一。

　　科威特《祖国报》报道，美国财经杂志《全球金融》最新公布了关于全球 182 个国家和地区的调查结果，全球最富国家和地区分别是：位于阿拉伯半岛的小国卡塔尔名列第一，2010 年，人均年 GDP 为 90 149 美元；排名第二的是卢森堡，人均年 GDP 为 79 411 美元；排名第三的是挪威，为 52 964 美元；第四是新加坡，为 52 840 美元；排名第五的是文莱，为 48 714 美元；美国排名第六，为 47 702 美元；中国香港地区排名第七，为 44 840 美元；瑞士为 43 903 美元，排名第八；荷兰排名第九，为 40 610 美元；澳大利亚排名第十，为 39 842 美元。

　　据报道，根据《金融杂志》的排名，许多阿拉伯国家在世界的排名也比较靠前。2010 年科威特人均 GDP 为 38 984 美元，在阿拉伯国家排名第二，在全球排名第十四；阿联酋为 36 176 美元，在阿拉伯国家排名第三，在全球排名第十八；巴林在阿拉伯国家排名第四，在全球排名第三十三，为 27 649 美元；阿曼为 25 630 美元，在阿拉伯国家排名第五，在全球排名第三十六；石油富国沙特为 23 701 美元，在阿拉伯国家排名第六，在全球排在第三十八位；黎巴嫩为 14 988 美元，在阿拉伯国家排名第七，在全球排在第五十四位；位于北非的利比亚在阿拉伯国家中排在第八位，在全球的排名为第五十七位，为 14 884 美元；突尼斯为 8 559 美元，世界排名第八十九位，在阿拉伯国家排在第九位；埃及为 6 347 美元，在阿拉伯国家排名第十位，在全球的排名为第一百零四位；叙利亚为 5 043 美元，在阿拉伯国家排在第十一位，在全球排在第一百一十一位；摩洛哥为 4 745 美元，在阿拉伯国家位列第十二位，在全球排在第一百一十七位；伊拉克被《金融杂志》排在全球第一百二十四位，在阿拉伯国家位列第十三，为 3 758 美元；苏丹位列阿拉伯国家第十四位，全球排名第一百三十八位，为 2 465 美元。

　　资料来源：人民网，2010-09-14。

2.1 国内生产总值与各种宏观收入

2.1.1 国内生产总值

用一个数字来衡量一个经济生产与收入的整体状况，称为国民收入的核算。

在经济学中，国民收入这一概念有狭义和广义之分。狭义的国民收入是指一个国家在一定时间(通常为一年)内，生产要素所有者获得的收入总和。广义的国民收入包括国内生产总值(GDP)、国内生产净值(NDP)、国民收入(NI)、个人收入(PI)和个人可支配收入(PDI)五个总量指标。国内生产总值(GDP)是其中最重要的经济指标，通常所说的国民收入的核算就是指国内生产总值的核算。

国内生产总值是指一个国家(地区)境内在一定时期(通常为一年)内所生产的以货币表示的最终产品(包括商品和劳务)市场价值的总和。理解这一定义的含义要注意如下几个方面：

①国内生产总值是指一个国家(地区)范围内生产的产品和劳务的总和，是一个地域概念，既包括本国(本地区)企业所生产的产品和劳务，也包括外国企业在本国(本地区)生产的产品和劳务。比如，一个在中国开设企业的美国老板取得的利润是中国一定时期内 GDP 的一部分。

②国内生产总值的测算对象是一定时期内(通常为一年)生产的最终产品和劳务。因此，在计算时不包括以前所生产的产品的价值。比如今年所生产的产品价值是 100 万元，但是今年只销售了 80 万元，那么今年的 GDP 仍然是 100 万元。又如，今年虽然生产了 100 万元的产品，但是今年却销售了 130 万元，而今年的 GDP 仍然是 100 万元，多销售的 30 万元只是以前年度生产的产品的存货，这存货 30 万元在以前年度已经计入当年的 GDP。

③国内生产总值测度的是最终产品的价值，中间产品不包含在内，以避免重复计算。最终产品是指最后供人们使用的产品，中间产品是在以后的生产阶段中作为投入的产品。如果在计算国内生产总值时不能有效地将中间产品剔除在外，就会造成中间产品在国民生产总值中被多次重复计算。例如，农民种植小麦，在市场上出售给面粉厂，得到 100 元的收入；面粉厂将小麦磨成面粉，以 200 元的价格出售给食品厂；食品厂用这批面粉制成蛋糕出售给消费者，得

到 300 元；则这 300 元中已经包括了小麦和面粉的价值。若以最终产品的角度来计算国内生产总值，显然数额应为 300 元；但如果不能剔除中间产品，将为 600 元(100＋200＋300)。可见，计入中间产品的价值会造成国内生产总值的虚增，难以真实地反映该国的经济运行水平。在现实经济生活中，由于多数产品既可以作为最终产品，又可以作为中间产品，准确地加以区分是非常困难的。在实践中，可以不直接计算最终产品的价值，而通过计算每一产品环节的增加值的方法来计算国内生产总值。

④国内生产总值中不仅包括有形产品，也包括市场活动的无形产品。在国内生产总值中，除了包括当期生产的、作为最终产品的有形商品价值外，还包括当期提供的劳务的价值，如医生、律师、教师、清洁工、演员等其他社会成员，因对社会提供了服务而收取的报酬，要计入 GDP。但是家务劳动、自给自足生产等非市场活动不计入 GDP。

⑤国内生产总值是指最终产品的市场价值的总和。各种最终产品的价值都是用货币来衡量的，最终产品的市场价值等于这些最终产品的单位价格乘以产量。国内生产总值不仅要受到最终产品的数量的影响，而且也受最终产品的价格变动的影响。

2.1.2　国民收入核算中的其他总量

进行国民收入核算时，经常使用五个含义不同的总量指标：国内生产总值、国内生产净值、国民收入、个人收入和个人可支配收入。这五个指标在衡量宏观经济运行时各有侧重，同时也存在较为密切的关系。

国内生产净值(NDP)，是指在国内生产总值中减去在生产过程中磨损的厂房、设备等资本品的价值后的价值，可以理解为一个国家(地区)在一定时期内创造的新增加的价值，也就是国内生产总值扣除折旧后的产值。其计算公式为：

$$NDP = GDP - 折旧$$

国民收入(NI)也就是通常所说的狭义国民收入，是指一个国家(地区)在一定时期内因使用生产要素进行生产而对生产要素所支付的报酬总和，包括工资、租金、利息、利润四项内容。在计算时，只要在国内生产净值中减去企业间接税即可，其计算公式为：

$$NI = NDP - 企业间接税$$

个人收入(PI)是个人在一定时期从各种来源所得到的收入总和。国民收入并不等于个人收入,利润收入中要缴纳公司所得税,公司还有利润留存,另外,个人还可以从政府和企业等机构得到救济金、公债利息、退役金等转移支付而形成个人收入的组成部分。个人收入的计算公式应为:

$$PI = NI - 公司所得税 - 公司未分配利润 - 社会保险税 +$$

政府转移支付和利息支出

个人可支配收入(PDI)是指在一定时期内个人可以支配、用于个人消费支出和储蓄的收入。个人收入不能全归个人可支配收入,个人收入要缴纳所得税,税后的个人收入才是个人可支配收入。其计算公式为:

$$PDI = PI - 个人所得税 = 个人消费支出 + 个人储蓄$$

(注:个人的投资也属于广义的储蓄。)

2.1.3 国民生产总值与国内生产总值

国民生产总值(GNP)与国内生产总值(GDP)都是指一定时期内最终产品和劳务价值的总和,区别在于计算的原则不同。

国民生产总值(GNP)是按国民原则计算的。凡是本国公民(指常住居民)所创造的收入,不管是否在国内,都计入国民生产总值。它与GDP的不同在于:它包括本国公民在国外赚到的收入,不包括外国人在本国赚到的收入。GDP是按国土原则计算的。凡是本国领土上创造的收入,不论是否本国国民,都计入GDP。如一个在中国工作的美国公民的收入要计入美国的GNP,但是不计入美国的GDP中,而是计入中国的GDP中。

GDP从地域角度划分,考虑的是一国经济领土以内经济产出总量;GNP则是从身份角度,统计一国国民(常住居民)拥有的劳动和资本等要素所提供的产出总量。随着国际经济联系的加强,强调身份区别的GNP的重要性相对下降,重视地域范围的GDP的重要性相对上升。

2.1.4 名义国内生产总值与实际国内生产总值

国内生产总值是最终产品市场上产品和劳务的货币价值总和,其大小不仅受到最终产品和劳务数量的影响,而且受到价格水平的影响。相同数量的最终产品和劳务按不同价格计算会得出不同的国内生产总值。因此,国内生产总值有名义国内生产总值和实际国内生产总值之分。名义国内生产总值是指按当年的价格计算的国内生产总值。实际国内生产总值是指确定某一年(基年)的价格为不变价格，按不变价格计算的国内生产总值。

在进行国民经济分析时，不同年份的国内生产总值要进行比较，就需要消除价格因素的影响。名义国内生产总值没有剔除价格变动的影响，既反映了实际产量的变动，也反映了价格的变动；而实际国内生产总值剔除了价格变动的影响，只反映产量的变动。因此，把 GDP 区分为名义 GDP 和实际 GDP，才能准确地分析国内经济发展状况。

计算价格水平可用价格指数，也称为压缩系数、紧缩系数或平减指数，其计算公式为：

$$GDP\ 价格指数 = \frac{名义\ GDP}{实际\ GDP}$$

$$实际\ GDP = \frac{名义\ GDP}{GDP\ 价格指数}$$

我们可以通过表 2-1 来掌握价格指数的计算以及名义 GDP 与实际 GDP 的关系。

表 2-1　价格指数和名义 GDP、实际 GDP(以 2005 年为基年)

年份 (1)	单价 (2)	产量 (3)	名义 GDP (4)＝(2)×(3)	价格指数 (5)＝(2)÷基价	实际 GDP (6)＝(4)÷(5)
2003	2	1 000	2 000	2÷5＝0.4	5 000
2004	3	1 300	3 900	3÷5＝0.6	6 500
2005	5	1 500	7 500	5÷5＝1	7 500
2006	7	1 700	11 900	7÷5＝1.4	8 500
2007	10	2 000	20 000	10÷5＝2	10 000

在表 2-1 中，假定国民经济中只有一种产品，并以第三年(2005 年)的价格作为基年价格。从表中可以看到，由于剔除了价格变化因素的影响，在基年以前的 2003 年、2004 年中，实际 GDP 大于名义 GDP；在基年以后的 2006 年、2007 年中，实际 GDP 小于名义 GDP。可见，只有经过折算以后的实际 GDP，才能真实地反映实际产量的变化情况，不同年份的 GDP 才具有可比性。比如把 2007 年与 2003 年的 GDP 进行比较，从名义 GDP 来看，2007 年的 20 000 是 2003 年 2 000 的 10 倍，但经折算为实际 GDP 后，2007 年的 10 000 只是 2003 年 5 000 的 2 倍，这才是真实的比较。

2.2 国民收入的核算方法

从本质上看，GDP反映的是某地区内在一定时期内其新增的财富量。那么，如何来统计和核算这新增的财富？我们可以试想如下情况：一个一穷二白的国家，经过一年后，其公民使用各种资源要素进行劳动生产，生产出各种产品，如何统计这些产品的价值？我们可以从三个方面去考虑：一是直接将各生产部门生产的产品的价值进行加总。二是考察这些产品的去向，也就是考察"谁"最终"占有了"这些产品，然后把每个"人""占有"的产品的价值进行加总。三是考虑所有这些产品的生产总是要投入一定的要素，如劳动、资金、资本品等，所有这些投入的要素都有一个"所有者"，每一个"所有者"都会为自己投入的要素主张权利，进而新增产品的价值最终都会被一分不剩地分解为要素所有者的收入。反过来，我们将所有要素所有者在一定时期内的收入加总也就可以得到该时期内新增产品的价值的总价值。对应以上三种思路，我们可以用三种方法核算GDP：生产法、支出法和收入法。以下介绍常用的支出法和收入法。

2.2.1 支出法

支出法又被称为最终产品法。它根据最终产品和劳务的不同流向，从社会对产品的使用角度出发，将当期购买最终产品和劳务所支出的货币加总，并将其作为当期生产的最终产品和劳务价值的总和，即当期的国内生产总值。在现实经济里，社会产品包括私人消费品、私人投资品、政府使用的商品等。与之相对应，购买者对社会最终产品的支出包括私人消费支出、私人投资支出和政府支出。因此，支出法就是通过核算经济社会（一个国家或一个地区）在一定时期内消费、投资、政府购买以及净出口这几方面支出的总和来确定国内生产总值的一种方法。

1. 私人消费支出（C）

私人消费支出包括个人或居民户对所有商品和劳务的支出，它分为三部分内容：居民户对耐用消费品的、非耐用消费品及劳务的购买。一般认为，耐用消费品与非耐用消费品的划分标准应体现在使用时间是否超过一年。耐用消费品包括小汽车、电视机等，非耐用消费品如食物、衣服等，劳务包括医疗、理发等。此外，建造住宅的支出不包括在内。

2. 投资(I)

投资通常被理解为资本形成，是指一个国家当期发生在厂房、设备及各种存货等方面的数量变动。投资一般指这种物质资本存量的变动，它不包括对债券、股票等的购买。

对这种物质资本的投入包括两类：资本品和存货。资本品是人们制造出来用于生产过程中的物品，如机器设备、厂房建筑、生产工具等。因此，对资本品的投入就是一种投资行为。存货是厂商储存的没有卖掉的产品。储存是为了避免投入供给的短缺造成对生产的影响。换言之，增加存货是为了防止产量短期波动造成对销售量的影响，保证按期供货。因为存货是已经生产出来但不是用于目前消费的物品，所以增加存货也是一种投资行为。

私人国内总投资包括重置投资与净投资两部分。重置投资即折旧，是为了更换磨损、报废的存量资本而发生的投资；净投资是总投资减去重置投资后的部分，它可被视为新的生产能力的形成。

尽管个人、居民户对耐用品如汽车等投资使用期相当长的商品购买被相当多的人当作投资，但是，一般情况下，我们将居民户的全部开支都当作是消费支出的组成部分，同时认为投资是与企业部门的物质资本存量增加联系在一起的，其中包括了存货增加的部分。

3. 政府购买支出(G)

政府总支出一般包括两个部分：一是购买支出；二是转移支付。政府转移支付，如社会保险救济金、失业救济金等，它们不能计入国内生产总值，原因是转移支付的发生相当于政府将自己持有的购买力转移给一些特定的居民户，在转移的过程中，接受这笔支出的居民户并没有对政府提供价值相当的最终产品或劳务，这个过程本身也没有发生产品的消耗，所以这部分支出不能作为政府购买而计入国内生产总值。实际上，这部分转移支付被居民户用于各种商品和劳务的消费，它被包括在个人消费之中。政府购买支出是指政府对产品和劳务进行购买所发生的全部货币支出，如政府对各种办公用品的购买，对各种国防物资的采购，对道路、桥梁、医院、学校等公共工程项目的建设以及对政府雇员的薪金支出等。当政府向厂商购买商品和劳务的时候，在私人消费支出和私人投资支出中并没有包括对这些物品和劳务的支出，因此国内生产总值中应该加上这部分支出；政府向居民购买劳务（如政府对雇员的薪金支出）也构成社会产品的一部分，在计算国内生产总值时也应该加上这部分支出。

4. 净出口（$X-M$）

净出口是指一个国家在一定时期中所发生的出口与进口的差额。出口是本国生产的商品和劳务销往国外。国内生产总值是一定时期、一个国家所生产的最终产品及劳务价值的总和，但其总产品除了在国内被用于个人消费、投资或被政府购买外，有一部分被国外购买，在前三个项目中得不到体现，因此应在前三项的基础上加上出口额。同时由于前三项中本国经济单位购买的产品里都有部分进口产品包含在内，所以必须将这些由国外所创造的价值扣除，以准确计算出本国创造的价值。由此可得出按支出法计算国内生产总值的第四部分内容：加上出口（X），减去进口（M），即为净出口（$X-M$）。

以 C 表示私人消费支出，I 表示私人国内总投资，G 表示政府购买，$X-M$ 为净出口，则国内生产总值可以表示为：

$$GDP = C + I + G + (X-M)$$

2.2.2 收入法

收入法是指用要素收入即企业成本来核算国内生产总值的方法，又被称为成本法、生产要素法、要素收入法或要素支付法等。它是从商品与劳务的市场价值应与生产这些商品和劳务所使用的生产要素的报酬之和相等的角度，将经济系统内各生产要素取得的收入相加，计算出一定时期内一个国家生产的最终产品和劳务的价值总和。严格来说，最终产品和劳务的市场价值除了生产要素收入构成的成本外，还包括间接税、折旧、公司未分配利润等。在采用收入法计算国内生产总值时，一般包括以下项目。

1. 工资

工资指税前工资，是因工作而取得的酬劳的总和，既包括工资、薪水，也包括各种补助或福利项目，如雇主依法支付雇员社会保险金、养老金等。

2. 租金

租金包括居民实际得到的租金和应缴纳的所得税。在租金收入中，既包括个人出租房屋、土地而得到的租金收入，专利所有人的专利使用费收入，还包括使用自有房屋、土地等的估计租价。

3. 净利息

净利息是个人及企业因进行储蓄在本期内发生的利息收入与因使用由他人提供的贷款而在本期发生的利息支出之间的差额，包括实际得到的利息和应缴纳的所得税,但是不包括在以前发生但在本期收入或支付的利息,也不包括政府公债利息等转移性支出。

4. 利润

利润是指非公司企业收入与公司税前利润。非公司企业是独资企业与合伙企业的总称,其收入是企业所有人的个人实得收入以及应该缴纳的所得税;公司税前利润是公司经营所得的全部收入,包括即将向国家缴纳的公司所得税、将要分配给股东的股息、以企业存款形式留存的企业未分配利润、对存货及折旧进行的调整。

5. 折旧

折旧是补偿社会资本存量耗费的费用。这部分费用不属于生产要素的收入,但由于折旧已被分摊在商品与劳务的价格中,所以在计算国内生产总值时要加上折旧。

6. 企业间接税

企业间接税与折旧一样不属于生产要素的收入,但它的特点是生产企业可在向政府缴纳税金的同时,通过对商品或劳务加价的方式,将税负转嫁给消费者。因此,商品与劳务的价格中已包含有企业的间接税,若要准确计算商品与劳务的市场价值,就必须将这部分税额与要素收入相加。企业间接税包括营业税、消费税、进口关税等多个税种。

根据对以上各项目的分析,可得出采用收入法计算国内生产总值的公式:

$$GDP = 工资 + 租金 + 净利息 + 利润 + 企业间接税 + 折旧$$

【例】 假设一个经济社会里只有生产服装的一系列商家,该社会没有政府,且居民消费一律沿用上一年度存货。已知条件如表2-2所示。

表 2-2 厂商的生产与存货   单位:百万元

生产单位	原料采购	产品销售	当年存货
棉农	0	1.0	0.8
纱厂	1.0	1.2	2.1
布厂	1.2	1.5	0.5
制衣厂	1.5	1.8	4
专卖店	1.8	1.9	0
消费者	1.9	0	—

(1)用支出法计算GDP；

(2)用收入法计算GDP。

解：(1)用支出法计算GDP。

$$GDP=C+I+G+(X-M)$$

显然，这里有，$G=X-M=0$。又因为，企业投资＝当年新增固定资产投资＋新增存货投资＋本年度重置投资，本题中当年新增固定资产投资和重置投资都等于0，所以投资仅限于存货投资：

$$I=存货投资=4+0.5+2.1+0.8=7.4(百万元)$$

则有：

$$GDP=C+I=1.9+7.4=9.3(百万元)$$

(2)用收入法计算GDP。

$$GDP=工资+利息+租金+利润等$$

在本题中，我们可以把存货看成企业的利润，把销售资金看成企业的工资，其他项目没有。经过这样的处理，我们可以得到：

$$GDP=各企业工资+各企业利润$$
$$=(1.9-1.8)+(1.8-1.5)+(1.5-1.2)+(1.2-1)+(1-0)+$$
$$4+0.5+2.1+0.8$$
$$=9.3(百万元)$$

2.3 国民收入核算中的恒等关系

2.3.1 两部门经济的恒等关系

我们假定：①经济社会只有居民户(消费者)和企业(即厂商)。因此不存在税收、政府支出及进出口贸易。②不存在企业间接税。③为分析简化，先撇开折旧。这样，国内生产总值等于国内生产净值和国民收入。在这种情况下，我们分析国民收入的构成。

企业是指提供最终产品和劳务的所有生产经营者的总和，居民户是指生产要素占有者的总和，也是所有消费者的总和。企业和居民户的关系是：居民户向企业提供生产要素，如劳动力、资本、土地和企业家才能；企业向居民户支付报酬，如工资、利息、租金和利润。这种交易形成生产要素市场。居民户因提供生产要素而得到的全部货币收入是国民收入。此外，企业购得生产要素以后，生产出最终产品和劳务并销售给消费者，作为消费者的居民户用出售生产要素所得到的收入去购买最终产品和劳务。这种交易便形成最终产品市场。居民户所得到的全部收入是总收入；企业所生产的全部最终产品和劳务的价值是国民总产出。同时，从国民经济核算的角度看，总收入必定等于总产出。最终产品市场上产品和劳务的价格总额等于总消费支出，这样可以得到国民收入核算恒等式，即：

$$总收入 = 总产出 = 总支出$$

从收入的角度讲，在现实经济中，消费者会把从要素市场上获得的全部收入一部分用于消费，另一部分用于储蓄。这并不要求一定要在银行储蓄，手持的现金也是一种储蓄。因此，居民户的全部收入在两部门模型中分为消费(C)和储蓄(S)两部分，即：

$$Y = C + S$$

从支出的角度讲(产出的去向)，企业生产的社会产品和劳务的一部分被居民户消费，另一部分作为企业再生产的投资。所以，从企业最终产品角度看，国民总产出被分解为消费支出(C)和投资支出(I)，即：

$$Y = C + I$$

因为：
$$C + S = Y = C + I$$

所以：
$$C + S = C + I$$

这样就得出两部门经济的恒等关系：

$$I = S$$

两部门的国民经济循环如图 2-1 所示。

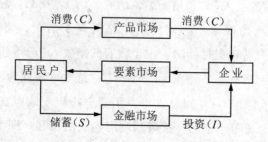

图 2-1　两部门的国民经济循环

图中箭头方向是货币的流动方向，此图省略了物流循环。在产品市场上，消费支出由居民户支付给企业；在要素市场上，要素收入形成居民户的收入，由企业支付给居民户；通过金融机构(金融市场)，居民户的储蓄转化为对企业的投资。

2.3.2 三部门经济的恒等关系

三部门经济是指企业、居民户和政府三个经济主体组成的经济。在三部门经济中，政府经济职能是通过税收与政府支出来实现的，并通过政府的收支与居民户和企业发生经济联系。

政府的经济活动表现在：①政府收入——向企业和居民户征税。②政府支出——政府对商品和劳务的购买，以及政府给居民户的转移支付。三部门条件下国民经济循环如图 2-2 所示。所有实线箭头仍表示货币流向。与两部门经济相比，此图多出了税收(T)和政府支出(G)的货币流动，其他货币流动与两部门经济下的循环相同。

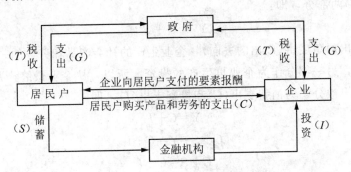

图 2-2 三部门的国民经济循环

在企业、居民户、政府组成的三部门经济中，总收入表现为用于消费的收入(C)、用于储蓄的收入(S)和用于纳税的收入(T)，那么，总收入＝消费＋储蓄＋税收。从收入角度来看，国内生产总值等于消费、储蓄加上税金收入(T_0)，再减去政府转移支付(T_r)，由于政府的净收入(T)等于税金收入减去转移支付，故有 $T = T_0 - T_r$，则 $Y = C + S + T$；总支出表现为消费支出(C)、投资支出(I)和政府支出(G)，则总支出＝消费＋投资＋政府支出，从支出角度来看，国内生产总值等于消费、投资和政府购买的总和，即 $Y = C + I + G$。根据国民收入核算的恒等式：

$$C + S + T = Y = C + I + G$$

$$C + S + T = C + I + G$$

$$S + T = I + G$$

这样就得出三部门经济的恒等关系：

$$I + G = S + T$$

2.3.3　四部门经济的恒等关系

四部门经济是指由居民户、企业、政府和国外四个主体组成的经济。国外部门经济活动是通过进出口来进行的。进口（M）是国外经济部门对国内的供给，是一种"外供"；出口（X）是国外经济部门作为国内产品和劳务的需求者对国内的需求，是一种"外需"。由于进口时，企业、居民户和政府购买国外的产品与劳务，使得国民总收入中有一部分收入不能进入国内的最终产品市场，因此可以看作是国民经济的漏出；而出口时，由于国外对国内产品和劳务的购买，使得国外的收入加入到国民经济循环中，所以我们可以把出口看成是国民经济的注入。

在四部门经济中，国民总收入分为四个部分：消费、储蓄、税收和进口。消费就是指用来购买国内最终产品和劳务的收入；储蓄是国民总收入中没有用于购买产品和劳务及其纳税的那一部分收入；税收是政府从居民户和企业得到的那一部分收入；进口是国民总收入中用于购买国外产品和劳务的部分。总收入=消费+储蓄+税收+进口，用公式表示为：

$$Y = C + S + T + M$$

在四部门经济中，总支出也可分为四个部分：消费支出、投资支出、政府支出和出口。总支出＝消费支出＋投资支出＋政府支出＋出口，用公式表示为：

$$Y = C + I + G + X$$

根据国民收入核算的基本恒等式，总收入=总支出，那么：

$$C + S + T + M = Y = C + I + G + X$$

等式两端同时减去 C 得出：

$$S + T + M = I + G + X$$

这样就得出四部门经济的恒等关系：

$$I + G + (X - M) = S + T$$

【延伸阅读】

绿色 GDP

绿色 GDP 也叫可持续收入，是指一个国家或地区在考虑了自然资源（主要包括土地、森林、矿产、水和海洋）与环境因素（包括生态环境、自然环境、人文环境等）影响之后经济活动的最终成果，即将经济活动中所付出的资源耗减成本和环境降级成本从 GDP 中予以扣除。

一、绿色 GDP 与 GDP

英国经济学家沃夫德曾尖锐地指出：一个国家如果只有物质资本增加而环境资本在减少，总体资本就可能是零值甚至是负值，发展就是不可持续的。

近年来我国土地荒漠化速度加快，造成水土流失和沙尘暴由西向东不断蔓延，但这些在 GDP 中没有反映出来。阿联酋等国家靠出卖石油、木材等资源维持 GDP 增长。若干年后，资源卖光了，又会怎样呢？这样的 GDP 能是社会实际财富和社会生产力发展的反映吗？

从社会角度看 GDP，它将积极产出和消极产出一视同仁地算在经济指标之中。例如，教育、服务于老人、小孩的劳务所得与制造武器、香烟等具有同等价值。从环境角度看，它把自然资源当成了自由财富，随意掘取和使用，而对资源耗竭及经济活动造成污染所带来的资源质量下降却没有加以考虑和反映。从经济角度看，它只记录可见的，可以价格化的劳务，而诸如家务劳动、妇女生育、志愿者服务等对社会非常有贡献的非市场经济行为，却被摒除在外，部分或全部地忽略。

而绿色 GDP 是在 GDP 的基础上，考虑了环境成本和资源成本，这一指标代表了国民经济增长的净正效应。也就是说，绿色 GDP 占 GDP 的比重越高，表明国民经济增长的正面效应越高，负面效应越低，反之亦然。

二、发展历程

绿色 GDP（可持续收入）的基本思想是由希克斯在其 1946 年的著作中提出的。从 20 世纪 70 年代开始，围绕着构建以"绿色 GDP"为核心的国民经济核算体系，联合国、世界各国政府、国际研究机构一直在进行着艰辛的理论探索。80 年代初，世界银行提出"绿色核算"（Green Accounting）、"绿色 GDP/可持续收入"的概念。90 年代初，只有挪威要求在财会年报中披露企业对环境的影响及其采用的计量方法。然而不到 10 年，许多国家已非常重视绿色 GDP 的实施，即从 GDP 中挤出水分——环境污染负债、生态赤字和资源损耗等，如建设一个工厂需砍掉一片森林，那必须在另外一处种活同一片森林，才允许开工。

三、绿色 GDP 在中国

改革开放 30 多年来，我国已成为世界上经济增长最快的国家之一，国内储蓄率水平最高的国家之一。世界银行的统计显示，1978 年以来，中国平均 GDP 增长率达到 9.83％，这种高速经济增长在全球 206 个国家和地区中居于第二位(仅次于非洲资源国家博茨瓦纳)。但是，由于中国资源的浪费、生态的退化和环境污染的严重，在很大程度上抵消了"名义国内储蓄率"的真实性。换句话说，中国国内储蓄率中的相当部分是通过自然资本损失和生态赤字换来的。

另外，如果仍然是以 GDP 来决定干部晋升，评价其优劣，那么转变经济发展方式就变成不可能，甚至是难以实现根本性转变。

面对这一局面，我国一直在积极推进绿色 GDP 的实施。2004 年，国家统计局、国家环保总局正式联合开展了中国环境与经济核算绿色 GDP 研究工作。2005 年 2 月，绿色 GDP 核算试点工作在 10 个省市启动。然而在核算试点中遇到了一些预期的技术困难，试点省市的进度也参差不齐，这说明微观制度的实施还要有一个过程。2010 年 3 月初，全国 390 位县委书记进入中央党校集训"绿色 GDP"。有专家表示，县一级在党的组织结构和国家政权结构中处于承上启下的重要位置，此举体现了中央高层对转变经济发展方式的高度重视，意义非同一般。这些举措都表明，在不远的将来，我国一定可以以"绿色 GDP"实现与世界经济的接轨。

资料来源：搜狐焦点网，2010-09-13。

【思考与训练】

一、名词解释

国民生产总值(GNP)　国内生产总值(GDP)　国内生产净值(NDP)　国民收入(NI)　个人收入(PI)　个人可支配收入(PDI)　支出法　收入法

二、选择题

1. 在计算国内生产总值时，(　　)才可以扣除中间产品的价值。

　　A. 剔除金融转移

　　B. 计量 GDP 时使用增值法(价值增加法)

C. 剔除以前生产产品的市场价值

D. 剔除那些未涉及市场交换的商品

2. 在收入法核算的 GDP 中，以下（　　　）项目不应计入。

A. 利润　　　　　　　　　B. 政府转移支付

C. 企业净利息支付　　　　D. 租金收入

3. 在统计中，社会保险税增加对（　　　）有直接影响。

A. 国内生产总值　　　　　B. 国民生产净值

C. 个人收入　　　　　　　D. 国民收入

4. 下列项目中，（　　　）不属于要素收入，但要计入个人收入之中。

A. 房租　　　　B. 养老金　　　C. 红利　　　　　D. 银行存款利息

5. 下列各项指标中，是由现期生产要素报酬加总得到的是（　　　）。

A. 国民收入　　　　　　　B. 国民生产总值

C. 可支配收入　　　　　　D. 国民生产净值

6. 用所有厂商的收入扣除使用的中间投入品成本来核算 GDP 的方法是（　　　）。

A. 最终产品法　B. 个人收入法　C. 收入法　　　　D. 生产法

7. GDP 等于工资、利息、租金、利润以及间接税支付的总和，也可以表述为（　　　）。

A. 总需求＝总供给　　　　B. 总供给＝总产出

C. 总产出＝总收入　　　　D. 总收入＝总需求

8. 经济增长总是以实际 GDP 的数值来衡量的，这是因为（　　　）。

A. 产出逐年变化　　　　　B. 收入法与支出法得出的数字并不相等

C. 逐年的名义 GDP 差别太大　D. 价格水平逐年变化

9. 对政府雇员支付的报酬属于（　　　）。

A. 政府支出　　　B. 转移支付　　　C. 税收　　　　　D. 消费

10. 下列项目中，（　　　）不是要素收入。

A. 总统薪水　　　　　　　B. 股息

C. 公司对灾区的捐献　　　D. 银行存款者取得的利息

三、简答题

1. 如果原来领取最低生活补助的下岗工人重新就业，GDP 会发生什么变化？

2. 为什么居民购买住宅不被看作消费而被看作投资?

3. 一个国家分裂为两个国家,其 GDP 总和有何变化?

4. 怎样理解两部门中的 $I=S$?

四、计算题

1. 假定某国国民收入资料如下(单位:亿元):

国内生产总值 5 000

总投资 800

净投资 300

消费 3 000

政府购买 960

政府预算盈余 30

运用上述资料,计算:(1)国内生产净值;(2)净出口;(3)净税收;(4)个人可支配收入;(5)个人储蓄。

2. 已知某国的统计资料如下(单位:亿元):

工资 100,间接税 10,利息 10,个人消费支出 90,私人投资支出 60,租金 30,利润 20,政府购买支出 30,出口 60,进口 70,政府转移支付 5,所得税 30。

(1)按收入法计算 GDP;

(2)按支出法计算 GDP;

(3)计算储蓄额。

3. 假如某经济社会在 2005 年和 2006 年生产的产品的数量和价格如下表所示。以 2005 年为基期,计算:(1)2006 年的 GDP 增长率;(2)2006 年的通货膨胀率。

项目	2004 年		2005 年	
	数量(斤)	价格(元)	数量(斤)	价格(元)
牛肉	100	10	110	10
大米	200	1	200	1.5
西红柿	500	0.5	450	1

4. 已知某一经济社会的如下数据(单位:亿元):

工资 100   利息 10   租金 30

消费支出 90　　　利润 30　　　　投资支出 60

出口额 60　　　　进口额 70　　　　所得税 30

政府转移支付 5　　政府用于商品的支出 30

计算：(1)收入法下的 GNP；(2)支出法下的 GNP；(3)政府预算赤字；(4)储蓄额；(5)净出口。

5. 某国企业在本国的总收益为 200 亿元，在外国的收益为 50 亿元；该国国民收入的劳动收入为 120 亿元，在外国的劳动收入为 10 亿元；外国企业在该国的收益为 80 亿元，外国人在该国的劳动收入为 12 亿元。试计算该国的 GDP 与 GNP。

第 3 章　国民收入决定理论

【案例导入】

"十二五"规划：消费将居"三驾马车"之首

近期，指导"十二五"规划制定工作的纲领性文件——《中共中央关于制定国民经济和社会发展第十二个五年规划的建议》（下称《建议》）全文发布。《建议》共分十二个部分，开篇即是"加快转变经济发展方式，开创科学发展新局面"。

仔细对比五年前的《建议》即可发现，作为拉动经济发展的"三驾马车"，"消费"首次被提到了第一的位置。国务院发展研究中心金融研究所副所长巴曙松接受媒体采访时表示，"三驾马车"顺序已经发生根本性变化，消费被提到了前所未有的高度。经济结构的调整，除了"三驾马车"的调整，也要靠科技创新。

此外，官方酝酿一年有余的"战略性新兴产业"被《建议》数次提及。《建议》明确提出，要提高中国经济增长的科技含量，发展结构优化、技术先进、清洁安全、附加值高、吸纳就业能力强的现代产业体系，提升制造业核心竞争力。

而"服务业大发展"则被定为产业结构优化升级的"战略重点"。《建议》提出，将探索适合新型服务业态发展的市场管理办法，调整税费和土地、水、电等要素价格政策，营造有利于服务业发展的政策和体制环境，并将推动特大城市形成以服务经济为主的产业结构。

在全球气候变化的大背景下，经济的清洁发展也是中国经济结构调整的重要内容。《建议》提出，"十二五"期间，中国的单位国内生产总值能源消耗和二氧化碳排放大幅下降，主要污染物排放总量显著减少，生态环境质量明显改善。

"十二五"是中国提出的要在 2020 年（即"十三五"末）实现"全面建设小康社会"承前启后的关键时期，在此期间经济的平稳较快发展，被《建议》认为是全面建成小康社会"具有决定性意义的基础"。为此，价格总水平基本稳定、就业持续增加、国际收支趋向基本平衡等，在《建议》设置的"十二五"时期"经济社会发展主要目标"中，被提到了最为靠前的位置。

资料来源：腾讯财经，2010-10-28。

3.1 均衡产出

3.1.1 最简单的经济关系

说明一个国家的生产或收入如何决定，是从分析最简单的经济关系开始的。为此，需要先作些假设：

首先假设所分析的经济中不存在政府，也不存在对外贸易，只有家户部门（居民户）和企业部门（厂商）。消费行为和储蓄行为都发生在家户部门，生产和投资行为都发生在企业部门。还假定企业投资是自发的或外生的，即不随利率和产量而变动。这样的简单的经济关系称为二部门经济。

其次假设不论需求量为多少，经济制度均能以不变的价格提供相应的供给量。这就是说，社会总需求变动时，只会引起产量和收入变动，使供求相等，而不会引起价格变动。这在西方经济学中有时被称为凯恩斯定律。凯恩斯写作《就业、利息和货币通论》时，面对的是 1929—1933 年的大萧条，工人大批失业，资源大量闲置。在这种情况下，社会总需求增加时，只会使闲置的资源得以利用，生产增加，而不会使资源的价格上升，从而产品成本和价格大体上能保持不变。这条所谓的凯恩斯定律被认为适用于短期分析，即分析的是短期中收入和就业如何决定。因为在短期中，价格不易变动，或者说具有粘性，当社会需求变动时，企业首先考虑的是调整产量，而不是改变价格。

此外，还假定折旧和公司未分配利润为零。这样，GDP、NDP、NI 和 PI 就会相等。

3.1.2 均衡产出的概念

在上述情况下，经济社会的产量或者说国民收入就取决于总需求。和总需求相等的产出称为均衡产出或收入。在微观经济学中我们已经说明均衡的意义，均衡是一种不再变动的情况。当产出水平等于总需求水平时，企业生产就会稳定下来。若生产（供给）超过需求，企业所不愿意持有的过多的存货会增加，企业就会减少生产；若生产低于需求，企业库存会减少，企业就会增加生产。总之，由于企业要根据产品销路来安排生产，一定会把生产定在和产品需求相一致的水平上。由于二部门经济中没有政府和对外贸易，总需求就只由居民消费和企业投资构成。于是，均衡产出可用公式表示为：

$$y = c + i$$

这里，y、c、i 都用小写字母表示，分别代表剔除了价格变动的实际产出或收入、实际消费和实际投资，而不是上一章节里用大写字母表示的名义产出、消费和投资。还要指出的是，公式中的 c 和 i，代表的是居民和企业实际想要有的消费和投资，即意愿消费和投资的数量，而不是国民收入构成公式中实际发生的消费和投资。举例来说，假定企业部门由于错误估计形势，生产了1 200 亿美元的产品，但市场实际需要的只是 1 000 亿美元的产品，于是就有200 亿美元产品成为企业中非意愿存货投资或称为非计划存货投资。这部分存货投资在国民收入核算中是投资支出的一部分，但不是计划投资的部分。因此，在国民收入核算中，实际产出就等于计划支出（或称为计划需求）加非计划存货投资。但在国民收入决定理论中，均衡产出是指与计划需求相一致的产出。因此，在均衡产出水平上，计划支出和计划产出正好相等。因此，非计划存货投资等于零。

均衡产出是和总需求相一致的产出，也就是经济社会的收入正好等于全体居民和企业想要有的支出。假定企业生产 100 亿美元产品，居民和企业要购买产品的支出也是 100 亿美元，则此 100 亿美元的生产就是均衡生产或者说均衡收入。换句话说，社会经济要处于均衡收入水平上，就有必要使实际收入水平引起一个相等的计划支出量。因为只有这样，才能使这一收入水平被维持下去，这也就是均衡的意义。若用 E 表示支出，y 表示收入，则经济均衡的条件是 $E = y$（这和 $y = c + i$ 其实是一个意思，因为 E 表示支出，二部门的经济中$E = c + i$），这个关系可用图 3-1(a) 表示。在图中，纵轴表示支出，横轴表示收入，从原点出发的 45°线上的各点都表示支出和收入相等。例如，A 点表示支出和收入各为 100 亿美元。

均衡产出是指与总需求相等的产出，这一点可在图 3-1(b) 中得以体现。在图中，假定总支出（即总需求量）为 100 亿美元，则总产出（总收入）为 100 亿美元，说明生产数额正好等于需求支出（消费加投资）的数额。若产出大于 100 亿美元，非意愿存货投资（图中用 IU 表示）就大于零，企业要削减生产；反之，企业会扩大生产。因此，经济总要趋于 100 亿美元的产出水平。再假定总需求为 90 亿美元，则均衡产出必为 90 亿美元。若总需求为 110 亿美元，则均衡产出为 110 亿美元。

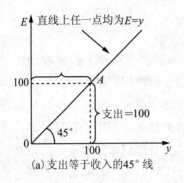
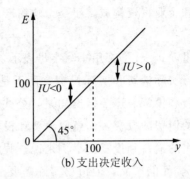

(a)支出等于收入的45°线   (b)支出决定收入

图 3-1

3.1.3 投资等于储蓄

均衡产出或收入的条件 $E=y$，也可用 $i=s$ 表示，因为在这里的计划支出等于计划消费加投资，即 $E=c+i$，而生产创造的收入等于计划消费加计划储蓄，即 $y=c+s$(这里，y、c 和 s 也都是剔除了价格变动的实际收入、实际消费和实际储蓄)，因此 $E=y$，就是 $c+i=c+s$，等式两边消去 c，则得：

$$i = s$$

需再次说明，这里的投资等于储蓄，也是指经济要达到平衡，计划投资必须等于计划储蓄。而国民收入核算中的 $i=s$，则是指实际发生的投资(包括计划和非计划存货投资在内)始终等于储蓄。前者为均衡的条件，即计划投资不一定等于计划储蓄，只有两者相等时，收入才处于均衡状态；而后者所指的实际投资和实际储蓄是根据定义而得到的实际数字，从而必然相等。

社会总需求是由消费需求和投资需求所构成的，在这里我们首先来分析消费需求。

3.2 消费理论

3.2.1 消费函数

消费受各种因素的影响，如消费者的收入水平、商品价格的水平、消费者自身的偏好、风俗习惯等，但其中最主要的是收入水平，收入的变化决定消费的变化。

消费函数就是用来描述消费与收入之间依存关系的函数。在其他条件不变的情况下，消费随着收入的增加而增加，但是随着人们收入的增加，增量收入中用于消费的比重将逐渐递减，也就是说随着人们收入的增加，消费以递减的速度增加。如果以 C 表示消费，Y 表示收入，则消费函数就是：

$$C = f(Y)$$

消费和收入之间的关系，可以用消费倾向来说明，所谓消费倾向是指消费在收入中所占的比例。消费倾向可以分为平均消费倾向（APC）和边际消费倾向（MPC）。

平均消费倾向是指在任一收入水平上消费在收入中所占的比率，用公式表示为：

$$APC = \frac{C}{Y}$$

在短期内，当 $APC=1$ 时，表明全部收入用作消费；当 $APC<1$ 时，表明收入除消费外，剩余收入可用于储蓄；当 $APC>1$ 时，即消费大于收入，消费者为了维持一个起码的消费水平，可通过动用过去的存款或依靠社会救济等，使消费暂时超过收入。

边际消费倾向是指增加的消费在增加的收入中所占的比率，即消费增量与收入增量的比率。以 ΔC 表示消费增量，ΔY 表示收入增量，边际消费倾向可以表示为：

$$MPC = \frac{\Delta C}{\Delta Y}$$

由于消费增量只是收入增量的一部分，因此边际消费倾向具有递减规律，随着收入的增加而呈现递减的趋势。收入越高，消费占收入的比例就越少。所以边际消费倾向的数值大于 0 而小于 1，并且边际消费倾向是消费函数 $C=f(Y)$ 的导数。

经济学家认为，人们的全部消费可以分为两个部分：一部分是不随收入变动的自发消费；另一部分是随收入变动的引致消费。自发消费或基本消费，即由人的基本需求决定的必需的消费，如维持生存的衣、食、住等，它不随收入的变动而变动，是一个固定的量。引致消费是指由收入所引起的消费，它的大小取决于收入与边际消费倾向。以 α 表示自发消费，β 表示边际消费倾向，则消费函数就可用下列公式表示：

$$C = \alpha + \beta Y$$

公式中，α、β 都是常数。$C=\alpha+\beta Y$ 的经济含义是：消费等于自发消费与引致消费之和。

当收入和消费之间呈线性关系时，消费曲线就是一条向右上方倾斜的直线。消费曲线上每一点的斜率都相等，并且大于 0 而小于 1，如图 3-2 所示。

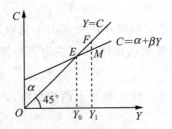

图 3-2 线性消费函数

在图 3-2 中，横轴表示收入水平，纵轴表示消费水平，$Y=C$ 线为 45°线，线上任何一点都表示 $C=Y$；C 为消费曲线，当 Y 为零时，消费为 α，表明这是不依存于收入的自发消费，曲线向右上方倾斜说明消费中由于包括引致消费而随收入的增加而增加。曲线与 45°线相交于 E 时，表示收入为 Y_0 时，消费为 E，收入与消费相等，在这一点上，收入全部用于消费。在 E 点之左，消费大于收入，表示有负储蓄；在 E 点之右，消费小于收入，表示有正储蓄。当收入为 Y_1 时，FM 为储蓄，MY_1 为消费。

3.2.2 储蓄函数

收入中除去用于消费，余下的就是储蓄。储蓄和消费之间密切相关，收入变化决定消费，收入的变化也决定储蓄的变化。在其他条件不变的情况下，收入增加，储蓄增加；收入减少，储蓄减少。储蓄函数就是储蓄与收入之间的依存关系。如果以 S 代表储蓄，则储蓄函数就是：

$$S = f(Y)$$

储蓄和收入之间的关系也可以用储蓄倾向来表示，储蓄倾向是指储蓄在收入中所占的比例。储蓄倾向也可以分为平均储蓄倾向（APS）和边际储蓄倾向（MPS）。平均储蓄倾向是指在任一收入水平上储蓄在收入中所占的比率，用公式表示为：

$$APS = \frac{S}{Y}$$

一般地，平均储蓄倾向是递增的。

边际储蓄倾向是指在增加的一个单位收入中用于储蓄的部分所占的比率，即储蓄增量与收入增量的比率。ΔS 代表储蓄增量，ΔY 代表收入增量，则边际储蓄倾向用公式表示为：

$$MPS = \frac{\Delta S}{\Delta Y}$$

由于边际储蓄增量只是收入增量的一部分，所以边际储蓄倾向的数值大于 0 而小于 1，且边际储蓄倾向是储蓄函数 $S = f(Y)$ 的斜率。

由于储蓄为收入与消费之差，则在一定的收入条件下，消费增加，储蓄就要相应减少；消费减少，储蓄就相应增加。因此，$S = Y - C$。

因为：

$$C = \alpha + \beta Y$$

所以：

$$S = Y - \alpha - \beta Y$$
$$= -\alpha + (1 - \beta)Y$$

其中，$(1 - \beta)$ 是边际储蓄倾向，$(1 - \beta)Y$ 表示收入引致的储蓄。

$S = -\alpha + (1 - \beta)Y$ 的经济含义是：储蓄等于收入引致的储蓄减去自发消费或基本消费。当收入和储蓄之间呈线性关系时，储蓄函数就是一条向右上方倾斜的直线，储蓄函数曲线上每一点的斜率都等于边际储蓄倾向，如图 3-3 所示。

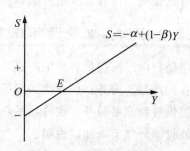

图 3-3　线性储蓄函数

在图 3-3 中，横轴表示收入水平，纵轴表示储蓄水平，S 为储蓄曲线，E 点是收支相抵点，这时储蓄为零。储蓄曲线向右上方倾斜，表示储蓄与收入同方向变动。在 E 点之左，表示有负储蓄，在 E 点之右，表示有正储蓄。

3.2.3 消费函数和储蓄函数的关系

由于全部的收入分为消费和储蓄，因此：

第一，消费函数和储蓄函数互为补数，消费和储蓄之和等于收入。所以：

$$Y = C + S$$

第二，平均消费倾向（APC）和平均储蓄倾向（APS）互为补数，二者之和永远等于1，即：

$$APC + APS = 1$$

第三，全部增加的收入分为增加的消费和增加的储蓄，MPC 和 MPS 互为补数，二者之和也永远等于1，所以：

$$MPC + MPS = 1$$

3.3 两部门经济体国民收入的决定

所谓两部门经济是指只有厂商和居民两个经济部门的经济。同时假定没有对外贸易发生，消费行为和储蓄行为都发生在家庭部门，生产和投资行为都发生在厂商部门，且投资不变。这种两部门经济在现实生活中是不存在的，但从这种简单化的假设出发可以说明国民收入决定的基本理论。

3.3.1 两部门经济中的收入流量循环模型

在两部门经济中，居民户向厂商提供各种生产要素，得到相应的收入，并用这些收入购买和消费各种产品与劳务；厂商购买居民户提供的各种生产要素进行生产，并向居民户提供各种产品服务。这种居民户与厂商之间的联系可以用图 3-4 中的国民收入流量循环模型来加以说明。

图中的箭头表示货币收入的流向。在这个循环中，只要居民户把他们出卖生产要素所得到的收入用于购买厂商生产出来的各种产品与劳务，这个经济就可以以不变的规模循环下去。但如果居民户有一部分收入现在不用作消费支出而储蓄起来，则国民收入的流量循环就要受到影响。但只要通过金融机构把居民户的全部储蓄都转化为厂商的投资，即储蓄等于投资，这个经济就可以按不变的流量正常地循环下去。

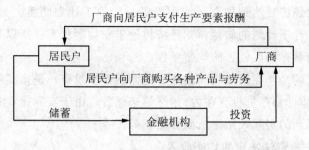

图 3-4　国民收入流量循环模式

3.3.2　两部门经济中国民收入的决定

1. 两部门经济中国民收入的构成

如前所述，国民收入可以从收入、支出等不同的角度加以分析，收入代表总供给、支出代表总需求。因此，从供给方面看，国民收入是一定时期内各种生产要素(即劳动、资本、土地及企业家才能)生产出来的，也可以说是各种生产要素供给的总和。这个总和又可用各种生产要素相应得到的收入(即工资、利息、地租和利润)总和来表示。这些收入不是用于消费就是用于储蓄，因而可用消费与储蓄相加进行表示。

$$总供给 = 各种生产要素供给的总和$$
$$= 各种生产要素收入的总和$$
$$= 工资 + 利息 + 地租 + 利润$$
$$= 消费 + 储蓄$$

即：$Y = C + S$。

从需求方面看，国民收入是一定时期内用于消费支出和投资支出的总和，也就是对消费品的需求和对投资品需求的总和，因此：

$$总需求 = 消费需求 + 投资需求$$
$$= 消费支出 + 投资支出$$
$$= 消费 + 投资$$

即：$Y = C + I$。

在两部门经济中，国民收入的均衡条件是：

$$C + I = C + S$$

两边同时消去 C，即得 $I = S$。这里的投资是指计划的投资，储蓄是计划的储蓄，表示经济要达到均衡，计划投资必须等于计划储蓄。如果 $I \neq S$，即计划的投资不等于计划的储蓄，则经济将处于非均衡状态。所以，计划的投资等于计划的储蓄是国民收入的均衡条件。

需要说明的是，在国民收入核算中的储蓄等于投资，是指实际发生的投资（包括计划和非计划存货投资在内）始终等于储蓄，由于实际投资和实际储蓄是根据定义而得到的实际数字，从而必然相等。

2. 消费—投资法决定的均衡收入

凯恩斯认为，在短期内，价格水平和社会总供给是不变的，均衡的国民收入取决于总需求（即总支出）。在两部门经济中，计划的总支出等于消费支出加投资支出，即 $Y=C+I$。假定投资是一个固定的量，不随国民收入水平而变化，即投资为自发的计划投资，为一常数，$I=I_0$。根据这一假定，均衡的国民收入为：

$$Y=C+I_0$$

其中 $C=\alpha+\beta Y$，$I=I_0$。

这样就得到：

$$Y=\alpha+\beta Y+I_0$$

$$Y=\frac{\alpha+I_0}{1-\beta}$$

上式中，$(\alpha+I_0)$ 为自发性总需求，或称自主性总需求。

【例 3-1】 假定一个经济社会的消费函数 $C=1\,200+0.8Y$，自发的投资始终为 800（单位：亿美元），则均衡收入：

$$Y=\frac{1\,200+800}{1-0.8}=10\,000（亿美元）$$

均衡收入决定可用图 3-5 表示，由消费曲线加投资曲线和 45°线相交决定。

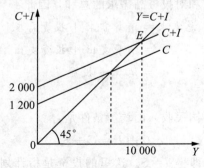

3-5 消费—投资法决定的均衡收入

图中横轴表示国民收入，纵轴表示支出消费与投资，45°线上的点到横轴和纵轴的距离相等，表示总供给等于总需求。将消费曲线 C 加上投资曲线 I 得到 $(C+I)$ 曲线，这条曲线就是总支出曲线，它与 45°线相交于 E 点，表示居民户想要有的消费支出与厂商想要有的投资支出的总和正好等于国民收入即产量。由 E 点决定的国民收入水平就是均衡的国民收入。

如果经济离开了这个均衡点，具体来说，在均衡点 E 之左，表示总支出（或总需求）大于总供给，这意味着社会总支出大于厂商所生产出来的产量，厂商存货出现意外减少（合意存货不足），于是厂商为使存货达到合意存货水平，就会增雇工人、增加产量，从而引起国民收入的扩张，并最终趋向均衡的国民收入水平。如果经济出现在均衡点 E 之右，表示总支出（或总需求）小于总供给，这意味着厂商生产出来的产量大于它能销售出去的产量，厂商存货出现意外增加（非合意存货增加），此时厂商为使存货达到合意存货水平，就会减雇工人、减少产量，从而引起国民收入的收缩，并最终趋向均衡的国民收入水平。只有在 E 点，总支出等于总产出时，厂商既没有非计划的存货投资，也没有非计划的存货负投资，厂商存货保持在合意水平，此时厂商既不会增加产量，也不会减少产量，从而国民收入维持在相对稳定的均衡状态。这就是所谓的国民收入均衡的存货调节机制。

3. 储蓄—投资法决定的均衡收入

上述均衡国民收入的决定，采用的是消费—投资法。实际上，均衡国民收入的决定也可以使用储蓄—投资法来说明。即用计划的投资等于计划的储蓄 $(I=S)$ 来表示。

如图 3-6 所示，横轴 Y 表示国民收入，纵轴表示投资和储蓄，S 为储蓄曲线，I 为投资曲线，由于投资是自发投资，因此，投资曲线在图中表现为一条平行于横轴的直线。在图中，投资曲线与储蓄曲线相交于 E 点，表明在 E 点，计划的投资等于计划的储蓄，国民收入实现均衡，由 E 点决定的国民收入即为均衡的国民收入。

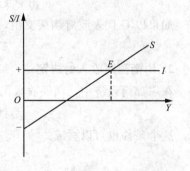

图 3-6　储蓄—投资法决定的均衡收入

3.4 多部门经济体国民收入的决定

3.4.1 三部门经济中国民收入的决定

所谓三部门经济是指包括了厂商、居民户与政府的经济。政府在经济中的作用主要是通过政府支出与税收来实现。税收是政府收入的主要来源。政府支出包括政府购买和转移支付两大类。

1. 三部门经济中国民收入的构成

三部门经济中国民收入的构成，从供给方面看，在两部门经济的各种生产要素的供给之外又增加了政府的供给。政府的供给是指政府为整个社会提供了国防、立法、基础设施等"公共物品"。政府由于提供了这些"公共物品"而得到相应的收入——税收，所以可用政府税收来代表政府的供给。这样：

$$总供给 = 各种生产要素的供给 + 政府的供给$$
$$= 工资 + 利润 + 地租 + 利息 + 税收$$
$$= 消费 + 储蓄 + 税收$$

如果用 T 代表税收，就可以写成：

$$Y = C + S + T$$

从需求方面看，在两部门经济的消费需求与投资需求之外又增加了政府的需求，政府的需求可以用政府购买支出来代表。这样：

$$总需求 = 消费需求 + 投资需求 + 政府需求$$
$$= 消费支出 + 投资支出 + 政府购买支出$$

如果以 G 代表政府购买支出，就可以写成：

$$Y = C + I + G$$

2. 均衡国民收入的决定

在三部门经济中，国民收入的均衡条件仍然是：

$$总供给 = 总需求$$

这个条件也可以写成：

$$C + S + T = C + I + G$$

如果两边同时消去 C，则可以得出：

$$S + T = I + G$$

此公式即为三部门经济中国民收入的均衡条件。按照凯恩斯的理论，均衡国民收入等于总需求，因此，三部门经济中均衡国民收入也可按照 $Y=C+I+G$ 的方法来决定。

3.4.2　四部门经济中国民收入的决定

四部门经济是包括了厂商、居民户、政府和国外部门的经济。在这种经济中，国外部门的作用是：作为国外生产要素的供给者，向国外各部门提供产品与劳务，对国外来说，这就是进口；作为国内产品与劳务的需求者，向国内进行购买，对国外来说，这就是出口。

1. 四部门经济中国民收入的构成

四部门经济中国民收入的构成，从供给方面看，在三部门经济的各种生产要素和政府的供给之外，又增加了国外的供给，国外的供给对本国来说是进口，所以可以用进口来代替国外的供给。这样：

总供给＝各种生产要素的供给＋政府的供给＋国外生产要素的供给

　　　＝工资＋利润＋地租＋利息＋税收＋进口

　　　＝消费＋储蓄＋税收＋进口

如果以 M 代表进口，就可以写成：

$$Y=C+S+T+M$$

从需求方面看，在三部门经济的消费需求、投资需求与政府需求外，又增加了国外的需求，国外的需求对本国来说就是出口，所以可以用出口来代表国外的需求。这样：

总需求＝消费需求＋投资需求＋政府需求＋国外需求

　　　＝消费支出＋投资支出＋政府支出＋国外的支出

　　　＝消费＋投资＋政府支出＋出口

如果以 X 代表出口，就可以写成：

$$Y=C+I+G+X$$

2. 均衡国民收入的决定

四部门经济中，国民收入的均衡条件仍然是：

$$总供给 ＝ 总需求$$

这个条件也可以写成：

$$C+S+T+M=C+I+G+X$$

如果两边同时消去 C，则可以得出：

$$S+T+M=I+G+X$$

或 $$S+T=I+G+(X-M)$$

其中，$(X-M)$ 为净出口。

因此，开放经济条件下的均衡国民收入还可以由下面的公式来计算，即：

$$Y=C+I+G+(X-M)$$

在上式中，本国的出口即为外国的进口，它是由外国的购买愿望和购买力所决定的，本国不能左右，因此，假定出口为外生变量，即 $X=X_0$。而进口则由两部分组成：一部分是自主性（自发性）进口需求，它与收入水平无关，不随收入的变动而变动，如有关国计民生的进口产品；另一部分为引致性进口需求，它由收入水平决定，收入水平越高，这部分进口需求越大。因此，进口需求函数为：

$$M=M_0+mY$$

其中，M_0 为自主性进口；m 为边际进口倾向，即收入每增加一个单位所增加的进口量，$m=\Delta M/\Delta Y$。

上面的分析表明，在开放经济条件下，均衡国民收入的变动与出口成正比，与进口和边际进口倾向成反比，出口的增加会引起均衡国民收入的增加，而进口的增加和边际进口倾向的提高则会引起均衡国民收入的减少。

3.5 乘数理论

3.5.1 乘数的概念

乘数最早是英国经济学家卡恩在 1931 年所发表的《国内投资与失业的关系》一文中提出来的。卡恩在该文中论述了就业乘数，即初级就业（公共工程支出增加引起的最初就业的增加）与就业总量之间的比例关系，提出了 $K'N_2=N$ 的公式（N_2 为初级就业，N 为就业总量，K' 为乘数）。凯恩斯正是在这一基础上完善了乘数理论。凯恩斯的完善主要是把乘数与边际消费倾向联系起来，并把乘数作为国民收入决定理论的一个重要组成部分。

乘数是指国民收入的变动量与引起这种变动的注入的变动量的比率。由于投资、政府支出、出口等注入的变动是通过引起总需求的变动从而引起国民收入的变动的，且在其他条件不变的情况下，总需求的变动量等于引起其变动的注入的变动量，所以乘数又通常定义为国民收入的变动量与引起这种变动的总需求变动量的比率。

如果以 ΔAD 代表总需求变动量，以 ΔY 代表国民收入变动量，用 K 代表乘数，则可用下列公式表述乘数的概念：

$$K = \frac{\Delta Y}{\Delta AD}$$

如果假定总需求和国民收入以极其微小的量变动，则上式也可以写为：

$$K = \frac{\mathrm{d}Y}{\mathrm{d}AD}$$

在现实经济生活中，乘数总是大于 1 的，这是因为国民收入增加中必然有一部分用于支出，从而使总需求又一次增加，这种总需求的增加又会使国民收入增加。

乘数意味着总需求的增加可以引起国民收入的倍数增加；同样，总需求的减少，也会引起国民收入的倍数减少。因而，西方经济学家把乘数比作一把"双刃剑"。

下面，我们先考察一下两部门经济中均衡国民收入的影响因素。两部门经济中均衡国民收入的决定模型是：

$$Y = \frac{\alpha + I_0}{1 - \beta}$$

在两部门经济中，均衡国民收入受到三个因素影响：自发消费 (α)；边际消费倾向 (β) 或边际储蓄倾向 $(1-\beta)$；投资 (I_0)。在这三个因素中，自发消费和边际消费倾向是人们的消费行为参数，是比较稳定的，而投资则是厂商的行为参数 (当然也包括居民的住房投资支出)，是比较容易变动的。

【例 3-2】 假设消费函数 $C = 80 + 0.8Y$，投资为 40 亿元，则均衡收入为：

$$Y = \frac{80 + 40}{1 - 0.8} = 600$$

再假设其他因素不变，投资上升为 50 亿元，则此时均衡国民收入为：

$$Y = \frac{80 + 50}{1 - 0.8} = 650$$

可见，投资的增加引起了均衡国民收入的增加，具体说，当 $\Delta I = 60 - 50 = 10$ 亿美元时，$\Delta Y = 650 - 600 = 50$ 亿美元，$\frac{\Delta Y}{\Delta I} = 5$，也就是说，国民收入的增加量是投资的增加量的 5 倍。

上例中的倍数在经济学中称为乘数，即均衡国民收入的变化量与引起这一变动的变量的变化量之间的比率。根据均衡国民收入决定公式，增加的总支出与增加的国民收入相等，即：

$$\Delta Y = \Delta AD = \Delta \overline{A} + \beta \Delta Y$$

$$\Delta Y - \beta \Delta Y = \Delta \overline{A}$$

$$\Delta Y = \frac{1}{1-\beta} \Delta \overline{A}$$

增加的国民收入（ΔY）与引起这种增加的自发总支出的增量（$\Delta \overline{A}$）的比 $\frac{1}{1-\beta}$ 就是乘数。如果以 k 表示乘数，则有：

$$k = \frac{\Delta Y}{\Delta I} = \frac{1}{1-\beta}$$

$$乘数 = \frac{1}{1-边际消费倾向}$$

$$= \frac{1}{边际储蓄倾向}$$

自发总支出的增加会引起国民收入的增加，但是，一定量自发总支出的增加会使国民收入增加多少，总支出增加与国民收入增加之间量的关系如何，正是乘数原理所揭示的内容。

在实际生活中，边际消费倾向既不会接近于 1，也不会接近于 0，一般多在 0.6～0.7 之间，所以投资乘数的数值多小于 3，而常徘徊于 2.5 左右。

乘数的作用是不可否认的，但乘数原理发生作用是有一定条件的。这就是说，在社会上各种资源没有得到充分的利用时，总支出的增加才会使各种资源得到利用，产生乘数作用。如果社会上各种资源已经得到了充分利用，或者某些关键部门（如能源、原料或交通）存在着制约其他资源利用的"瓶颈状态"，乘数就无法发挥作用。

3.5.2 乘数公式的数学推导

下面我们用一个例子来进行乘数公式的推导。

【例 3-3】 假设第一轮总需求量 ΔAD 为 100 亿元，这种总需求的增加所引起的国民收入增加中有 $\beta \Delta AD$（80 亿元）为支出（β 为边际消费倾向，$\beta = 0.8$），这个 $\beta \Delta AD$（80 亿元）就成为第二轮中总需求的增加，这种总需求的增加又引起国民收入的增加，如此一直继续下去，则会出现下面的情形（见表 3-1）。

表 3-1　增加 100 亿元的总需求而导致的国民收入的增加

（边际消费倾向 $\beta=0.8$）　　　　　　　　单位：亿元

第几轮	本轮总需求的增量	本轮国民收入的增量	国民收入总增量
1	$100(\Delta AD)$	$100(\Delta AD)$	$100(\Delta AD)$
2	$80(\beta\Delta AD)$	$80(\beta\Delta AD)$	$180[(1+\beta)\Delta AD]$
3	$64(\beta^2\Delta AD)$	$64(\beta^2\Delta AD)$	$244[(1+\beta+\beta^2)\Delta AD]$
4	$51.2(\beta^3\Delta AD)$	$51.2(\beta^3\Delta AD)$	$295.2[(1+\beta+\beta^2+\beta^3)\Delta AD]$
...	...	...	...
			500

从表 3-1 中可以得知：第一轮总需求增加 ΔAD 为 100 亿元，国民收入增加量为 100 亿元，国民收入总增加 ΔAD 为 100 亿元；第二轮总需求量增加 $\beta\Delta AD$ 为 80 亿元，国民收入增加量为 80 亿元，国民收入总增加为两轮国民收入增加量之和，即 $(1+\beta)\Delta AD=100+80=180$ 亿元；第三轮总需求增加量为第二轮国民收入增加量的 β 倍，即 $\beta\beta\Delta AD=\beta^2\Delta AD=64$ 亿元，国民收入增加量 $\beta^2\Delta AD=64$ 亿元，国民收入总增加量为三轮的国民收入增加量之和，它等于 $\Delta AD+\beta\Delta AD+\beta^2\Delta AD=(1+\beta+\beta^2)\Delta AD=100+80+64=224$ 亿元。由此类推，可以得知以后各轮的情况，最后结果表述如下：

$$\Delta Y=\Delta AD+\beta\Delta AD+\beta^2\Delta AD+\beta^3\Delta AD+\cdots$$

$$=(1+\beta+\beta^2+\beta^3+\cdots)\Delta AD$$

$$=\frac{1}{1-\beta}\Delta AD$$

$$=\frac{1}{1-0.8}\times100$$

$$=500（亿元）$$

又因为 $0<\beta<1$，所以我们可以得出下面的公式：

$$\Delta Y=\frac{1}{1-\beta}\Delta AD$$

即：

$$K=\frac{\Delta Y}{\Delta AD}=\frac{1}{1-\beta}$$

由以上公式可以看出，乘数的大小取决于边际消费倾向（β），与边际消费倾向同方向变动。边际消费倾向越大,乘数越大;反之,越小。这是因为,边际消费倾向越大,所增加的国民收入中用于消费支出的部分越大,从而引起下一轮总需求的增加也就越大,以后国民收入的增加也就越多。而且由于 $0<\beta<1$,所以乘数 $\frac{1}{1-\beta}>1$。

3.5.3 乘数理论的运用条件

一般来说,乘数理论反映了现代经济的特点,即由于经济各部门之间的密切联系,某一部门支出(即需求)的增加必然在经济中引起其他部门的连锁反应,从而使国民收入有更大的增加。从这种意义上说,乘数理论是适用于各种经济的一般规律。

但是,乘数发挥作用是需要一定的条件的,这些条件是:

①经济中存在没有充分利用的资源。有时经济中大部分资源没有得到充分利用,但由于某一种或几种重要资源处于"瓶颈状态",也会限制乘数发挥作用。这种资源的"瓶颈状态"使利用其他闲置资源成为不可能。

②假定投资和储蓄相互独立,否则,乘数作用将减弱。因为增加投资所引起的对货币资金需求的增加会使利率上升,而利率的上升会鼓励储蓄,削弱消费,从而部分地抵消由于投资增加引起收入增加进而使消费增加的趋势。

③货币供给量增加要能适应支出增加的需要。如果货币供给受到限制,投资和消费增加时所增加的货币需求就得不到货币供给相应的支持,会导致利率上升,进而抑制消费和投资。

3.5.4 具体的乘数

1. 投资乘数

根据乘数的定义,投资乘数即是国民收入的增量与投资的增量之间的比率。令 k_i 为投资乘数,则有:

$$k_i = \frac{\Delta Y}{\Delta I} = \frac{1}{1-\beta}$$

从投资乘数公式可以看出,乘数的数值直接取决于边际消费倾向和边际储蓄倾向的数值。乘数与边际消费倾向按同一方向变化,与边际储蓄倾向成反方向变化。边际消费倾向越大,乘数就越大,边际消费倾向最大为1,这时乘数 $k=\infty$;而边际消费倾向越小,乘数就越小,边际消费倾向最小为零,这时乘数 $k=1$。

投资乘数的作用是双重的：一方面，投资的增加会引起收入和就业量成 k 倍地增加；另一方面，投资的减少也会导致收入和就业量成 k 倍地减少。

以上分析的是投资的乘数效应。实际上，总支出的任何变动，如消费的变动、政府支出的变动、税收的变动、净出口的变动等，都会引起收入若干倍的变动，都具有乘数作用，但它们乘数的大小，对国民收入的影响并不相等。

2. 政府购买乘数

政府购买乘数是指国民收入的变化量与引起国民收入变化的政府购买变化量之间的比率。政府购买乘数记作 k_g。

$$k_g = \frac{\Delta Y}{\Delta G} = \frac{1}{1-\beta}$$

3. 税收乘数

税收乘数是指国民收入变化量与引起这种变动的税收变化量的比率，税收乘数用 k_t 表示，则：

$$k_t = \frac{\Delta Y}{\Delta T} = \frac{-\beta}{1-\beta}$$

与投资乘数不同的是，税收乘数为负值，也就是说，税收与国民收入是反向变动的，政府增加税收会导致国民收入减少；相反，政府减少税收会使得国民收入增加。

4. 政府转移支付乘数

政府转移支付乘数是指反映国民收入变化量与引起这种变动的政府转移支付变化量的比率。政府转移支付乘数用 k_{T_r} 表示，则：

$$k_{T_r} = \frac{\Delta Y}{\Delta T_r} = \frac{\beta}{1-\beta}$$

政府转移支付乘数的绝对值与税收乘数的绝对值相等，但政府转移支付乘数为正值，也就是说，政府转移支付与国民收入同方向变动。政府转移支付增加会使得国民收入增加，政府转移支付减少会使得国民收入减少。

【例 3-4】 假定某社会的消费函数是 $C = 100 + 0.8Y$，投资支出为 50 亿元，政府购买支出为 200 亿元，政府税收收入为 250 亿元，政府转移支付为 62.5 亿元，求该三部门经济中的均衡国民收入和各种乘数。

将已知条件代入三部门经济中均衡国民收入的决定模型，可得均衡的国民收入是 1 750 亿元，现在根据乘数的公式得各种乘数如下：

$$k_i = \frac{1}{1-\beta} = \frac{1}{1-0.8} = 5$$

$$k_g = \frac{1}{1-\beta} = \frac{1}{1-0.8} = 5$$

$$k_t = \frac{-\beta}{1-\beta} = \frac{-0.8}{1-0.8} = -4$$

$$k_{T_r} = \frac{\beta}{1-\beta} = \frac{-0.8}{1-0.8} = 4$$

【延伸阅读】

高科技应成中国 GDP 主要构成

全国政协常委、经济委员会副主任，北京大学民营经济研究院院长厉以宁在日前举行的"第六届中国民营企业投资与发展论坛"上表示，当前我国民营经济依然存在诸多体制障碍与技术障碍，"新36条"的出台在一定程度上有助于解决这些障碍。

厉以宁在分析了经济回升阶段资产价格回升比一般物价回升要快要早的原因之后，回答了为何不少民间资本不投向实体经济，而投向虚拟经济或者资产价格炒作的问题。他认为，这是有深刻原因的，其中一个重要原因，就是很多领域限制民间资本进入，因此导致部分民间资本流到资产市场去；其二，即使是民营经济或者民间资本可以进入的领域，由于与国有经济相比，待遇有所不同，所以民间资本感到没有保障。

厉以宁认为，观察 GDP，不能只看总量，还要看其结构。鸦片战争前二十年，中国的 GDP 占世界 GDP 的百分之三十几，远远高于英、美、法等西方国家，但其内容构成仅限于粮食、茶叶、瓷器、手工制的棉布等。当时英国的 GDP 虽然低于中国，但是其构成主要是钢铁、机器设备等，它们代表了世界经济发展的方向。民营企业家应该看到，将来中国的 GDP 也要由高科技产品构成，这代表了中国的发展方向。但目前，高科技领域民营企业还比较难进，原因主要在于"融资难"问题没有得到解决。

在分析 GDP 的构成时，厉以宁还指出，GDP 还包含一个重要的内容，即人力资本的存量。1820 年，中国的产品结构无法跟英国比，人力资本也无法比，当时工业革命已经开始，英国正在大力发展教育，而中国文盲还占大多数。因此，我们应该重视教育的发展。民营企业家应该看到，培训职工实际上是增加社会的人力资本存量，也是刺激企业提高人力资本存量。每个职工在现有水平上提高素质，这不仅是职工的财富，也是企业自己的财富。

厉以宁表示，体制障碍是公平竞争问题、市场准入问题，技术障碍就是"融资难"没有得到解决，企业上市还受到更多的限制。"新36条"的出台，表明政府要把民间资本引导到国家最需要发展的领域，最需要发展的产品，最需要扶持的行业中去。但在发展过程中,民营企业还面临很多困难。面对困难,民营企业家要增加信心,加强企业的核心文化建设,培育凝聚力。

除了解决民营企业的发展障碍外,厉以宁还呼吁为民营企业减免税负。他认为,给中小企业减税免税,可以扩大经营规模,解决上亿人的就业问题,而且可以增加企业利润,企业用利润增加的部分提高职工工资,可以使企业内部关系更加和谐,对扩大内需也是有好处的。

资料来源:《中华工商时报》,2010-06-21。

【思考与训练】

一、名词解释

平均消费倾向　消费函数　边际消费倾向　储蓄函数　平均储蓄倾向
边际储蓄倾向　投资乘数　政府购买支出乘数　税收乘数　政府转移支付乘数

二、单项选择题

1. 边际消费倾向与边际储蓄倾向之和等于 1,这是因为( )。

    A. 任何两个边际量相加总是等于 1

    B. MPC 曲线和 MPS 曲线都是直线

    C. 国民收入的每一元不是用于消费就是用于储蓄

    D. 经济中的投资水平不变

2. 在两部门经济中,均衡发生于( )之时。

    A. 实际储蓄等于实际投资

    B. 实际的消费加实际的投资等于产出值

    C. 计划储蓄等于计划投资

    D. 总支出等于企业部门的收入

3. 当消费函数为 $C = a + bY$, a, $b > 0$,这表明,平均消费倾向( )。

    A. 大于边际消费倾向　　　　B. 小于边际消费倾向

    C. 等于边际消费倾向　　　　D. 以上三种情况都有可能

4. 在凯恩斯的两部门经济模型中,如果边际消费倾向值为 0.8,那么乘数值必是( )。

    A. 1.6　　　　B. 2.5　　　　C. 5　　　　D. 4

5. 在简单凯恩斯收入决定模型的 45°线中,消费函数与 45°线相交点的产出水平表示( )。

    A. 净投资支出大于零时的 GDP 水平

    B. 均衡的 GDP 水平

    C. 消费和投资相等

D. 没有任何意义，除非投资恰好为零

6. 消费函数的斜率等于(　　)。

    A. 平均消费倾向   B. 平均储蓄倾向

    C. 边际消费倾向   D. 边际储蓄倾向

7. 一个家庭当其收入为零时，消费支出为 2 000 元，而当其收入为 6 000 元时，其消费支出为 6 000 元，在图形上，消费和收入之间成一条直线，则其边际消费倾向为(　　)。

    A. 2/3   B. 3/4   C. 4/5   D. 1

8. 在边际储蓄倾向提高的同时，必定是(　　)。

    A. 可支配的收入水平增加   B. 边际消费倾向下降

    C. 平均消费倾向下降   D. 平均储蓄倾向下降

9. 如果消费函数为 $C=100+0.8(Y-T)$，那么政府支出乘数是(　　)。

    A. 0.8   B. 1.253   C. 4   D. 5

10. 边际消费倾向小于 1，意味着当前可支配收入的增加将使意愿的消费支出(　　)。

    A. 增加，但幅度小于可支配收入的增加幅度

    B. 有所下降，这是由于收入的增加会增加储蓄

    C. 增加，其幅度等于可支配收入的增加幅度

    D. 保持不变，这是由于边际储蓄倾向同样小于 1

11. 投资乘数等于(　　)。

    A. 收入变化除以投资变化   B. 投资变化除以收入变化

    C. 边际消费倾向的倒数   D. $(1-MPS)$ 的倒数

12. 政府支出乘数(　　)。

    A. 等于投资乘数   B. 等于投资乘数的相反数

    C. 比投资乘数小 1   D. 等于转移支付乘数

13. 政府计划使实际国民生产总值增加 120 亿元，如果乘数为 4，政府对物品与劳务的购买应该增加(　　)。

    A. 40 亿元   B. 30 亿元   C. 120 亿元   D. 360 亿元

14. 当政府税收或转移支付有一定变化时，消费的变化量与其相比(　　)。

    A. 变化相当   B. 难以确定   C. 变化较小   D. 变化较大

15. 如果边际储蓄倾向为 0.3，投资支出增加 60 亿元，可以预期，这将导致均衡水平 GDP 增加(　　)。

    A. 20 亿元   B. 60 亿元   C. 180 亿元   D. 200 亿元

16. 在一个不存在政府和对外经济往来的经济中，若现期 GDP 水平为

5 000亿元，消费者希望从中支出 3 900 亿元用于消费，计划投资支出总额为
1 200亿元，这些数字表明(　　)。

    A. GDP 不处于均衡水平，将下降

    B. GDP 不处于均衡水平，将上升

    C. GDP 处于均衡水平

    D. 以上三种情况都有可能

三、简答题

1. 凯恩斯收入决定理论的假定条件是什么？

2. 税收、政府购买和转移支付三者对总需求的影响方式有何区别？

3. 简述影响各个家庭消费的因素。

4. 凯恩斯的短期消费函数的形式和特点是什么？

四、计算题

1. 假如某人的边际消费倾向恒等于1/2，他的收支平衡点是 8 000 美元，若他的收入为 10 000 美元，试计算他的消费和储蓄各为多少。

2. 某年政府增加投资支出 50 亿美元，设边际消费倾向为 0.75，经济起初位于均衡点 4 700 亿美元。

(1)确定政府投资支出增加对国民生产净值均衡点的影响；

(2)假如出现相反情况，投资支出减少 50 亿美元，均衡的国民生产净值如何变化？

3. 假设经济模型为 $C = 20 + 0.75(Y - T)$；$I = 380$；$G = 400$；$T = 0.20Y$；$Y = C + I + G$。

(1)计算边际消费倾向；

(2)税收的公式表明当收入增加 100 时，税收增加 20，所以可支配收入增加 80，消费增加 60。画出作为收入 Y 的消费函数及意愿支出曲线，标明其斜率及纵轴截距；

(3)计算均衡的收入水平；

(4)在均衡的收入水平下，政府预算盈余为多少？

(5)若 G 从 400 增加到 410，试计算政府支出乘数，并解释它不等于 $1/(1 - MPC)$ 的原因。

第 4 章　*IS-LM* 模型

【案例导入】

提高存款准备金率不应伤及无辜

从 2007 年 11 月 26 日起，央行决定再次上调存款准备金率 0.5 个百分点，至 13.5％，这是 1988 年以来的最高记录，"几乎是全世界最高"的调整。调整存款准备金率是为了减少银行流动资金，约束贷款能力，这说明，决策层对于宏观经济过热、信贷增长过快与通货膨胀担忧加剧，看来即将公布的 10 月份消费者物价指数等仍将在高位徘徊。在存款准备金率达到 13％ 的 1988 年，官方公布的通胀数据为 18.5％，而央行预计在 4.5％。目前的通胀水平与 1988 年、1994 年两个高位还有很远的距离，但应该看到，目前的资本市场对资金的吸纳能力与 20 年前不可同日而语，管理层希望借助于货币手段避免出现当年那种极端情况。

央行加息幅度远远落后于上调存款准备金率，原因是我国加息对实体经济的传导机制不畅，可能对实体经济造成更大的影响，并且对靠利差谋生的银行会造成生计之虞。因此，央行只能诉之以上调准备金率这一直接约束银行贷款能力的行为。可资借鉴的是，在美联储设立之初，利率传导机制不畅，或者利率手段不能像直接抑制信贷能力那么收效时，美联储也同样使用存款准备金率这把巨斧。

央行紧缩货币政策不可谓不猛烈，但猛烈的政策没有换回经济降温，信贷、资产价格等仍然一路上升，根源在于中国的货币政策依赖于投资与出口顺差，而中国经济的安全系于垄断企业一身。这不仅导致央行无法抑制流动性过剩，还使得货币紧缩政策加剧了经济结构的不均衡。

收缩银根是为了给经济降火，但如果降了实体经济之火则是得不偿失。比如提升存款准备金率，对不同的企业、不同的银行影响截然不同，股份制商业银行的超额存款准备金率呈上升趋势，而国有商业银行的超额准备金率基本持平，这就意味着超额存款准备金不足的银行头寸紧张，银行会进一步压缩信贷，这就让原本信用基础薄弱的中小企业与个人受到沉重打击。

迹象已经显现。2007 年下半年以来，温州信贷资金渐趋紧张，民间融资难度加大，民间借贷利率持续升高。人行温州市中心支行的监测结果显示，

9 月份 400 户监测点总计民间借贷发生额为 10 436 万元，月息最高利率 40‰，最低利率 5‰，平均利率 10.32‰，比 8 月份上升了 0.56 个千分点，比去年同期上升 1.22 个千分点。

作为银根风向标、最能灵敏反映市场融资变化的温州民间借贷利率的上升，说明目前的信贷环境无法满足民间经济对资金的渴求，中国的民间实体经济融资渠道仍然不畅。我们所看到的流动性过剩与实体经济形成了两张皮的脱节现象：一方面流动性过剩流向了资产、央企、重化工业、资源、零售渠道等领域；另一方面在制造企业、农村存在严重的信贷"脱水"现象，造成中国的制造业与农村无法跟上整体 GDP 发展的步伐，从采购指数等来看，中国的制造业已经饱尝财税、人力、原材料价格三重挤压的痛苦。

资料来源：《南方都市报》，2007-11-12。

4.1 投资与利率

4.1.1 投资的类型

在西方经济学中，投资主要是指资本的形成，指在一定时期内社会实际资本的增加。这里所说的实际资本包括厂房、设备、存货和住宅，不包括有价证券之类的金融性资产。

根据投资包括的范围，投资可以划分为重置投资、净投资和总投资。重置投资是指用于维护原有资本存量完整的投资支出，也就是用来补偿资本存量中已耗费部分的投资，它取决于原有的资本存量、构成、寿命等因素，它不会导致原有资本存量的增加。净投资是指为增加资本存量而进行的投资支出，即实际资本的净增加，它取决于国民收入水平、利率、对未来的预期等因素。总投资则是重置投资和净投资的总和，也可定义为维护和增加资本存量的全部投资支出。

根据投资内容的不同，投资又可以划分为非住宅固定投资、住宅投资和存货投资，三者之和仍等于总投资。非住宅固定投资是指企业购买厂房和设备的投资支出。住宅投资是指建造住宅和公寓的投资支出。存货投资是指厂商持有的存货价值的增加。

根据投资形成的原因不同，又可将投资分为自发投资和引致投资。自发投资是指由于人口、技术、资源等外生因素的变动所引起的投资。引致投资是指由于国民收入的变动所引起的投资。

决定投资的因素很多，主要的因素有实际利率水平、预期收益率和投资风险等因素。

4.1.2 投资与利率的关系

企业在进行项目投资的时候，往往首先会考虑项目的融资问题，而无论其项目资本的构成如何，资本的成本都是项目经济可行性判断中所要依据的主要因素。在西方经济学中，主要是从机会成本的角度考虑资本的成本，而利息是相对其他投资机会所能获得的最稳妥的收益，由此，利率就成为资本的最低价格。所以，当投资的预期利润率既定时，企业是否进行投资，则取决于利率的高低：利率上升时，投资需求量就会减少；利率下降时，投资需求量就会增加。可见，投资与利率之间具有反向的关系。

在这里，我们所指的利率是实际利率，它是不考虑通货膨胀条件下的利率水平。

4.1.3 资本边际效率和资本边际效率递减规律

资本的边际效率（Marginal Efficiency of Capital，MEC）是一种贴现率，这种贴现率正好使一项资本物品在使用期内各项预期收益的现值之和等于这项资本物品的供给价格或重置成本。

为了便于大家理解，我们举一个例子。

【例 4-1】 假定某企业投资 30 000 元购买一台机器，这台机器的使用年限为 3 年，且无残值回收。假定各期的预期收益是 11 000 元、12 100 元、13 310 元，不考虑公司成本因素，$r=10\%$（r 是贴现率或利率），则 3 年内全部收益的现值 R_0 为：

$$R_0 = R_1 + R_2 + R_3$$
$$= 11\,000/(1+10\%) + 12\,100/(1+10\%)^2 + 13\,310/(1+10\%)^3$$
$$= 30\,000(元)$$

由于这一贴现率 $r=10\%$ 使 3 年期的全部收益的现值之和恰好等于这项资本的成本 30 000 元，因此，这一贴现率就是该资本的边际效率，它表明一个投资项目的收益应按何种比例增长才能达到预期的收益，因此，它也代表该投资项目的预期利润率。

将上例推广，假定资本品的供给价格为 R，使用年限为 n 年，且报废残值为 J，各年的预期净收益（预期收益减去预期成本）分别为 R_1，R_2，R_3，…，R_n，r 代表资本的边际效率，则它们之间的关系可以表示为：

$$R_t = R_0 (1+r)^t$$

t 表示时间，R_t 为第 t 期的预期净收益。

$$R = \sum_{i=1}^{n} \frac{R_t}{(1+r)^t} + \frac{J}{(1+r)^n}$$

在凯恩斯的投资理论中，投资的多寡取决于资本边际效率与利率的对比。一般来说，投资需求与资本边际效率呈同方向变化，而与利率水平呈反方向变动。如果投资成本既定，资本边际效率就取决于投资者的预期收益。因心理、生理和环境因素的影响，资本边际效率在短期内波动不定。考虑到资本成本随投资增加而不断增加，投资的预期收益随产品供给增加而下降，资本边际效率就出现了随投资增加而递减的趋势，即资本边际效率递减规律。

4.1.4 投资函数

在实际生活中，每一个企业都会面临一些可供选择的投资项目，每一个投资项目的资本边际效率是不一样的，如果我们已经知道这些投资项目的资本边际效率，那么，投资的数量主要取决于什么呢？显然是市场利率。

【例 4-2】 假定某企业有可供选择的 4 个投资项目，其中，项目 A 的投资量为 200 万元，资本边际效率为 10%；项目 B 的投资量为 100 万元，资本边际效率为 8%；项目 C 投资为 300 万元，资本边际效率为 6%；项目 D 的投资量为 200 万元，资本边际效率为 4%。如图 4-1 所示。

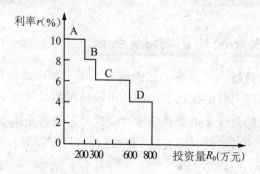

图 4-1 某企业可供选择的投资项目

显然，如果市场利率为 10%，只有 A 项目值得投资，如果市场利率为 8% 或稍低些，则 B 也值得投资，投资总额达 300 万元，如果市场利率降到 4% 或 4% 以下，则 C 和 D 也值得投资，投资总额可达 800 万元。可见，对这个企业来说，利率越低，投资需求量会越大。

在资本边际效率既定的情况下，一个企业的投资与利率存在反向变化的关系。对于整个经济来说，显然也是如此。投资与利率之间的这种关系称为投资函数，可表示为：

$$i = i(r)$$

或

$$i = e - dr$$

其中，e 表示利率 r 为零时的投资量，称自主投资。d 是系数，表示利率每上升或下降一个百分点，投资会减少或增加的数量，可称为利率对投资需求的影响系数或投资需求的利率敏感系数。例如，假定投资函数为 $I = 2\,400 - 300r$。这里，2 400 即为自主投资，300 为利率对投资需求的影响系数。

4.1.5　托宾的"q"说

美国经济学家詹姆斯·托宾提出了企业股票价格会影响企业投资的理论，即"q"说。该理论认为，衡量要不要进行新投资的标准为企业的股票市场价值和新建造企业的成本之比，即 q 值。当 q<1 时，说明买旧的企业比新建设便宜，于是就不会有投资的增加；当 q>1 时，说明新建企业比买旧的企业要便宜，于是就会有新投资的发生。

4.2　IS 曲线

4.2.1　产品市场的均衡与 IS 曲线

产品市场均衡是指产品市场上总供给与总需求相等的情况。在上一章中，我们已经学习了两部门经济条件下，产品市场均衡的条件是 $c+i=c+s$，等式的左边是从支出法的角度来衡量总需求，等式的右边则是从收入法的角度来衡量均衡产出。等式的两边同时消去 c，我们可以得到两部门经济中产品市场均衡的条件公式，即 $i=s$。

在两部门经济的国民收入决定公式 $y = \dfrac{\alpha + i}{1 - \beta}$ 中，我们将投资作为外生变量参与均衡收入的决定，但通过本章第一节的分析，此处我们将投资函数 $i=e-dr$ 代入其中，从而得到新的均衡收入的决定公式：

$$y = \frac{\alpha + e - dr}{1-\beta}$$

或

$$r = \frac{\alpha + e - (1-\beta)y}{d}$$

即，要使产品市场达到均衡，利率 r 和国民收入 y 之间必须存在上式的关系。

如果将上述函数在一个坐标轴上加以表示，以纵轴代表利率，以横轴代表国民收入，则可以得到一条反映利率和收入之间关系的曲线。在这条曲线上，任何一点都代表一定的利率和国民收入的组合，且都满足上式，即投资和储蓄是相等的($I=S$)或产品市场是均衡的。我们将这条代表产品市场均衡时，利率和国民收入关系的曲线称为 IS 曲线。在两部门经济中，IS 曲线的数学表达式为 $r=\frac{\alpha + e - (1-\beta)y}{d}$，它的斜率为负，这表明 IS 曲线一般是一条向右下方倾斜的曲线。

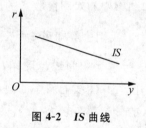

图 4-2 IS 曲线

我们可以将 IS 曲线的经济含义简单归结为以下三点：

①IS 曲线是一条描述产品市场达到均衡，即 $i=s$ 时，国民收入(均衡产出或总需求)与利率之间关系的曲线。

②在产品市场上，国民收入与利率之间存在着反向变化的关系，即利率提高时国民收入水平趋于减少，利率降低时国民收入水平趋于增加。

③处于 IS 曲线上的任何点位都表示 $i=s$，即产品市场实现了均衡；反之，偏离 IS 曲线的任何点位都表示 $i\neq s$，即产品市场没有实现均衡。如果点位于 IS 曲线的右边，表示 $i<s$，即现行的利率水平过高，从而导致投资规模小于储蓄规模；如果点位于 IS 曲线的左边，表示 $i>s$，即现行的利率水平过低，从而导致投资规模大于储蓄规模。

4.2.2 IS 曲线的斜率及影响斜率的因素

从 IS 曲线的表达式 $r = \dfrac{\alpha + e - (1-\beta)y}{d}$ 中，我们可以知道，IS 曲线的斜率

为 $\dfrac{\beta-1}{d}$，即 $\dfrac{\mathrm{d}r}{\mathrm{d}y} = \dfrac{\beta-1}{d}$，它取决于 d 和 β。从

图 4-3 中可以看出，IS 曲线斜率的绝对值
越大，曲线就越陡峭，则利率变动对国民收
入的影响就越小；反之，IS 曲线斜率的绝
对值越小，曲线就越平缓，则利率变动对国
民收入的影响就越大。

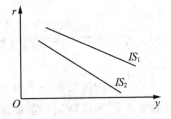

图 4-3 斜率不同的 IS 曲线

从投资函数 $i = e - dr$ 中，我们已经知道 $d = \dfrac{\Delta i}{\Delta r}$，即它表示投资需求对利
率变动的敏感程度。d 越大，投资需求对利率的变动就越敏感，IS 曲线的斜
率的绝对值就越小，曲线越平缓，即利率变动对国民收入的影响就会较大。反
之，d 越小，投资需求对利率的变动就越不敏感，IS 曲线的斜率的绝对值就
越大，曲线就较为陡峭，即利率变动对国民收入的影响就会较小。

从消费函数 $c = \alpha + \beta y$ 中，我们已经知道 $\beta = \dfrac{\Delta c}{\Delta y}$，表示边际消费倾向。$\beta$ 越
大，IS 曲线的斜率的绝对值就越大，曲线越陡峭，即利率变动对国民收入的
影响就会较小。反之，β 越小，IS 曲线的斜率的绝对值就越小，曲线就较为平
缓，即利率变动对国民收入的影响就会较大。

综上所述，我们可以将 β、d 和 IS 曲线斜率的关系总结如表 4-1 所示。

表 4-1 β、d 和 IS 曲线斜率的关系

β 和 d	变化	IS 曲线的形状	IS 曲线的斜率	经济含义
β 值 ($\beta>0$)	变大	更为平坦	变小	y 对 r 的变化反应灵敏
	变小	更为陡峭	变大	y 对 r 的变化反应不灵敏
d 值 ($d>0$)	变大	更为平坦	变小	y 对 r 的变化反应灵敏
	变小	更为陡峭	变大	y 对 r 的变化反应不灵敏

在三部门经济中，由于存在政府购买性支出、转移支付和税收，消费是个
人可支配收入的函数。在定量税的情况下，IS 曲线的斜率仍为 $\dfrac{\beta-1}{d}$，但在比

例税的情况下，即 $c = \alpha + \beta(1-t)y$，则 IS 曲线的斜率就变为 $\dfrac{\beta(1-t)-1}{d}$。在 β 和 d 既定时，t 越大，斜率的绝对值就越大，IS 曲线就越陡峭，即利率变动对收入变动的影响就越小；t 越小，斜率的绝对值就越小，IS 曲线就越平缓，则利率变动对收入变动的影响就越大。因此，IS 曲线的斜率的绝对值与 t 呈正向关系。

4.2.3　IS 曲线的移动

根据 IS 曲线的决定公式，我们可以知道，影响 IS 曲线的因素包括 α、e、β 和 d。同理，如果是在三部门经济的条件下，影响 IS 曲线的因素还应该包括政府购买(G)、政府转移支付(T_r)和政府税收(T)。

根据各因素对 IS 曲线的影响方式的不同，IS 曲线的移动可以分为两种情况：一是斜率不变的情况下 IS 曲线的水平移动；二是改变斜率条件下所导致的 IS 曲线的旋转移动(见图 4-4)。

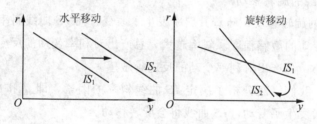

图 4-4　IS 曲线的移动

1. IS 曲线的水平移动

IS 曲线的水平移动是指 IS 曲线在斜率不变的条件下，向左或向右移动。由于 IS 曲线的斜率是由 β 和 d 共同决定的，即 IS 曲线的水平移动可以看成为在 β 和 d 不变的情况下，由其他影响因素所导致的曲线的水平移动。注意，凯恩斯的国民收入决定理论主要是指短期的，而在短期中，我们可以将 β 和 d 视为是不变的，所以，在教材的后续章节中所提到的 IS 曲线的移动一般是指水平移动。下面，我们主要分析自发性消费(α)、自发性投资(e)、政府购买(G)和税收(T)的变动对 IS 曲线的影响。

(1)自发性消费(α)、自发性投资(e)的变化所导致的 IS 曲线的移动

若 e 增加，IS 曲线就会向右水平移动；若 e 下降，IS 曲线将向左水平移动。这是因为，在既定利率条件下，$e\uparrow \Rightarrow y\uparrow \Rightarrow IS$ 曲线向右移动。移动幅度

我们可以通过投资乘数得到，即 $\Delta y = k_i \Delta e$。

同理，若 α 增加，IS 曲线就会向右水平移动；若 α 下降，IS 曲线将向左水平移动。这是因为，在既定利率条件下，$\alpha \uparrow \Rightarrow y \uparrow \Rightarrow IS$ 曲线向右移动。移动幅度我们可以通过消费乘数得到，即 $\Delta y = k \Delta \alpha$。

（2）政府购买（G）的变化所导致的 IS 曲线的移动

若 G 增加，IS 曲线就会向右水平移动；若 G 减少，IS 曲线将向左水平移动。这是因为，在既定利率条件下，$G \uparrow \Rightarrow y \uparrow \Rightarrow IS$ 曲线向右移动。移动幅度我们可以通过政府购买乘数得到，即 $\Delta y = k_g \Delta G$。

（3）税收（T）的变动使 IS 曲线的移动

若 T 增加，IS 曲线就会向左水平移动；若 T 减少，IS 曲线则会向右水平移动，其移动幅度我们可以通过税收乘数得到，即 $\Delta y = -k_t \Delta T$。此处的税收，仅指定额税，比例税的变动对 IS 曲线的影响这里不进行讨论。

可见，消费、投资、政府行为等经济因素的变动都会使 IS 曲线移动。

2. IS 曲线的旋转移动

IS 曲线的旋转移动意味着其斜率发生了改变，而 IS 曲线斜率可表示为总产出对利率变动的敏感程度。斜率越大，总产出对利率变动的反应越迟钝；反之，斜率越小，总产出对利率变动的反应越敏感。

在前面，我们已经分析了决定 IS 曲线斜率的因素，即 d 和 β。所以，只要这两个因素发生了变动，IS 曲线将会旋转移动。

4.3 货币市场与 LM 曲线

前面说明，两部门经济中，当 c 已定时，由 $y = c + i$ 可知：国民收入 y 取决于投资；投资 i 又取决于利率。然而，利率 r 本身取决于什么呢？

4.3.1 利率的决定

凯恩斯以前的古典学派认为，投资和储蓄都与利率相关，投资是利率的减函数，即利率越高，投资越少，利率越低，投资越多；储蓄是利率的增函数，即利率越高，储蓄越多，利率越低，储蓄越少；投资与储蓄相等时，利率就确定下来了。

凯恩斯则认为，利率不是由投资与储蓄决定的，利率是由货币的供给量与货币的需求量决定的。由于货币的实际供给量是由代表国家对金融运行进行管理的中央银行控制的，因而，实际供给量是一个外生变量，在分析利率决定时，只需分析货币的需求量就可以了。

4.3.2　货币需求动机和货币需求函数

1. 货币需求动机

货币需求是人们在不同条件下出于各种考虑对持有货币的需要。凯恩斯认为，人们需要货币是出于以下三类不同的动机。

（1）交易动机

交易动机即个人和企业为了正常的交易活动而需要持有部分货币（作周转金）。此时，货币需要数量主要取决于收入。

（2）谨慎动机

谨慎动机或预防性动机是指为预防诸如事故、疾病、失业等意外开支而需要事先持有一部分货币的动机。此时，货币需要数量主要取决于人们对意外事件的看法，但也和收入成正比。

（3）投机动机

投机动机是指人们为了抓住有利的购买有价证券的机会而持有货币的动机。

2. 货币需求函数

由此三大动机，凯恩斯将货币的需求函数归结为两部分之和。

（1）货币的交易需求函数

出于交易动机与预防性动机的货币需求量都取决于收入，则可以把出于交易动机与预防性动机的货币需求量统称为货币的交易需求量，并用 L_1 来表示，用 y 表示实际收入，那么货币的交易需求量与收入的关系可表示为：

$$L_1 = f(y)$$

具体表达式为：

$$L_1 = ky$$

其中，k 为货币的交易需求量对实际收入的反应程度，也可称为货币需求的收入弹性，可简单表达为：$k = \dfrac{\Delta L_1}{\Delta Y}$。上式反映出货币的交易需求量与实际收入的同方向变动关系。

（2）货币的投机需求函数

货币的投机需求取决于利率，如果用 L_2 表示货币的投机需求，用 r 表示利率，则货币的投机需求与利率的关系可表示为：

$$L_2 = L_2(r)$$

或

$$L_2 = -hr$$

其中，h 为货币投机需求的利率系数，上式反映出货币的投机需求量与实际利率的反方向变动关系。

由于对货币的总需求就是对货币的交易需求与对货币的投机需求之和，因此，货币总需求函数 L 就可以表示为：

$$L = L_1 + L_2 = L_1(y) + L_2(r) = ky - hr$$

这里涉及一个问题，上式中所指的货币需求量 L 究竟是名义货币量还是实际货币量？名义货币量（M）是指不考虑货币购买力或价格因素的变动，仅计算其票面值的货币量；实际货币量（m）是指考虑货币的价格因素后的实际购买能力，一般等于名义货币量除以价格指数。

由于在凯恩斯的货币需求函数中，并没有考虑到通货膨胀因素，所以，上式中的货币需求函数一般被认为是实际货币需求函数。同时，名义货币需求函数则可以表示为：

$$L = (ky - hr)P \qquad （P 为价格指数）$$

4.3.3 流动偏好陷阱

凯恩斯认为，当利率极低时，人们会认为这时利率不大可能再下降，或者说有价证券市场价格不大可能再上升而只会跌落，因而会将所持有的有价证券全部换成货币。人们不管有多少货币都愿意持有在手中，这种情况称为"流动偏好陷阱"。

在图 4-5 中，货币供给曲线 m_1 与货币需求曲线 L 相交于 A 点，由此决定的均衡利率为 r_0。由于货币需求曲线 L 上的 A 点之右呈现水平状，当货币供给增加、货币供给曲线由 m_1 右移至 m_2 时，利率并没有降低，仍然是 r_0。货币需求曲线 L 上 A 点之右的水平区段，就是所谓的"流动偏好陷阱"区域。

4.3.4 货币供给和货币供给曲线

1. 货币的分类

目前，宏观经济学中对货币的分类都是根据其流动性原则来划分的。

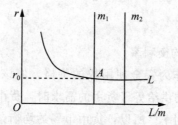

图 4-5　凯恩斯"流动偏好陷阱"

（1）国际货币基金组织（IMF）对货币的分类

根据流动性原则，国际货币基金组织将货币划分为三类：一是 M_0，指流通于银行体系之外的现金；二是 M_1，它在 M_0 的基础上加上了活期存款；三是 M_2，它在 M_1 的基础上加上了储蓄存款、定期存款和政府债券。

（2）美国对货币的分类

根据流动性原则，美国同样将货币划分为三类：一是 M_1，指包括流通中的货币、支票存款和旅行支票；二是 M_2，它在 M_1 的基础上加上了定期存款、储蓄存款和货币市场基金存款；三是 M_3，它在 M_2 的基础上加上了大额定期存款、机构拥有的货币市场基金及其他相对流动较慢的资产（短期债、保险单、股票等）。

我国类似国际货币基金组织的分类方式，但在 M_2 中不包括政府债券。

2. 狭义的货币供给与货币供给曲线

一般认为，宏观经济学中的货币供给是狭义的货币供给，它是一个存量的概念，是一个国家在某一时点上所保持的不属于政府和银行所有的硬币、纸币和银行存款的总和。所以，货币供给曲线也是狭义的货币供给曲线，由于货币供给是一个外生变量，所以，货币供给曲线表现为一条垂直于横轴的直线。货币供给增加，货币供给曲线向右平行移动；货币供给减少，则曲线向左平行移动。

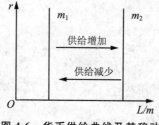

图 4-6　货币供给曲线及其移动

4.3.5 *LM* 曲线

1. 货币市场均衡和均衡利率

凯恩斯认为，利率作为资金使用权的价格，应该取决于货币的供给和需求。当货币市场中货币的供给等于货币的需求时，货币市场就达到了均衡，此时的利率水平就是均衡利率。所以，货币市场的均衡条件是货币供给等于货币需求，即：

$$m = L_1(y) + L_2(r)$$

当货币需求超过供给时，利率会上升。一方面证券价格会下降，使得更多的人买进证券，从而减少投机的货币需求量(L_2)；另一方面将引起投资成本增加，人们将减少投资，使总需求下降，从而减少交易需求的货币需求量(L_1)。由此，利率的上升将从两个方面使得货币需求量下降，这种情况会持续下去，直到货币的需求与供给相等时为止。而当货币需求低于货币供给时，利率就会下降，从而又会引起以上两个方面的反向运动，最终达到货币的供求均衡。

2. *LM* 曲线

由于 m 可以看做是由中央银行所确定一个外生变量，故货币市场的均衡条件公式表示了 y 和 r 之间的函数关系，我们将表示这一函数关系的曲线称为 *LM* 曲线。*LM* 曲线描述了在满足货币市场均衡的条件下利率(r)与国民收入(y)之间的各种可能的组合。具体推导如下：

货币市场均衡条件：

$$L = M \tag{1}$$

货币的需求函数：

$$L = L_1 + L_2 = L_1(y) + L_2(r) = ky - hr \tag{2}$$

用 P 代表价格总水平，则实际货币供应量 m 与名义货币供应量 M 之间的关系为：$m = \dfrac{M}{P}$ 或 $M = Pm$。如果 $P = 1$，则有：

$$M = m \tag{3}$$

把(2)式与(3)式分别代入(1)式，经整理有：

$$y = \frac{hr + m}{k} \text{ 或 } r = \frac{ky - m}{h}$$

上式即为 *LM* 曲线的表达公式。

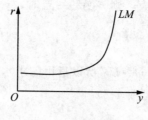

图 4-7　LM 曲线

LM 曲线向右上方倾斜，它表明了收入对利率变动的灵敏度大小：斜率越小，收入对利率变动的灵敏度越大；利率越大，收入对利率变动的灵敏度越小。

3. LM 曲线的经济含义

①LM 曲线是一条描述货币市场达到宏观均衡即 $L=M$ 时，总产出与利率之间关系的曲线。

②在货币市场上，总产出与利率之间存在着正向变化的关系，即利率提高时总产出水平趋于增加，利率降低时总产出水平趋于减少。

③处于 LM 曲线上的任何点位都表示 $L=M$，即货币市场实现了宏观均衡。反之，偏离 LM 曲线的任何点位都表示 $L \neq M$，即货币市场没有实现宏观均衡。如果某一点位处于 LM 曲线的右边，表示 $L>M$，即现行的利率水平过低，从而导致货币需求大于货币供应。如果某一点位处于 LM 曲线的左边，表示 $L<M$，即现行的利率水平过高，从而导致货币需求小于货币供应。

4. LM 曲线的斜率及其影响因素

LM 曲线反映出在货币市场均衡的条件下，利率的变动与国民收入变动间的数量关系。斜率越大，LM 曲线就越陡峭，则利率变动对国民收入的影响就越小；反之，斜率越小，LM 曲线就越平缓，则利率变动对国民收入的影响就越大。

从 LM 曲线的表达式 $r=\dfrac{ky-m}{h}$ 中，我们可以知道，IS 曲线的斜率为 $\dfrac{k}{h}$，它取决于 k 和 h 的取值。

①h 为货币需求的利率弹性，它表明了 L_2 对 r 的敏感程度，其大小与 LM 曲线斜率值呈反向变化。h 越大，则 r 变动一定时，L_2 变动幅度越大，从而 y 的变动也越大，LM 曲线就越平缓。

②k 为货币需求的收入弹性，它表明 L_1 对 y 的敏感程度，其大小与 LM 曲

线斜率值呈正向变化。k 越大，则 r 变动一定时，y 只需变动较小幅度，从而 LM 曲线就越陡峭。

5. LM 曲线的移动

货币市场的均衡条件为 $m=L$，所以货币需求水平和货币供给水平的变动都会引起 LM 曲线的移动(见图 4-8)。

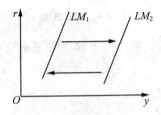

图 4-8　LM 曲线的水平移动

(1)货币需求变动引起的 LM 曲线移动

货币需求增加，均衡利率水平上升，而利率上升又使投资和消费减少，从而使国民收入减少，故 LM 曲线向左移动。

货币需求减少，均衡利率水平下降，投资和消费增加，从而使国民收入 y 增加，故 LM 曲线向右移动。

(2)货币供给变动引起的 LM 曲线移动

m 增加，将引起利率水平 r 下降，使投资和消费增加，从而使国民收入 y 增加，故 LM 曲线右移；m 减少，将引起利率水平 r 上升，使投资和消费减少，从而使国民收入 y 减少，故 LM 曲线左移。

如果利率没有变化，由外生经济变量冲击导致总产出增加，可以视作原有的 LM 曲线在水平方向上向右移动；反之，则可以视作原有的 LM 曲线在水平方向上向左移动。

LM 曲线的斜率为 $\dfrac{k}{h}$，所以，当 h 或 k 发生变动时，LM 曲线将发生旋转移动。

4.4　*IS-LM* 模型

IS-LM 模型是一个分析国民收入到底与什么因素有关的图示方法，最早是由希克斯在 1937 年发表的《凯恩斯先生和"古典学派"：一种解释》一文中提

出的，后又经过汉森的进一步完善和推广成为了完整的 *IS-LM* 模型，所以也称为希克斯—汉森模型。

因为凯恩斯在《就业、利息和货币通论》这一著作中对这方面的论述似乎很不完善，颇具争议，所以很多人就试图深入研究并重新表达凯恩斯原有的结论。其中比较有影响力的除了希克斯提出的 *IS-LM* 模型的雏形之外就是汉森在 1949 年提出的简单的凯恩斯主义国民收入决定模型，这个模型经萨缪尔森的改进后就了汉森—萨缪尔森模型，也叫汉森—萨缪尔森交叉图，或简称萨缪尔森交叉图。在此基础上，经由新古典综合派的共同努力最终形成了完整的 *IS-LM* 模型，像是证实了凯恩斯的国民收入决定理论的正确性，同时不论是在理论上还是在方法上都似乎发展了凯恩斯的学说。

所以，学者们一般都认为 *IS-LM* 模型高度概括了凯恩斯的国民收入决定理论，是凯恩斯主义的标准解释，在宏观经济问题研究方面也是一种很"有效"的方法。

4.4.1　产品市场和货币市场同时均衡的 *IS-LM* 模型

IS 曲线表明产品市场均衡条件下，存在着一系列利率与收入的组合；*LM* 曲线表明货币市场均衡条件下，也存在着一系列利率与收入的组合。但是，当产品市场均衡时，货币市场不一定处于均衡状态；当货币市场均衡时，产品市场不一定处于均衡状态。产品市场与货币市场的同时均衡，表现在 *IS* 曲线与 *LM* 曲线相交的交点上。也就是说，表示两个市场同时均衡的利率和收入仅有一个。所以，两个市场同时均衡的情况只能发生在 *IS* 曲线与 *LM* 曲线的交点，该点的均衡利率和均衡收入可以通过 *IS* 曲线方程和 *LM* 曲线方程联立求得。这就是 *IS-LM* 模型，它是同时使用 *IS* 曲线和 *LM* 曲线为框架分析一般均衡问题的经济模型。

产品市场均衡的条件：

$$i(r) = s(y)$$

货币市场均衡的条件：

$$m = L_1(y) + L_2(r)$$

联立这两个方程。因为 m 是已知常数，其中只有两个未知数 y 和 r，故这个方程组有解。这个解就是 *IS* 曲线和 *LM* 曲线的交点，即产品市场和货币市场的一般均衡点的利率和国民收入水平，如图 4-9 中 E 点所示。

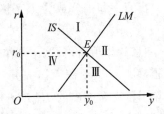

图 4-9　产品市场和货币市场的一般均衡

4.4.2　两个市场的非均衡分析

前面我们分析了货币市场和产品市场同时均衡的情况，即 E 点，那么，图 4-9 中的其他区域则可以称为两个市场的非均衡状态。我们可以将非均衡区域分为四个部分：Ⅰ、Ⅱ、Ⅲ、Ⅳ，在这些区域都存在产品市场和货币市场的非均衡状态，具体可以归结为表 4-2。

表 4-2　产品市场和货币市场的非均衡状态

区域	产品市场	货币市场
Ⅰ	$i<s$ 有超额产品供给	$L<m$ 有超额货币供给
Ⅱ	$i<s$ 有超额产品供给	$L>m$ 有超额货币需求
Ⅲ	$i>s$ 有超额产品需求	$L>m$ 有超额货币需求
Ⅳ	$i>s$ 有超额产品需求	$L<m$ 有超额货币供给

现实经济运行存在着不同的非均衡状态，只要投资、储蓄、货币需求与供给之间的函数关系不变，任何失衡情况的出现也都是不稳定的，非均衡状态最终会趋向均衡。

①IS 的不均衡会导致收入变动：投资大于储蓄会导致收入增加；投资小于储蓄会导致收入减少。

②LM 的不均衡会导致利率变动：货币需求大于货币供给会导致利率上升；货币需求小于货币供给会导致利率下降。

4.4.3 均衡收入和均衡利率的变动

IS 曲线与 LM 曲线的交点表示产品市场与货币市场同时实现了均衡，但这一均衡只是与意愿的需求相一致的均衡，并不一定是充分就业的均衡。从与意愿的需求相一致的均衡走向充分就业的均衡，需要政府运用财政政策、货币政策来调整与解决。一般来说，IS 曲线不变，LM 曲线向右移动，均衡利率会下降、均衡收入会增加；LM 曲线不变，IS 曲线向右移动，均衡收入会增加、均衡利率会上升；IS 曲线与 LM 曲线同时移动时，均衡收入与均衡利率也会发生变化，其变化取决于两条曲线的最终交点。

关于均衡收入和均衡利率变动的分析，以及政府政策对其的调整机制，我们将在第 5 章中进行详细的分析。

【延伸阅读】

住房贷款证券化宏观经济效应的 IS-LM 模型分析

住房贷款证券化是指住房贷款发放机构将其资产负债表内的所持有的此类资产出售给特殊目的机构（SPV）或是转移给导管公司（Conduit），由它们向资本市场发放以债券为主的权益类证券而募集资金，届时这类"偏债型"证券的投资者可在一定的期限内按确定时点获取本息，也可通过发达的二级资本市场予以转让。鉴于住房贷款证券化的业务特征，借助 IS-LM 模型对其宏观经济效应予以分析时，首先应当从它对货币市场均衡的影响出发，再考虑它对商品市场均衡的影响。为方便分析，现按以下两种情况分别讨论。

第一种情况，当货币政策稳定时。住房贷款证券化将由诸多单笔金额巨大的贷款组成的资产池分解成大量的富有流动性的面额较低的债券，不仅扩大了投资范围，还向市场提供了新型的可生息的流动资产，其收益率远高于国债，而它的风险却仅次于国债。这样不仅增加了持有货币的机会成本，还对持有此类金融产品有强烈的激励因素。这就鼓励了人们以此类债券的形式保存财富，并且存在诱使 L_1 类的货币需求下降的可能，相应地就会降低货币需求。为了满足正常的交易，在货币需求下降时，货币的流通速度必须提高。诱使 L_1 类的货币需求下降的可能和货币流通速度的提高都使得 k 值下降。由货币市场均衡表达式 $r=\dfrac{ky-m}{h}$ 可知，$k\!\downarrow$ 使得 LM 曲线的斜率下降，即 LM 曲线的形态趋向平坦。在商品市场仍然保持原有的均衡时（即 IS 曲线不变时），这就意味着一个新的均衡点产生，相比而言新均衡点有更大的国民收入和更低的市场利率。这说明，在货币政策和财政政策处于平静状态时（即 IS、LM 曲线不变时），住房贷款证券化有其特别的宏观经济效应，即降低了市场利率、提高了产出。

住房贷款证券化时需要考虑的是，购买此类金融产品的吸收的资金来源于何处？它对货币市场的影响究竟是怎样的？存在如下两种情况：一是由其发行的住房贷款支持证券吸收的是银行部门以外的流动性，即由非银行机构或个人投资者持有此类债券，那么对银行体系而言，相应的是资产项目下的贷款减少和负债项下的存款同等减少；二是由其发行的住房贷款支持证券吸收的资金是其他银行的资本甚或是出售了该贷款池里的贷款的银行本身，即银行部门（包括出售贷款的银行）基于投资而持有此类债券，减少了银行部门的可贷资金，又同等地增加了银行部门的可贷资金，两种因素的作用可以相互抵消。但巴塞尔原则对持有贷款和债券所要求的风险准备不同，贷款的风险准备率为100%，此类债券的风险准备率一般为20%，绝对小于100%。这对银行体系而言，就可用以此节约的资本满足新增的贷款需求，尽管货币供应量不变。考虑到银行部门通过特殊目的机构或导管公司转移出的未偿贷款，这说明了银行体系以一定的信用货币"媒介"了更大一个规模的产出。住房贷款证券化能防止银行部门信用过度，控制了货币供给的扩张，提高了经济系统运行效率。住房贷款证券化可以使货币流通速度提高，进而使得货币的交易需求 $k\downarrow$。

从本质上讲，住房贷款的证券化处理就是降低间接融资、提高直接融资的比例，这就使得货币的投机需求对于市场利率的敏感度提高，即 $h\uparrow$。由货币市场均衡表达式可知，$h\uparrow$ 不仅会使得 LM 曲线的斜率下降，还会使得 LM 曲线向右下移动。同理，在 IS 曲线不变时，住房贷款证券化带来的货币市场均衡效应将会产生更低的利率、更高的产出。

综上所述，假定外在的货币政策稳定时，住房贷款证券化将使得 LM 函数中的 $k\downarrow$、$h\uparrow$，相应地两者都使得 LM 曲线变得更加平坦，但 $h\uparrow$ 还会使得 LM 曲线向右下移动，最终均衡于 IS 与 LM 的交点，从而增强了货币政策的效果。

第二种情况，当货币政策不稳定时。以上是偏重从数量型货币政策角度来思考，但是从成熟市场经济国家来看，平时更侧重于价格型的货币政策，利率变动更加频繁细微。美国货币政策从 2004 年 6 月前长达三年之久的宽松转向从紧，使得利率变动成为次贷危机爆发的诱因。现假设当 IS-LM 模型处于稳定的均衡时，市场利率水平外生性地提高后(即市场利率不是通过稳定状态下货币供给与需求的改变而决定的)，即 $r\uparrow$，并且市场预期利率还将会上升，那么此时对 IS-LM 模型将产生怎样的影响？

在 IS-LM 模型中，货币市场的供给与需求决定了市场利率，IS 曲线的状态只是表明当实现产品市场均衡时市场利率和国民收入的组合状况。当市场利率 r 由货币政策原因外生性地提高后并且预期 r 还会升高时，保持货币市场均衡的 LM 曲线将会向左上平移，并且会一直移动到预期最终实现。根据债券的定价原理可知，当利率上升，债券价格将下降。不同一般债券的是住房贷款支持债券还具有负凸度的特性，这将使得此类债券在利率上升时的价格暴跌，由此使得货币的投机需求显著上升，即 $h\uparrow$。由上述第一种情况的推导可知，LM 曲线不仅会变得更平坦，还会进一步向右下移动，LM 向左上平移的幅度会被住房贷款证券化效应拉低。

总而言之，当货币政策平稳时，住房贷款证券化的宏观经济效应主要是通过货币市场发挥作用，它提高了货币的流通速度，降低了货币的交易性需求，提高了货币的投机性需求，不仅使得 LM 曲线变得更加平坦，还会使得 LM 曲线下降，显著地提高了积极财政政策的成效。当货币政策不稳定时，在成熟的市场经济国家若单边提高市场利率，将会拉动 LM 曲线向左上平移，同时也会通过对投资、消费的影响显著地推动 IS 曲线向左移动，其具体移动情况取决于对 IS 函数中的参数 β 和 d 的影响。

资料来源：《企业导报》，2010(7)。

【思考与训练】

一、名词解释

自主投资　资本边际效率　流动偏好　交易动机　投机动机　流动性陷阱
IS 曲线　LM 曲线　IS-LM 模型

二、选择题

1. IS 曲线表示满足(　　)关系。

    A. 收入—支出均衡　　　　　　　B. 总供给和总需求均衡

    C. 产品市场均衡　　　　　　　　D. 以上都不对

2. 自发投资支出增加 10 亿美元，会使 IS 曲线(　　)。

    A. 右移 10 亿美元　　　　　　　B. 左移 10 亿美元

C. 右移支出乘数乘以 10 美元　　D. 左移支出乘数乘以 10 美元

3. 假定货币供给量和价格水平不变，货币需求为收入和利率的函数，则收入增加时（　　）。

A. 货币需求增加，利率上升　　　B. 货币需求增加，利率下降

C. 货币需求减少，利率上升　　　D. 货币需求减少，利率增加

4. 假定货币需求函数为 $L=ky-hr$，货币供给增加 10 亿美元，而其他条件不变，则会使 LM（　　）。

A. 右移 10 亿美元；　　　　　　B. 右移 k 乘以 10 亿美元

C. 右移 10 亿美元除以 k（即 $10/k$）　D. 右移 k 除以 10 亿美元（即 $k/10$）

5. 利率和收入的组合点出现在 IS 曲线的右上方、LM 曲线的左上方的区域中，则表示（　　）。

A. 投资小于储蓄，且货币需求小于货币供给

B. 投资小于储蓄，且货币需求大于货币供给

C. 投资大于储蓄，且货币需求小于货币供给

D. 投资大于储蓄，且货币需求大于货币供给

6. 如果利率和收入都能按供需情况自动得到调整，则利率和收入的组合点出现在 IS 曲线的左下方、LM 曲线的右下方的区域中时，有可能（　　）。

A. 利率上升，收入下降　　　　　B. 利率上升，收入增加

C. 利率上升，收入不变　　　　　D. 以上三种情况都有可能发生

7. 下列各项中使货币投机需求增加的是（　　）。

A. 在股票价格很低时抛出股票

B. 从存款账户取款以备支付下周的账单

C. 以备紧急之需而把钱存入银行

D. 在利率提高时以活期存款购买债券

8. 货币市场和产品同时均衡出现于（　　）。

A. 各种收入水平和利率上

B. 一种收入水平和利率上

C. 各种收入水平和一定利率水平上

D. 一种收入水平和各种利率水平上

三、计算题

1. 假定一个只有家庭和企业的两部门经济中，消费 $C=100+0.8Y$，投资

$I=150-6r$，货币供给 $M=250$，货币需求 $L=0.2Y+100-4r$，价格水平 $P=1$。

(1)求 IS 曲线和 LM 曲线；

(2)求产品市场和货币市场同时均衡时的利率和收入。

2. 假定某经济中收入恒等式为 $Y=C+I+G+NX$，且消费函数为 $C=100+0.9(1-t)Y$，投资函数 $I=200-500r$，净出口函数为 $NX=100-0.12Y-500r$，货币需求为 $L=0.8Y-2\,000r$，政府支出 $G=200$，税率 $t=0.2$，名义货币供给 $M=800$，价格水平 $P=1$，试求：

(1)IS 曲线；

(2)LM 曲线；

(3)产品市场和货币市场同时均衡时的均衡利率和均衡收入；

(4)两个市场同时均衡时的消费、投资和净出口值。

3. 某两部门经济中，假定货币需求为 $L=0.2Y-4r$，货币供给为 200 亿元，消费为 $C=100+0.8Y$，投资 $I=150$ 亿元。

(1)求 IS 和 LM 方程，并画出图形；

(2)求均衡收入、利率、消费和投资；

(3)若货币供给增加 20 亿元，而货币需求不变，收入、利率、投资和消费有什么变化？为什么货币供给增加后收入不变而利率下降？

四、简答题

1. 什么是 IS-LM 模型？它的经济含义是什么？

2. 影响 IS 曲线斜率的因素有哪些？

3. 影响 LM 曲线斜率的因素有哪些？

4. 什么是 LM 曲线的三个区域？其经济含义是什么？

5. 哪些变化会引起 IS 曲线和 LM 曲线的移动？

6. 下面各种情形将如何影响人们的货币需求？

(1)政府预算赤字的减少造成利率下降；

(2)农业地区粮食歉收并使价格水平提高；

(3)以许诺扩大支出而赢得总统大选导致通货膨胀率的提高；

(4)国防支出减少导致失业增加和收入水平下降。

7. 利率提高使投资减少的一个原因是许多企业必须借款以购买厂房和设备，但用企业自己保有的收入，即从企业内部持有的利润收入来为投资筹集资金的情形又如何呢？由于不是借款，利率提高是否会刺激投资呢？为什么？

第5章 宏观经济政策理论与实践

【案例导入】

国际金融危机期间中国的财政政策

2008 年和 2009 年世界经济增长分别只有 3.9％和 3％，为 2002 年以来最低增速。主要发达经济体的经济状况"已经或接近于衰退"。国际金融危机对我国的影响也超出了预期，造成了我国经济出现了较为明显的降温趋势。其一，主要经济指标增速骤然下降。工业增加值当月增速由 2008 年 3 月份的 17.8％迅速下降到 11 月份的 5.4％，工业品出厂价格指数由 7 月份的 10.1％大幅下降到 11 月份的 2％，11 月份，出口额同比下降 2.2％，比上月大幅回落 21.4个百分点。其二，全社会用电量增长明显放缓。2008 年 3 月，全国用电量增长 14.4％，之后增幅逐月下滑，10 月份单月用电量自 1999 年以来首次下降了3.7％，而 11 月单月用电量则持续下降 8.6％，表明宏观经济状况不容乐观。其三，航运运价指数大幅下降。为力挽经济颓势，我国政府决定实施积极的财政政策。

在实施这一轮积极财政政策过程中，国务院要求，到 2010 年年底约需投资 4 万亿元。2008 年第四季度，先增加安排中央投资 1 000 亿元，2009 年灾后重建基金提前安排 200 亿元，带动地方和社会投资，总规模达到 4 000 亿元。2009 年到 2010 年还将继续加大投入力度，到 2010 年年底，中央投资可以达到 1.18 万亿元。根据 1998 年的经验，积极的财政政策初期，财政资金的到位率不高。特别是新一轮政策提出已近年底，即使已有大量项目在等待审批，这些项目的前期工作早已完成，但是，从操作的可能性来讲，2008 年年底增加的财政投入更多地将用于在建项目，而且由于资金拨付程序和时间上的原因，财政投资真正发挥作用还是在 2009 年到 2010 年。

由于 4 万亿元财政投入还需承担提高城乡居民收入、增加社保投入、提高部分产品出口退税率和企业减税等几项任务，因此，实际用于固定资产的投入可能只有 3.5 万亿元。根据 1998 年到 2001 年国债投入的情况，此次积极的财政政策的投入力度应强于上次。到 2010 年年底，中央投资 1.18 万亿元，除去2008 年年底投入的 1 000 多亿元，2009 年到 2010 年，每年的中央财政投入可以达到 5 000 亿元。按照 25％的项目资本金测算，每年中央项目投资将可能达到 2 万亿元。而 2007 年，中央项目投资仅为 12 738 亿元。

2008 年 1 月到 11 月，全国财政收入增长了 20.5%，财政支出增长了 23.6%，6 月以后财政收入月度增速下滑趋势十分明显。按照这一趋势推算，2008 年全年财政收入刚刚超过 6 万亿元，财政支出高于收入几百亿元，略有赤字。第四季度增加安排的 1 000 亿元财政投资只能通过发债解决。未来两年财政赤字增加的局面难以改变，2009 年到 2010 年增发长期建设国债难以避免。如果以国债投资拉动两倍于自身的社会投资，要完成 2.4 万亿元的国债项目投入，每年的长期建设国债的发债规模都需要在 4 000 亿元左右。不过，国债政策是反周期的短期调控政策，根据国际、国内经济形势的变化，年度中间都可能出现增减变化。

5.1　宏观经济政策目标

随着社会经济的发展，西方经济学在不同的时期提出了不同的经济政策目标，逐渐构成了经济政策目标体系。20 世纪 30 年代以前，政府把物价稳定放在首要位置，大危机以后把充分就业列为首要目标。后来又提出经济增长，国际收支平衡，资源合理配置，满足公共需要，收入公平分配，人口控制，缩短工作时间，保护和改善环境，等等。现在经济学家一般认为，宏观经济政策目标主要有四个：充分就业、物价稳定、经济增长、国际收支平衡。宏观经济政策不是要到达某一个目标，而是要同时达到这些目标。

5.1.1　充分就业

充分就业有两种含义：一种含义是指除了摩擦失业和自愿失业之外，所有愿意接受各种现行工资的人都能找到职业的一种经济状态，即消除了非自愿失业就是充分就业。另一种含义是指包括劳动在内的各种生产要素，都按其自愿接受的价格，全部用于生产的一种经济状态，即所有资源都得到充分利用。

充分就业目标可分为短期充分就业目标和长期充分就业目标。短期充分就业目标针对周期性失业，周期性失业是由于资本主义经济周期性危机而造成的。经济制度难以自身调节、消除，必须由政府干预。长期充分就业目标是要解决结构性失业，结构性失业是由于经济结构和技术结构的迅速变化，工人不适应而造成的，具有长期性。政府的长期目标是要克服结构性失业。

5.1.2　物价稳定

物价稳定是指一般价格水平的稳定。在市场经济中，商品价格是经常变化的，许许多多的商品，有的上涨，有的下降，有的不变，而每种商品上涨、下降的幅度也不同，因此，价格变化是错综复杂的。西方经济学采用价格指数来表示一般价格水平的变化。

物价稳定的含义不是指价格固定不变，也不是指价格指数固定不变，而是指不出现通货膨胀，即一般价格水平的持续的和显著的上涨。西方经济学家认为，物价稳定和一般价格水平的温和上涨并不矛盾，并把2%、3%、4%以下的通货膨胀率称作是温和的或爬行的通货膨胀，认为缓慢而逐步上升的价格运动会给经济的车轮增加润滑油，对经济增长有积极的作用。

5.1.3　经济增长

经济增长是指在一个特定时期内经济社会所生产的人均产量和人均收入的持续增长。衡量经济增长的方法，通常用一定时期内实际国内生产总值年增长率来表示。战后，西方国家的经济增长经历了一个从高速增长到低速增长的过程。经济增长与失业常常是相互关联的，如何维持较高的增长率以实现充分就业，是西方国家宏观经济政策追求的目标之一。

5.1.4　国际收支平衡

国际收支平衡目标的含义，一般来说，不是消极地使一国在国际收支账户上经常收支和资本收支相抵，也不是消极地防止汇率变动或外汇储备变动，而是使一国外汇储备有所增加，进出口平衡。一国的国际收支状况不仅反映了这个国家的对外经济交往情况，还反映出该国经济的稳定程度。当一国国际收支处于失衡状态时，就必然会对国内经济造成冲击，从而影响该国的就业水平、价格水平以及经济增长。

上述经济政策目标不是孤立的，而是紧密相连的。它们之间有互补关系，也有交替关系。互补关系是指一个目标的实现对另一个目标的实现有促进作用；交替关系是指一个目标的实现对另一目标的实现有排斥作用。因此，在制定经济政策时，必须对经济政策目标进行价值判断，权衡轻重缓急和利弊得失，确定目标的实施顺序和目标指数的高低，同时使各个目标有最佳的匹配组合，使得所选择和确定的目标体系成为一个和谐的有机整体。

5.2　财政政策与政策工具

在凯恩斯主义出现之前，财政政策的目的是为政府的各项开支筹集资金，以实现财政收入平衡，它所影响的主要是收入分配，以及资源在私人部门与公共部门之间的配置。在凯恩斯主义出现之后，财政政策被作为需求管理的重要工具，以实现既定的政策目标。现阶段的财政政策包含了三个相互关联的选择：第一，选择开支政策，即开支多少以及用于哪些方面的开支。第二，征税，即征收多少税以及采用何种手段征税。第三，赤字财政，即确定赤字的规模和分配。

5.2.1　财政政策的内容和政策工具

1. 财政政策的内容

财政政策一般是指政府通过改变财政收入和支出来影响社会总需求，以便最终影响就业和国民收入的政策。西方宏观政策的理论依据是凯恩斯主义的有效需求不足理论。凯恩斯认为，国民收入水平和就业水平取决于社会总需求与总供给的均衡，在"边际消费倾向"、"资本边际效率递减"、"流动性偏好"规律的作用下，社会总需求总是不足的。在总供给既定的情况下，不充分的有效需求所决定的国民收入水平不能使资源充分利用，从而导致生产下降和失业增加。为此，政府需要对经济进行宏观调控，刺激社会总需求，进而增加国民收入和提高就业水平。如果社会总需求膨胀过快，政府可以通过减少支出、调节税率等抑制社会总需求，防止物价持续上涨。

2. 财政政策工具

财政政策包括财政支出政策和财政收入政策。财政支出政策工具包括政府购买、政府转移支付和政府投资；财政收入政策工具包括税收和公债等。

政府购买支出是指各级政府购买物品和劳务的支出，如购买军需品、科技、教育开支，机关购买公用品、政府公务员报酬及维护治安支出等。政府购买支出是商品和劳务的实际交易，直接影响社会需求和购买力，是按支出法计算国民收入的组成部分。政府可以通过增减政府购买支出来调节国民收入。政府支出中的转移支付是政府在社会福利保险、贫困救济和失业救济金、农业补贴及退伍军人方面的支出。政府转移支付实际上是收入的再分配，即将收入在

83

不同社会成员之间进行转移和重新分配，所以，在按支出法计算国民收入时，它不是国民收入的组成部分。政府投资在发达的市场经济国家只包括公共项目工程和国家特殊重大项目的固定资产投资与存货投资。因为全部投资或绝大部分投资都是私人投资，所以有时此项也包括在政府购买支出中。

税收是政府收入中最重要的部分，是政府为实现其职能按照法律规定的标准，强制地无偿地取得财政收入的一种手段，是一种强有力的财政政策手段。改变税收总量和税率会影响社会总需求，进而影响国民收入。当政府的税收不足以弥补政府支出时，可以发行公债。公债是政府财政收入的又一组成部分。公债实际上是政府对公众的债务，或公众对政府的债权。它不同于税收，是政府运用信用形式筹集财政资金的特殊形式。政府发行公债一方面能够增加财政收入，属于财政政策；另一方面影响金融市场的扩张或紧缩，进而影响货币供求和社会总需求水平，所以也是重要的财政政策工具。

3. 财政政策的运用

财政政策就是要运用政府支出与收入来调节经济。具体来说，在经济萧条时期，总需求小于总供给，经济中存在失业，政府就要通过扩张性的财政政策来刺激总需求，以实现充分就业。扩张性的财政政策是通过增加政府财政支出和减少政府财政收入来刺激经济的政策。政府公共工程支出与购买的增加有利于刺激私人投资，转移支付的增加可以增加个人消费，这样就会刺激总需求。调低征收税收的税率，可以增加居民和企业的收入，从而能够增加居民消费和企业的投资活动，这样也会刺激总需求。在经济繁荣时期，总需求大于总供给，经济中存在通货膨胀，政府需要通过紧缩性的财政政策来抑制需求，以实现物价稳定。紧缩性的财政政策是通过减少政府支出与增加政府收入来抑制经济的政策。政府公共工程支出与购买的减少都有利于抑制投资，转移支付的减少可以减少个人消费，这样就抑制了总需求。增加个人所得税可以使个人可支配收入减少，从而消费减少；增加公司所得税可以使公司收入减少，从而投资减少，这样也会抑制总需求。

20世纪50年代，美国等西方发达国家就是采取了这种"逆经济风向行事"的财政政策来保持经济平稳的发展。

5.2.2 内在稳定器

某些财政政策由于其本身的特点，具有自动调节经济、使经济稳定的机制，被称为内在稳定器，或者自动稳定器。

具有内在稳定器作用的财政政策，主要是个人所得税、企业所得税以及各种转移支付。个人所得税与企业所得税有其固定的起征点和税率。当经济萧条时，由于收入减少，税收也会自动减少，从而抑制消费和投资的减少，有助于减轻萧条的程度。当经济繁荣时，由于收入增加，税收也会自动增加，从而抑制了消费和投资的增加，有助于减轻由于需求过大而引起的通货膨胀。失业补助与其他福利支出这类转移支付，有其固定的发放标准。当经济萧条时，由于失业人数和需要其他补助的人数增加，这类转移支付会自动增加，从而抑制了消费与投资的减少，有助于减轻经济萧条的程度。当经济繁荣时，由于失业人数和需要其他补助的人数减少，这类转移支付会自动减少，从而抑制了消费与投资的增加，有助于减轻由于需求过大而引起的通货膨胀。

这种内在稳定器自动发生作用，调节经济，无须政府做出任何决策。但是，这种内在稳定器调节经济的作用十分有限，它只能减轻萧条或通货膨胀的程度，并不能改变萧条或通货膨胀的总趋势；只能对财政政策起到自动配合的作用，并不能代替财政政策。因此，尽管某些财政政策具有内在稳定器的作用，仍需要政府有意识地运用财政政策来调节经济。

5.2.3　赤字财政政策

在经济萧条时期，财政政策是增加政府支出，减少政府税收，这样就必然会出现财政赤字，即政府收入小于支出。凯恩斯认为，财政政策应为充分就业服务，因此，必须放弃财政收支平衡的旧信条，实行赤字财政政策。20 世纪 60 年代，美国的凯恩斯主义经济学家强调要把财政政策从害怕赤字的框框下解放出来，以充分就业为目标来制定财政预算，而不管是否有财政赤字。这样，赤字财政就成为财政政策的一项重要内容。

凯恩斯主义经济学家认为，赤字财政政策不仅是必要的，而且也是可能的。因为：第一，债务人是国家，债权人是公众。国家与公众的根本利益是一致的。政府的财政赤字是国家欠公众的债务，也就是自己欠自己的债务。第二，政府的政权是稳定的，这就保证了债务的偿还是有保证的，不会引起信用危机。第三，债务用于发展经济，使政府有能力偿还债务，弥补赤字。

政府实行赤字财政政策是通过发行债券来进行的。债券卖给不同的人就有了不同的筹资方法。如果把债券卖给中央银行，称为货币筹资。因为中央银行可以把政府债务作为准备金发行货币。这种方法的好处是政府不必还本付息，从而减轻了政府的负担。但缺点是会增加货币的供给量，从而引起通货膨胀。如果把债券卖给中央银行以外的其他人，如个人、企业、商业银行等，称为债务筹资。这时，政府的债券相当于向公众借钱的借据。这种筹资方法相当于向公众借钱，不会增加货币供给量，也不会直接引发通货膨胀，但政府必须还本付息，这样就背上了沉重的债务负担。政府不能仅用一种方法筹资，因为货币筹资过多，增加通货膨胀的压力；债务筹资过多不仅财政负担加剧，而且公众可能会拒绝购买，现实中往往是交替使用这两种方法为赤字筹资。

赤字财政的确在短时期内可以刺激经济，尤其是可以使经济较快地走出衰退，但赤字财政政策有几个问题：第一，赤字财政会引发通货膨胀，因为在用货币筹资时这是必然结果。第二，用债务筹资减少了私人储蓄，对长期经济增长不利。第三，只有市场机制有活力，赤字财政政策才有作用。仅仅依靠赤字财政使经济持久繁荣是不可能的，而且长期用赤字财政政策会引起赤字依赖症。所以，经济学家认为，赤字财政可以用，但要有限制，债务与 GDP，以及债务增长与 GDP 之间要保持一定比例。

5.2.4 财政政策的挤出效应

财政政策的挤出效应是指政府开支增加所引起的私人支出减少，即以政府开支代替了私人开支。这样，扩张性的财政政策刺激经济的作用就会被减弱。财政政策挤出效应存在的最重要的原因就是政府支出增加引起利率上升，而利率上升会引起私人投资与消费的减少。可以用图 5-1 来说明财政政策的挤出效应。

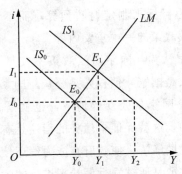

图 5-1　财政政策的挤出效应

图 5-1 是 $IS\text{-}LM$ 模型,当 IS 曲线为 IS_0 时,IS_0 与 LM 相交于 E_0,国民生产总值为 Y_0,利率为 I_0。政府支出增加,即自发总需求增加,IS 曲线从 IS_0 向右上方平行移动至 IS_1,IS_1 与 LM 相交于 E_1,国内生产总值为 Y_1,利率为 I_1。在政府支出增加,从而国民生产总值增加的过程中,由于货币供应量没变(也就是 LM 曲线没有变动),而货币需求随国内生产总值的增加而增加,从而引起利率上升。这种利率上升就减少了私人的投资与消费,即一部分政府支出的增加,实际上只是对私人支出的替代,并没有起到增加国内生产总值的作用。这就是财政政策的挤出效应。从图 5-1 中还可以看出,如果利率仍为 I_0 不变,那么国内生产总值应该增加为 Y_2,Y_1-Y_2 就是由于挤出效应所减少的国内生产总值增加量。

财政政策挤出效应的大小取决于多种因素。在实现了充分就业的情况下,挤出效应最大,即挤出效应为 1,也就是政府支出的增加等于私人支出的减少,扩张性的财政政策对经济没有任何刺激作用。在没有实现充分就业的情况下,挤出效应一般大于 0 而小于 1,其大小主要取决于政府支出的增加所引起的利率上升的幅度。利率上升高,则挤出效应大;反之,利率上升低,则挤出效应小。

各经济学派对财政政策挤出效应的大小看法不同。凯恩斯主义者认为,财政政策的挤出效应不大,所以,财政政策有刺激经济的作用。这是因为,他们认为货币需求会对利率变动做出反应。这就是说,由于货币投机需求的存在,所以利率上升时,货币需求会减少。在货币供给不变的情况下,当财政政策引起利率上升时,货币需求减少,这就会抑制利率的进一步上升,甚至会使利率有所下降,从而利率上升有限,挤出效应很小。货币主义者认为,货币需求只取决于收入,而不取决于利率,即货币需求对利率变动没有什么反应。这样,利率上升并不会使货币需求减少,从而利率的上升就会引起挤出效应,使财政政策起不到刺激经济的作用。

5.3 货币政策与政策工具

5.3.1 货币供给与货币乘数

1. 货币供给的含义

在传统的经济学中,货币供给是由外生变量决定的。现在大多数经济学家认为货币供给是由内生变量决定的，并且认为决定货币供给的因素是多方面的。货币供给是一个存量指标，它表明一个国家或地区在某一时点上所拥有的货币数量。而一个国家或地区在一定时间内的货币流通总量是流量指标，它是货币存量与货币流通速度的乘积。作为货币存量指标的货币供给可按照不同层次或不同范围加以考察。货币供给是指社会经济活动中货币的总存量。西方国家通常说的货币供给是指现金和活期存款的总和，或者是通货加上活期存款。

在美国，货币供给的定义规定为公众所持有的全部通货和活期存款的总和。公众是包括除美国联邦政府和银行之外的个人、企业和州与地方政府。美国一般把货币分为：M_1、M_2、M_3。

M_1是狭义的货币，用公式表示为：M_1＝现金＋商业银行的活期存款。

M_2、M_3称为广义的货币，用公式表示为：M_2＝M_1＋商业银行的定期存款，M_3＝M_2＋其他金融机构的存款。

其中，商业银行的定期存款包含不能直接开支票的全部储蓄存款、小额定期存款(10万美元以下)以及可开支票的货币市场的互惠基金等。其他金融机构的存款是指大额定期存款(10万美元以上)以及互惠储蓄银行、储蓄和贷款公司、信用合作社的存款等。

在货币供给中，中央银行起着重要作用。中央银行作为国家银行，代表国家发行货币调节经济。中央银行主要是通过控制基础货币或称为高能货币来调节经济运行的。

基础货币是指流通于银行体系之外的通货总和，即公众、厂商与银行的现金总额和商业银行在中央银行的存款准备金之和，可用下式表示：

$$M_h = M_0 + R_E$$

其中，M_h为基础货币或高能货币，M_0为银行体系之外的现金即流通中的现金，R_E为商业银行在中央银行的存款准备金。

2. 派生存款与货币乘数

在银行的经济活动中，存在着银行存款的多倍扩大功能，或者说银行具有创造存款的能力。这种存款的创造有两种方式：一是银行向企业或个人发放贷款；二是银行向企业或个人买进债券，这时会产生存款的创造。如果相反的经济活动，如银行向企业、个人收回贷款，银行向企业、个人卖出证券，则会出现银行存款的减少。

银行怎样形成存款创造，先以存款为例分析如下：假定甲企业到 A 银行存款 10 000 美元，对 A 银行来说，表现为存款负债增加 10 000 美元，现金资产增加 10000 美元；如果 A 银行把存款的 20％用作储备金，而把存款的 80％贷给乙企业，而乙企业用这笔贷款购买丙企业产品，丙企业将所得货款存入 B 银行，则 B 银行账户上存款负债增加 8 000 美元，现金资产也增加 8 000 美元；如果 B 银行同样把存款的 20％留作储备金，而把存款的 80％贷给丁企业，丁企业用这笔贷款购买戊企业的产品。戊企业将所得贷款存入 C 银行……这个过程不断持续下去，就产生了一笔存款引起存款增加若干倍的结果，如表 5-1 所示。

表 5-1　银行存款的创造

单位：美元

银行	存款金额	贷款金额	储备金额
A	10 000	8 000	2 000
B	8 000	6 400	1 600
C	6 400	5 120	1 280
D	5 120	4 096	1 024
…	…	…	…
合计	50 000	40 000	10 000

从表 5-1 可以看出，一笔 10 000 美元存款，引起存款合计数为 50 000 美元，这个合计数恰好是一笔存款引起的各银行存款数组成等级数之和，其计算过程如下：

存款合计 $= 10\,000 + 8\,000 + 6\,400 + 5\,120 + \cdots = 50\,000$（美元）

如用等比级数求各项和公式计算如下：

$$S = a_0(1 + q + q^2 + \cdots + q^n) = a_0\frac{1}{1 - q^n}$$

其中，a_0 为首项数（本例中为 10 000），q 为公比（本例中为 0.8），S 为等比级数各项之和。

$$S = 1\,000 \times \frac{1}{1 - 0.8} = 5 \times 10\,000 = 50\,000$（美元）$$

把第一次存款 a_0，即上例中的 10 000 美元，称为原始存款，用 M_R 表示，由于银行之间的存贷活动引起的存款增加额，即上例中的 50 000 美元称为派生存款，用 D 表示。一般把派生存款 D 为原始存款 M_R 的倍数称为存款乘数。如果把上式中的 $1 - q^n$ 用 r_d 表示，则有下式：

$$D = M_R \times \frac{1}{r_d}$$

如果用 K_e 表示存款乘数 $\frac{1}{r_d}$，则存款乘数计算公式如下：

$$K_e = \frac{D}{M_R}$$

货币乘数和存款乘数是有区别的，准确地说，货币乘数又称为货币创造乘数，一般是指由基础货币创造的货币供给为基础货币的倍数。这里所说基础货币亦称高能货币，包括现金和商业银行在中央银行的存款准备金。如果用 M_1 代表货币供给，K_m 代表货币乘数，则货币乘数的公式如下：

$$K_m = \frac{M_1}{M_h}$$

上述从银行存款角度分析存款之创造，如果银行向企业或个人卖出债券也可扩大存款，即也会产生存款之创造。如某银行向企业买进 10 000 美元政府债券，可能有两种结果：一种是企业将这 10 000 美元存入该银行，使活期存款增加 10 000 美元；另一种是银行给该企业一张向本行提款的支票，该企业将这笔钱存入其他银行，也体现为企业增加活期存款 10 000 美元。两种结果相同。

5.3.2 货币政策传导机制的运用

从 *IS-LM* 模型的分析中可以看出，货币供给量的变动影响利率。利率的变动通过对投资和总需求的影响从而影响国内生产总值。这一分析正是货币政策的理论基础。

1. 货币政策的机制

货币政策是通过对货币供给量的调节来调节利率，再通过利率的变动来影响总需求的政策。货币政策的直接目标是利率，利率的变动通过货币供给量的调节来实现，所以调节货币供给量是手段。调节利率的目的是要调节总需求，所以变动总需求是货币政策的终极目标。

货币供给量之所以可以调节利率，是以人们的财富只有货币与债券这两种形式的假设为前提的。在这一假设之下，债券是货币的唯一替代物，人们在保存财富时只能在货币与债券之间进行选择。持有货币无风险，但没有收益；持有债券有收益，但也有风险。人们在保存财富时总要使货币与债券之间保持一定的比例。如果货币供给量增加，人们就要以货币购买债券，债券的价格就会上升；反之，如果货币的供给量减少，人们就要抛售债券以换取货币，债券的价格就会下降。

$$债券价格 = \frac{债券收益}{利率}$$

这就是说，债券价格与债券收益的大小成正比，与利率的高低成反比。因此，货币供给量增加，债券价格上升，利率下降；反之，货币量减少，债券价格下降，利率上升。利率的变动会影响投资，投资是总需求的一部分，因此就会影响总需求和国内生产总值。

2. 货币政策的运用

在不同的经济形势下，中央银行运用不同的货币政策来调节经济。在萧条时期，总需求小于总供给，为了刺激总需求，就要运用扩张性货币政策即增加货币供给量，降低利率，刺激总需求的货币政策。其中包括在公开市场上买进有价证券，降低贴现率并放松贴现条件，降低准备金率，等等。在繁荣时期，总需求大于总供给，为了抑制总需求，就要运用紧缩性货币政策即减少货币供给量，提高利率，抑制总需求的货币政策。其中包括在公开市场上卖出有价证券，提高贴现率，提高准备金率，等等。

5.3.3　货币政策工具

货币政策工具亦称为货币政策手段，主要包括公开市场业务、再贴现率和存款准备金率等。

1. 公开市场业务

公开市场业务是指中央银行在公开市场上购买或出售政府债券，以增加或减少商业银行的准备金，从而影响利率和货币供应量，达到既定目标的一种政策措施。它是中央银行为稳定经济而经常使用的货币政策工具，也是比较灵活的货币政策手段。在经济萧条时期，中央银行买进政府债券，把货币投放市场。这样，一方面出卖债券的企业和家庭得到货币，把它存入商业银行，增加银行存款，通过货币创造成数作用使存款货币成倍地增加，引起利息率降低；另一方面，中央银行买进政府债券，还会导致债券价格提高，引起利息率下降。利息率下降会引起投资增加，从而又引起收入、价格和就业的上升。反之，在通货膨胀时期，采用相反的做法会抑制与消除通货膨胀。

2. 再贴现率

再贴现率是美国中央银行最早运用的货币政策工具。中央银行给商业银行的贷款称作再贴现，中央银行给商业银行的贷款利率称作再贴现率。

如果提高再贴现率，即提高中央银行向商业银行的贷款利率，对商业银行可能有两种结果：一是商业银行减少从中央银行的借款，因为利率提高后对商业银行的贷款需求有一定的抑制作用。二是商业银行按同样的幅度提高工商企业的贷款利率，以保持其原有的盈利，必然引起工商企业对商业银行贷款需要的减少。提高再贴现率的上述两个结果使得信贷规模下降，投资需求得到抑制，从而使得 GDP 减少和失业增加。同理，如果降低再贴现率，则必然造成信贷规模扩大，促使投资增加，从而使 GDP 扩大和就业增加。

3. 存款准备金率

商业银行吸收的存款中要上缴一部分给中央银行，作为存款准备金。存款准备金占商业银行吸收存款的比例称为存款准备金率。由于这一比例是法定的，所以又称为法定存款准备率。

如果提高存款准备金率，则商业银行吸收同样的存款上缴中央银行的存款准备金就会增多，商业银行的信贷规模就会下降，必然导致投资减少，从而使 GDP 减少和失业增加；同时，存款准备金率提高则货币乘数小，即存款之创造能力减小，货币供给减少，从而使 GDP 减少和失业增加。相反，如果降低存款准备金率，则商业银行信贷规模增大，必然使货币乘数增大，即存款之创造能力增大，这两个结果都使 GDP 增加和就业增加。

上述公开市场业务、再贴现率和法定准备金率是发达国家中央银行运用的主要货币政策工具，但最常用的是公开市场业务，因为它是间接地、有效地调节货币供应量的工具，再贴现率政策虽然也是间接影响货币供应量的工具，但因其作用力度取决于商业银行的反应程度，因此其重要性呈减少趋势，但仍为重要的货币政策工具。至于存款准备金率则是具有法律效力的直接影响货币供应量的政策工具，由于其作用程度过于强烈，再加上需要履行法律手续，所以使用不多。此外，还可运用一些辅助性的货币政策工具，如道义劝告、选择性信贷控制、分期付款信贷控制和抵押信贷控制等。

5.3.4 货币主义的货币政策

货币主义者反对凯恩斯的财政政策，赞同货币政策，但货币主义的货币政策和凯恩斯主义的货币政策之间存在极大的差别。货币主义的货币政策有如下特点。

1. 强调货币政策的主导地位

货币主义者反对凯恩斯主义的财政政策，但赞成运用货币政策，并主张货币政策应该居于主导地位。其理由有二：第一，国民收入的变动主要是由货币供给量的变动引起的，所以，货币政策对熨平宏观经济波动最为有效。第二，利率对货币需求影响较小，即 LM 曲线较为陡峭，运用货币政策，即移动 LM 曲线，政策效应较大，即国民收入的变动值变化较大；相反，利率对投资影响较大，即 IS 曲线较为平坦，运用财政政策，即移动 LS 曲线，政策效应不大，即国民收入变动值变化较小。

货币主义者虽然强调运用货币政策，但反对凯恩斯主义的"相机抉择"的货币政策，其理由是经济政策效应存在滞后性。弗里德曼认为，从发现经济制度中存在问题，选择政策手段，到经过实施取得成果之间，需要一定的时间才能完成，这就是经济政策的滞后性。这一论点正是弗里德曼获得诺贝尔奖的主要原因之一。

2. 强调价格稳定为货币政策的主要目标

货币主义者认为，从长期看，货币供给量主要影响价格，而不能影响就业量和实际国民收入。只有从短期来看，货币供给量才能影响就业量和实际国民收入。因此，重点应该分析货币供给量和价格的关系。同时，物价稳定又是相当重要的，因此通货膨胀不仅导致市场功能消失，而且破坏自由经济的正常发展，所以弗里德曼认为，货币政策控制通货膨胀比减少失业具有更重要的意义。

3. 单一规则的货币政策

货币主义者反对"相机抉择"的货币政策，他们主张如下观点。

(1)货币政策的传导机制应该是货币供给量

他们认为，货币供给量直接影响国民收入和价格水平，这是由人们对财富形式选择决定的，财富形式包括货币、债券、股票、住宅、珠宝及耐用消费品等，货币供给量的变动直接影响各种财富的相对价格。如果货币供给量增加，则各种资产的价格上涨，从而刺激生产发展，使国民收入增加，并使价格水平上升。

(2)取消再贴现率政策工具

他们认为，货币供给量的增加在短期内能降低利率，而从长远看是使利率提高，因为货币供给增加使社会总需求增加，促使货币需求量也增加；同时由于货币供给量的增加，造成价格上升，又使实际货币供给量减少。这两个方面的作用必然使利率上升。他们指出，利率还受人们对通货膨胀率预期的影响，货币供给量的增加，必然使预期通货膨胀率提高，从而也使名义利率提高。他们由此得出结论，中央银行无法限定利率，利率不应该作为货币政策的工具。利率所具有的效应可以由公开市场业务来代替。

(3)规定货币供给量年固定增长率为货币政策工具

他们提出确定一个固定的货币供给量增长率，将其作为"单一规则"，中央银行根据这一比率稳定地向流通领域注入货币。他们提出，这个货币供给量的年增长率应等于实际国民收入增长率加上通货膨胀率。

他们认为，运用这种有规则的货币政策的结果是：一方面，防止中央银行搞不清楚货币形式而盲目地"相机抉择"，从而影响经济稳定；另一方面，可以用稳定的货币政策来制约经济波动，保持经济稳定增长。

5.4 财政政策与货币政策的协调

5.4.1 财政政策与货币政策的局限性

1. 税收政策的局限性

增加税收的目的是为防止通货膨胀，以压缩社会总需求，抑制物价上涨。但是，如果对企业利润增加课税，企业为了保持原有利润，会抬高商品价格；如果对商品增加课税，税收就要加在商品价格上。因此，通过税收负担的转嫁过程，增税必然会引起物价上涨，从而限制了税收政策用以抑制物价上涨的作用。如果对个人所得增加税收，将直接降低个人可支配收入以及个人消费水平，会引起国民的反感，实施起来有一定难度。

为了防止经济衰退而减少税收，以扩大社会总需求，减缓经济滑坡，这只是良好的愿望而已。其实，在萧条时期减税，人们并一定将因少纳税而多留下来的钱用于购买商品。因此，减税并不见得能够带来消费或投资的增加。

2. 财政支出政策的局限性

财政在支出方面的局限性表现为：在经济膨胀时期，政府要减少政府对商品的购买，将直接影响企业的收益，因此会遇到很大的阻力；政府要削减转移支付，将直接减少人们的收入，甚至影响居民的基本生活，因此会遭到公众的反对。在经济萧条时期，政府转移支付的增加，虽然提供了增加消费与投资、扩大总需求的可能性，但如果人们将这笔收入用于储蓄而非商品购买，这种可能性就不能成为现实。

3. 货币政策的局限性

中央银行通过货币政策，可以控制货币供应量，实现宏观调控目标，但是，货币政策本身有一些局限性，表现如下：

①在经济衰退时期，尽管中央银行采取扩张性措施，如降低存款准备率和再贴现率等，以促使商业银行扩大放款，但是，商业银行往往为了安全起见不肯冒此风险，厂商因为市场前景暗淡，预期利润率低，也不愿为增加投资而向银行借款。

②在通货膨胀时期，尽管中央银行采取措施提高利率，但企业认为此时有利可图，从而置较高利率不顾，一味地增加借款。由于保险公司等非银行金融机构吸收大量的储蓄存款，从而部分地抵消了紧缩性货币政策的作用；商业银行、企业掌管大量短期有价证券，只要它们需要，就可随时出售以换取现金。因此，中央银行可能在通货膨胀时期难以完全控制投资总额，在一定程度上妨碍货币政策预期目标实现。

③货币政策的效果还可能被货币流通速度的变化所抵消。在经济繁荣时期，人们对前景预期乐观而增加支出，在物价上涨时，人们宁愿持有货物也不愿持有货币，于是货币流通速度加快，产生扩大货币供应量的效果；在经济衰退时期，实行扩张性货币政策，扩大货币供给量，但由于人们压缩开支，使货币流通速度放慢，产生减少货币供应量的效果。

4. 财政政策和货币政策的"政策时滞"

财政政策和货币政策的调控作用还受到时间滞差的限制。财政政策和货币政策的调控措施需要一定的时间才能取得效果，这种因时间的滞差限制政策措施作用的现象叫做"政策时滞"，它在实际经济生活中主要有以下表现。

（1）识别时滞

识别时滞即在经济发生变化与认识这种变化之间存在着时间的迟误。它一方面来自识别和收集资料时间产生的迟误；另一方面来自市场短期波动掩盖长期波动的想象，要从短期波动中识别长期波动的转折点总是困难的。因此，当识别出衰退或膨胀的转折点时，可能已置身于这一过程之中了。

（2）行动时滞

行动时滞即认识到经济的变化与制定执行政策之间存在的迟误。以美国为例，在经济周期转折点识别出来后，不能立即采取行动，而是由主管部门制定可供选择的财政措施，交总统批准，然后交国会讨论。这需要长期的辩论、折衷和妥协，才能达成一致意见。这种时滞常常使得一个反衰退措施在经济开始复苏时才能出台。

（3）反应时滞

反应时滞即在政策措施开始实施与这些措施产生实际效果之间存在时间的迟误。即使政府及时地将反经济周期的财政政策付诸实施，该措施也须经过一段时间才能奏效。

5.4.2 政策配合中的相机抉择

财政政策和货币政策本身的局限性，以及各种政策手段的特点，决定了在进行宏观调控时，单独使用其中之一，都不能有效实现预期政策目标，因此，必须将二者有机地协调起来、搭配使用。财政政策与货币政策及其不同的政策手段如何进行搭配，并没有一个固定不变的模式，这是一个政策运用技巧的问题。政府根据不同情况，灵活地进行决定。经济政策配合中相机抉择就是指政府根据市场供求状况，各种调节措施的特点及政策调控目标，机动地决定和选择政策配合方式。根据 *IS-LM* 模型，财政政策与货币政策的协调配合，有助于加强宏观调控。为了减少调控中可能产生的矛盾，达到预期目标，必须采用不同政策配合方式，主要有三种协调配合模式。

1. 双扩张政策

一国政府如果采取扩张性财政政策，例如政府增加支出或减少税收，能够扩大总需求，增加国民收入，但也会引起利率提高，从而抑制私人投资，产生挤出效应，减少财政政策对经济的扩张作用。如果同时采取扩张性货币政策，就可以抑制利率上升，扩大信贷，刺激企业投资，消除或减少扩张性财政政策的挤出效应，扩大总需求，增加国民收入，其结果是在保持利率不变的条件下，刺激了经济。所以，当经济严重衰退时，同时采取扩张性财政政策和扩张性货币政策，比单纯运用财政政策有着更大的缓和衰退、刺激经济的作用。

这种双扩张政策会在短时期内增加社会需求，较迅速，但运用时应慎重，其适用条件是：第一，大部分企业开工不足，设备闲置；第二，劳动力就业不足；第三，大量资源有待开发；第四，市场疲软。

从实践经验来看，美国在 20 世纪 60 年代采用这种双扩张政策，促进了经济迅速增长。1964 年美国进行大幅度减税(个人所得税减少 20％以上,企业所得税减少 8％左右),有效扩大了总需求,使国民收入增长率从 1963 年的 4％提高到 1965 年的 6％,同时又采用了扩张性货币政策,把利率上升幅度控制在很小的范围内(1963 年为 4.62％,1965 年为 4.49％)。

2. 双紧缩政策

与双扩张政策的配合相反,当经济过热,发生通货膨胀时,可以实行双紧的政策搭配,即配合运用紧缩性财政政策和紧缩性货币政策。例如,减少政府支出,提高税率,可以压缩总需求,抑制通货膨胀,减少国民收入;同时采取紧缩性货币政策,则可以减少货币供应量,减缓物价上涨。紧缩的财政政策在抑制总需求的同时,引起利率下降,紧缩的货币政策却使利率提高,从而抑制企业投资。紧缩的货币政策与紧缩的财政政策相配合,将对经济起到紧缩作用,不过这种政策长期使用,将会带来经济衰退,增加失业。因此,第一,应谨慎使用作用幅度较大的双紧缩政策,双紧缩政策的适用条件是需求膨胀、物价迅速上涨;第二,瓶颈产业对经济起严重制约作用;第三,经济秩序混乱。

美国曾在 20 世纪 60 年代末 70 年代初采取了这种双紧缩政策,一方面,减少政府支出,征收 10％的个人所得附加税;另一方面,又采取紧缩性的货币政策,使利率上升,其结果是降低了通货膨胀率,但提高了失业率。

3. 松紧搭配政策

在某些特定条件下,也可以根据财政政策和货币政策的作用特点,按照相反方向配合使用这两种政策。松紧搭配的政策方式有两种:一是扩张性财政政策与紧缩性货币政策的搭配;另一种是紧缩性财政政策与扩张性货币政策的搭配。

(1)扩张性财政政策与紧缩性货币政策的搭配

扩张性财政政策有助于通过减税和增加支出,克服总需求不足和经济萧条。紧缩性货币政策,则可以控制货币供给量的增长,从而减轻扩张性财政政策带来的通货膨胀压力。也就是说,扩张性财政政策与紧缩性货币政策结合运用,可以在刺激总需求的同时,又抑制通货膨胀。但这种配合也有局限性,即扩大政府支出和减少税收,并未足够地刺激总需求的增加,却使利率上升,国民收入下降,最终导致赤字居高不下。这种松紧搭配方式的适用条件是:第一,财政收支状况良好,财政支出有充足的财源;第二,私人储蓄率下降;第三,物价呈上涨趋势。

美国在 20 世纪 80 年代初制止滞胀时曾采用过这种政策配合方式，对美国经济摆脱滞胀局面产生了一定的积极作用。1982 年，美国开始出现四位数赤字，失业率很高。但到 1984 年，美国经济已接近充分就业水平，里根政府根据供给学派的观点而采取的降低 25％税率的减税政策已充分发挥作用，不过该年度高就业水平预算不仅没有盈余，反而出现巨额赤字，于是便实行了紧缩货币政策，使 1984 年以后利率不断上涨，美国经济逐步摆脱了滞胀困境。

（2）紧缩性财政政策与扩张性货币政策的搭配

紧缩性财政政策可以减少赤字，而扩张性货币政策，则使利率下降，在紧缩预算的同时，松弛银根，刺激投资，带动经济发展。但这种配合模式运用不当会使经济陷入滞胀。这种松紧搭配的适用条件是：第一，财力不足，赤字严重；第二，储蓄率高；第三，市场疲软。

总之，不同的政策搭配方式各有利弊，应当针对经济运行的具体情况，审时度势，灵活、适当地进行相机抉择。一般来说，财政政策与货币政策的搭配在运用一段时间后，应选用另一种搭配取而代之，形成相互交替运用的政策格局。这是因为，一方面，经济形势是不断变化的，固守一种配合方式，有可能因不适应变化的形式而不能达到预期目的；另一方面，即使经济形势是稳定的，也不能一成不变地长期使用某一种政策，否则，往往是正效应递减，负效应递增，不仅不利于预期目标的实现，而且可能产生相反的作用。

【延伸阅读】

国务院发展研究中心简介

国务院发展研究中心是从事综合性政策研究和决策咨询的国务院直属事业单位。其主要职责是：

一、围绕国民经济、社会发展和改革开放中的全局性、综合性、战略性、长期性问题开展跟踪研究和超前研究，为党中央、国务院提供政策建议和咨询意见，为制定国家中长期发展规划和区域发展政策提出建议；接受委托参与或组织对有关部门和地区拟定的发展规划进行研究和论证，提出意见和建议。

二、研究国民经济的发展动态，分析宏观经济形势，对宏观经济政策的综合运用提出意见和建议。

三、研究产业经济发展和产业政策，对产业结构、投资结构、企业组织结构、所有制结构的调整方向，对国民经济发展的技术选择、技术创新和高新技术发展政策提供咨询意见和建议。

四、研究我国对外开放的新情况、新问题；研究对外贸易政策以及利用外资政策，提出对策建议；研究世界经济发展的趋势及其经验教训，为我国改革和发展提供借鉴。

五、研究国民经济和社会发展中的人力资源开发、收入分配与社会保障政策和自然资源的合理开发与利用、生态平衡与环境保护政策。

六、开展国际合作研究以及与有关国际组织和研究机构的交流，向党中央、国务院和有关部门提供涉外参考资料和政策建议。

七、承办国务院交办的其他事项。

国务院发展研究中心是国内国际知名的政策研究咨询机构，在宏观经济政策、发展战略和区域经济政策、产业经济和产业政策、农村经济、技术经济、对外经济关系、社会发展、市场流通、企业改革和发展、金融以及国际经济等领域拥有许多国内外著名的经济学家以及高素质的专家和研究人员。

自 1981 年成立以来，国务院发展研究中心积极参与了国家的国民经济和社会发展五年计划和长期规划的制定，以及各阶段改革开放的重大政策研究和决策过程，并主持或参与了许多重大国家级的研究项目以及一些地区性发展战略和规划的研究。国务院发展研究中心在促进中国的改革开放和发展等方面，做了许多开创性的工作。

在国际上，国务院发展研究中心与许多国家的政府机构、学术界和实业界以及国际组织建立了广泛的联系，并开展了各种形式的双边与多边国际交流与合作。中心承担过一些重要国际组织和国外基金组织援助的在华重要研究项目，以及中国政府有关国际经济合作和区域经济一体化等问题的双边和多边合作研究项目，取得许多建设性成果。中心还发起和组织了"九十年代中国与世界"高层次系列国际会议，2000 年起，又主办了"中国发展高层论坛"，受到中国政府和中外政界、学术界和实业界高层人士的重视和高度评价。中心旨在通过这些交流与合作，吸收借鉴国际有益经验，促进中国的改革开放和发展，同时帮助世界了解中国，促进世界和平与发展。

资料来源：国研网。

【思考与训练】

一、名词解释

财政政策　自动稳定器　挤出效应　财政赤字　货币供给　基础货币

货币乘数　货币政策　公开市场业务　再贴现率　存款准备金率　相机抉择

二、选择题

1. 政府所追求的宏观经济目标是(　　)。

　　A. 充分就业、低物价、低的经济增长、国际收支平衡

　　B. 物价上涨、充分就业、低的经济增长、国际收支平衡

　　C. 充分就业、低物价、高速稳定的经济增长、国际收支平衡和汇率的稳定

　　D. 以上都是错误的

2. 财政政策包括(　　)。

　　A. 保持稳定的货币供给

　　B. 运用消费者产品安全规定来提高消费者的自信心

　　C. 规范银行业与证券业以鼓励安全投资

　　D. 运用政府支出和税收来改善宏观经济运行

3. 经济中存在失业时,应采取的财政政策是(　　)。

　　A. 增加政府支出　　　　　　　　B. 提高个人所得税

　　C. 提高企业所得税　　　　　　　D. 增加货币发行量

4. 经济过热时,应采取的财政政策是(　　)。

　　A. 减少政府支出　　　　　　　　B. 增加财政支出

　　C. 扩大财政赤字　　　　　　　　D. 减少税收

5. 在衰退期增加政府赤字而在经济繁荣时减少赤字的机制叫做(　　)。

　　A. 预算平衡乘数　　　　　　　　B. 充分就业赤字

　　C. 自动稳定器　　　　　　　　　D. 政治商业周期

6. 下列何者不是自动稳定器(　　)。

　　A. 所得税　　　　　　　　　　　B. 失业保险

　　C. 食品印花税　　　　　　　　　D. 社会保险福利

三、计算题

已知某国家中央银行规定法定准备金率为8%,原始存款为5 000亿美元,假定银行没有超额准备金。

(1)试求该国的存款乘数和派生存款;

(2)如果中央银行把法定存款准备金率调高为12%,假定专业银行的存款总额不变,计算存款乘数和派生存款;

(3)假定存款准备金率仍有8%,而原始存款减少为4 000亿美元,计算存

款乘数和派生存款。

四、简答题

1. 什么是财政政策，包括哪些内容？

2. 什么是自动稳定器？它对经济波动的意义如何？

3. 什么是挤出效应？

4. 怎样看待赤字预算政策？

5. 政府增加公债发行对经济有什么影响？

6. 什么是货币政策，包括哪些内容？

五、论述题

财政政策与货币政策如何搭配使用？

第6章 AD-AS 模型

【案例导入】

从供不应求到供过于求

从 1996 年开始,中国政府就已经开始谨慎地启动经济,以避免经济的过度衰退。然而,企业经营困难和亏损面的扩大导致大批工人下岗失业,收入减少。这种情况使得无论下岗的还是在岗的工人都对未来收入产生不确定预期,而社会保证、住房、教育等领域改革的推进却清楚地预示着未来支出的增加。于是,人们就合理地选择减少当前消费、储蓄更多的钱以备未来之需,消费需求也进一步萎缩。再加上 1997 年爆发的亚洲金融危机对中国产品出口需求的影响,总需求曲线大幅度回移。

而此时由于体制上的原因,处于亏损状态的国有企业并没有退出生产者的行列,加之高积累政策没有改变,总需求曲线基本上仍然维持在原来水平。

这样一来,总供给和总需求之间的缺口发生急剧逆转,由供不应求演变成供过于求。于是,我们看到均衡价格水平大幅度降低,形成通货紧缩的巨大压力。

前面对 IS-LM 模型及宏观经济政策的讨论都是在假定价格不变的情况下进行的,这些讨论没有对产量和价格水平之间的关系进行说明,IS-LM 模型的应用受到很大的限制。本节在 IS-LM 模型的基础上建立了 AD-AS 模型,即总供求均衡分析,旨在考察产出和价格变动之间的关系,也有助于对如何实施经济政策进行更深一步的分析。

6.1 总需求

6.1.1 总需求的含义

总需求(Aggregate Demand,AD)是指在其他条件不变的情况下,在某一给定的价格水平上人们所愿意购买的产品和劳务的总量,它包括消费、投资、政府采购和净出口。这一需求总量通常以产出水平来表示。

消费主要取决于可支配收入,而可支配收入等于个人收入减去税收。影响消费的其他因素还包括总体价格水平、居民财富和收入的长期趋势等。

投资支出包括对建筑物、软件和设备的购买以及库存的增加。决定投资的主要因素是资本成本、产出水平以及将来的预期。经济政策主要是通过货币政策渠道来对投资施加影响。

政府采购主要是指政府在商品和劳务上的支出，包括国防支出、公共事业及其他服务费用。

净出口等于出口值减去进口值。影响净出口的因素主要有汇率、相对价格和国内国外的收入水平。

6.1.2　总需求曲线

如果将价格和产出水平分别标示在纵、横坐标轴上，根据不同的价格水平和相应的产出水平就可以描绘出一条曲线，这条曲线就称为总需求曲线。

为了说明总需求曲线的形状，有必要分析价格水平的变化对总支出水平的影响。值得注意的是，以下的分析是在假定名义货币供给量不变的情况下进行的。

当价格水平上升时，人们会需要更多的货币来从事交易。假定全国的货币供给量是 5 万亿，当消费价格指数从 100 上升到 150 时，为了维持同样规模的交易量，则需要 7.5 万亿货币。由此可见，名义货币需求量是价格水平的增函数。然而由于假设名义货币供给量固定不变，所以当价格水平上升时，货币就变得相对稀缺，导致利率上升。利率的上升又会造成投资水平下降，因而总支出水平和收入水平下降。这种价格水平变动引起利率同方向变动，进而引致投资和产出水平反方向变化的情况，称为利率效应。

另外，随着价格水平的上升，人们所持有的货币及其他以货币表示的固定资产的实际价值也会随之降低，人们就会变得相对贫穷，消费水平也因此而降低，这种效应称为实际余额效应。

根据以上分析，在其他因素保持不变的条件下，当经济中价格水平升高时，实际支出水平会下降，反之亦然。因此，总需求曲线是一条向右下方倾斜的曲线，即价格水平越高，总需求量越小；价格水平越低，总需求量越大。

图 6-1 可以说明价格水平变化对总产出水平的影响。假设经济在 A 点处于均衡状态，价格水平为 100（按照不变价格），货币供给量为 6 万亿，实际 GDP 为 21 万亿。假设价格水平上升到 150，由于货币供给量保持不变，实际货币

供给量将从 6 万亿下降到 4 万亿，根据前面分析的利率效应和实际余额效应，最终将导致实际总产出下降到 14 万亿，即图 6-1 中的 B 点。

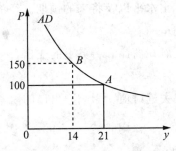

图 6-1　总需求曲线的推导

6.1.3　总需求的变动

前面我们分析了在其他条件不变的情况下，总需求会因价格水平的上涨而趋于下降。事实上，其他条件更常见的是经常发生变化，从而也会引起总需求的变化。

影响总需求的因素大致可以分为两类：一类是由政府控制的宏观经济政策变量，包括货币政策和财政政策；另一类是外生变量，即由 AD-AS 框架外的因素所决定的变量，比如战争、国外经济政策或活动等。

下面仅以财政政策为例说明它对总需求的影响。比如说，建国周年大庆，为了阅兵和庆祝的需要，政府增加了对新的军事设备和各项庆祝设施的采购数量，这一措施将使政府开支(G)增加，除非其他支出减少到能抵消 G 的增加，否则 AD 曲线将随着 G 的增加而向右上方移动。反之，如果 G 减少，将导致 AD 曲线向左下方移动。同理，货币政策的变动也可以照此分析。

图 6-2 表明了总需求曲线随着其影响因素的变化而移动的情况。

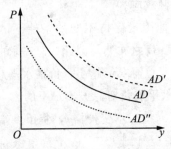

图 6-2　总需求曲线的移动

值得注意的是，不要将此处总需求曲线的移动和前面沿着总需求曲线的移动相混淆，它们移动的影响因素和影响途径是各不相同的。

6.2 总供给

6.2.1 总供给的含义

总供给（Aggregate Supply）表示的是经济社会的总产量（或总产出），它描述了经济社会的基本资源用于生产时可能有的产量。在其他条件不变的情况下，将每一价格水平及其所对应的总产出描绘在坐标系中形成一条曲线，这条曲线即为总供给曲线（Aggregate Supply Curve），也就是 *AS* 曲线。

与总需求曲线不论时间长短都始终用一条曲线表示不同，总供给曲线根据时间的长短可分为短期总供给曲线和长期总供给曲线。一般而言，两年或更短的时间之内使用短期总供给曲线；几年或更长的时间使用长期总供给曲线。短期曲线是一条向上倾斜的 *AS* 曲线，随着价格的增加，商品和服务（总产出）的供给量也越来越高；而长期总供给曲线则被描述成一条垂直的 *AS* 线，它意味着供给数量并不会随着价格的上升而增加。

为了加深对总供给的理解，有必要引入潜在产量的概念。

6.2.2 潜在产量

潜在产量是用潜在就业量来定义的。潜在就业量（充分就业量）是指一个社会在现有激励条件下所有愿意工作的人都能找到一份工作的情况下所能达到的就业量。值得注意的是，即使一个社会达到了充分就业的状态，由于一些难以避免的原因，仍然还是会存在着失业的情况，即失业率并不为零。我们把这一失业率称为自然失业率。

潜在产量就是指在现有资本和技术水平条件下，经济社会的潜在就业量所能生产的产量。潜在就业量通常被看作是一个外生变量，它不受消费、投资和价格水平的影响；但它也不是固定不变的，会随着人口的增长而增长。由于潜在就业量不受价格水平等经济变量的影响，所以潜在产量也不会受价格水平等经济变量的影响，因而它也被视作一个外生变量。换句话说，在一定的时期和一定的条件下，总供给将主要由经济社会的总就业水平决定。这里的一定条件主要是指在一定时期中经济社会中的生产性资本存量和技术条件。当一个经济社会的生产达到了其潜在产量时，就表示该经济社会充分利用了现有的经济资源。

6.2.3　总供给曲线

前面提到长、短期供给曲线是完全不同的，那么是什么原因造成长、短期总供给曲线存在这么大的差异呢？问题的关键就在于工资和价格的决定方式。

在短期内，企业成本的某些要素是缺乏弹性的或粘性的，比如工人的工资、库存的原材料等。这是因为工人的工资在劳动合同中已经确定下来，要想工资得到提高就只有在下一次通过签订合同来实现。所以，在短期内厂商在较高的需求下提高产量是有利可图的。

假设一个经济体突然需求大增，因为厂商知道在短期内包括工资在内的许多成本都是固定不变的，所以它会选择提高产品价格和增加产量以获取更多的利润。这里体现出来的价格和产量之间的正相关关系可以用图 6-3 中向上倾斜的 AS 曲线来表示，即短期供给曲线。

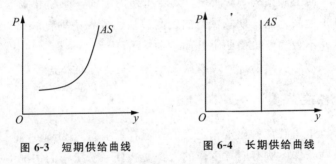

图 6-3　短期供给曲线　　　　图 6-4　长期供给曲线

然而在长期内，那些在短期内缺乏弹性的价格和工资最终会变得无粘性。比如工人的工资在合同到期后，如果价格已经上升，那么他们就会要求增加补偿性工资。对于其他原材料价格也是一样的。最后，所有的工资和其他成本价格都会因为较高的产出价格而调高。一旦成本价格上调的幅度赶上或超过了产出价格的上涨幅度，厂商就不再能够因总需求的上升而获利。当所有的成本要素都做了充分的调整之后，厂商所面对的价格比率与需求变化之前就是相同的。这样，就不存在任何刺激厂商增加产出的因素。当价格下降时，我们也可以做同样的分析。所以，从长期来讲，价格的变化并不能影响总供给水平。因此，AS 曲线在长期来看就是一条垂线，并且它会重合于潜在产量垂线，此时的总供给等于潜在产量(见图 6-4)。

从以上分析我们可以看到:在短期内,总供给会因为工资或价格缺乏弹性而偏离潜在产量,而厂商对需求上升所做出的反应是既增加产量又提高价格;在长期内,工资和成本价格因素会对产出价格做出相应的反应,并且都是以价格上涨的形式出现,很少或根本不以总供给增加的形式出现。这是因为,只要时间充足,所有的成本要素价格都会做出调整。换句话说就是,价格水平的变化不会对总供给产生影响,总供给将始终处于潜在产量的水平上。

6.3 AD-AS 模型的现实意义

前面两节推导了总需求曲线和总供给曲线,综合运用这两条曲线——总需求和总供给模型,我们就可以对现实的经济情况进行解释。

对任何一个经济体来讲,都有一个想达到的短期理想状态,然而现实的经济情况总是受到多种因素的影响而偏离理想状态,使得经济运行情况总是千差万别。虽然经济情况是千变万化的,但引致变化的原因总可以归结为总需求和总供给的变化。下面我们将首先对宏观经济的短期目标进行说明,然后就总需求和总供给曲线的移动所导致的后果进行解释。

6.3.1 宏观经济短期理想状态

宏观经济在短期内企图达到的目标就是充分就业和物价稳定,在这个理想的状态下,经济体内不存在非自愿失业,同时物价稳定,既不上涨也不下降。这个短期目标可以用图 6-5 来表示。

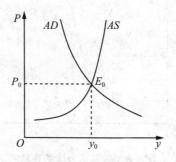

图 6-5 短期理想状态

图 6-5 中的 E_0 就是宏观经济的短期理想状态。E_0 是总需求和总供给的交

点，产量 y_0 处于充分就业时的水平，价格为 P_0。此时的价格 P 既不会上升，也不会下降。经济体处于短期均衡状态。在这一点上，经济体实现了充分就业和物价稳定。

但是，AD 和 AS 曲线相交于点 E_0 只是一种偶然的情况。在众多因素的影响下，AD 和 AS 曲线会发生移动，从而使得经济体的运行会偏离 E_0。下面将论述总需求曲线和总供给曲线发生移动导致经济运行偏离短期目标的情况。

6.3.2 偏离短期理想状态的原因

宏观经济偏离短期理想状态的原因从大的方面来说可以分为两类：其一是总需求曲线发生了移动；其二是总供给曲线发生了移动。

1. 总需求曲线发生移动

总需求曲线移动导致的后果可以用图 6-6 予以表示。E_0 表示原来经济体运行在短期理想状态，产量 y_0 处于充分就业时水平，价格为 P_0。这时，由于一些突发因素的影响导致总需求减少，AD 向左移动到 AD_1 的位置，经济均衡点从 E_0 移动到 E_1。在这一点上，经济社会处于萧条状态，产量和价格均低于充分就业时的水平。

从 AS 曲线向右下凸起的特征来看，当经济体运行低于充分就业状态时，产量和价格下降的比例是不同的。越是偏离充分就业水平，经济体中的过剩产能就越多，价格下降的空间就越小。

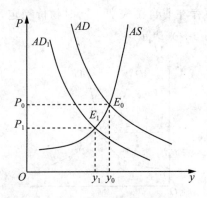

图 6-6 总需求曲线的移动

读者可以自行推导 AD 曲线向右移动导致的结果。这一情况下将表明经济处于过热的状态，产量增加的可能性越来越小，价格上涨的压力越来越大，即价格上涨的比例将高于产量增加的比例。

2. 总供给曲线发生移动

总供给曲线移动导致的后果可以用图 6-7 予以表示。E_0 表示原来经济体运行在短期理想状态，产量 y_0 处于充分就业时水平，价格为 P_0。此时，如果一些意外因素影响导致原材料价格大幅上涨，就会使 AS 曲线向左移动到 AS_1 的位置，经济运行在 E_1 点，而 E_1 表示经济处于滞涨状态，即失业和通货膨胀并存。AS 越是向左移动，失业和通货膨胀就越严重。如 20 世纪 70 年代，由于石油价格的高涨使得美国经济陷于滞涨状态长达近 10 年。

AS 向左移动，我们并不能类似总需求曲线移动一样得出失业的下降比例小于价格上涨的比例这一关系。从实证的观点看，失业和通货膨胀率之间的关系并不明确。

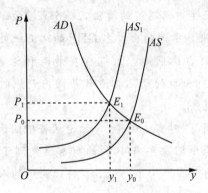

图 6-7　总供给曲线的移动

读者可以自行推导总供给曲线向右移动所导致的结果。值得注意的是，在短期内，生产技术虽然有可能突然提高，但是，要想很快看到它的成果是很困难的。因此，总供给曲线短期内向右方移动是非常罕见的。

【延伸阅读】

中国内需不足是假象

自 1997 年亚洲金融危机以来，"扩大内需"成为国人生活中出现频率非常高的一个词汇，但我们大部分中国人并不知道内需与消费的区别，总是将内需等同于消费，其实内需是指国内需求，既包含国内的消费需求也包含国内的投资需求，两者合起来构成了中国内需的全部。

一、中国的内需并不小

国民生产总值由三部分构成，即 GDP＝投资＋消费＋净出口。

在这三部分中，投资和消费都属于内需。目前在中国的 GDP 构成中，投资和消费各占国民生产总值的 45% 左右，这两部分合起来占到 GDP 的 90%，是我们国民生产总值的 90% 都是由内需拉动的，这一比例并不算低。

由于净出口在我国 GDP 构成中所占的比例很小，因此也不可能对经济增长产生很强的拉动作用，中国的经济增长从来都是靠内需拉动的，即使在我们出口最迅猛的 2007 年，净出口对我们经济增长的贡献率也没有到过 20%，也就是我国经济增长 80% 以上是靠内需拉动的，是靠我们的投资和消费来拉动的。

二、中国的出口并没有想象的那么多

在中国之所以会产生内需不足的看法，一个最重要的原因就是中国出口占 GDP 比例较大，近年来，中国的出口占 GDP 的比例一般维持在 40% 左右。

围绕着中国的出口占比问题，长期存在着两种论调：一种是"产能过剩论"，此论调将中国所有出口的商品都看作是国内产能的过剩，因此也就有了中国近半产能过剩的说法。

另一种流行的论调是"财富流失论"，此论调将中国出口商品看作是中国资源和财富的流失，认为中国每年有 40% 的财富流失到了国外，而换回的只是美元钞票，即用真正的财富换回了一堆纸，持此论调的人往往喜欢与中国的巨额外汇储备联系起来说事。

其实这两种说法是非常错误的，首先我们看看出口占 GDP 的比例 40% 的数据是怎么得出来的。中国出口计算的是"总值"，而 GDP 是计算的"增加值"，将总值与增加值进行比较本身就是错误的，真正的比较应该是将增加值与增加值进行比较。但是在进入经济统计时，出口商品的增加值计算起来比较困难，也没有这方面的统计数据，而总值的数据则很容易得到，因此人们也就用出口产品的总值与 GDP 进行比较，这样虽然比较容易得到数据，但也容易造成误解。

这种比较在早期有意义，因为当时世界经济尚未实现一体化，各国出口商品的全部产业链都在国内，而世界经济一体化后，各国产业分工相当细致，对于一种产品，其全产业链可能分布在几个国家，此时再采用这样的统计数据就会造成非常大的误解，我国虽然有占国民生产总值 40% 的产品用于出口，但

这些产品的增加值其实并不多，中国出口产品占我国总产品的比重其实并不大。上述两种论调，很大程度上就是在这种误解下产生的。

由于我国出口产品并不掌握全部的产业链，我们只是产业链的一小部分，比如我们进口一批零部件组装后再出口，这时计算出口是按整个商品的价值计算，而计算增加值是按商品价格减去零部件的价值计算，比如中国贴牌生产苹果 MP3，中国只赚取 5 美元的组装费，这也算中国的产能吗？中国产能过剩其实没有那么多，也就 20% 左右，中国出口苹果 MP3 流失的也不是中国财富，因为中国只是进行了一些手工组装而已。

持"财富流失论"的人还认为，中国的 2 万亿美元的外汇储备都是用中国的财富换来的，其实这种说法更不靠谱。中国外汇很大一部分来自于外商投资，而另一部分为"热钱"，剩下的才是贸易顺差赚取的外汇，因此直接将外汇等同于财富流失显然是站不住脚的。

三、出口是为了平衡进口

以前我们喜欢说中国地大物博，但现在放眼世界，才发现我们在能源、矿产等方面都非常贫乏，比如 2008 年中国进口铁矿 4.4 亿吨，占中国铁矿石需求的 50% 以上，而 2009 年我国对国外铁矿的依赖度已经达到 75% 左右，铁矿石是我国进行基础设施建设所必需的原材料，而国产矿埋藏深、品位低，基本上很难打破进口矿的垄断局面。

目前我国铁矿石中，贫矿占总储量的 98.4%，而巴西矿、澳矿的品位则普遍高达 56%～67%。现实情况逼迫我们把贫矿当富矿用。铁矿石只是一个例子，此外，我国的石油进口也即将达到 50%，天然气也需要大量进口，其余铜矿等也需要大量进口，而随着我们经济的增长，这些进口都将大幅度增大，这些进口都需要加大出口才可以平衡掉，不然我国将会出现大幅的贸易逆差。

资料来源：《羊城晚报》，2010-06-20。

【思考与训练】

一、名词解释

总需求曲线　潜在产量　长期总供给曲线

二、选择题

1. 总需求曲线向右下方倾斜是由于（　　）。

　　A. 价格水平上升时，投资会减少　　B. 价格水平上升时，消费会减少

C. 价格水平上升时，净出口会减少　D. 以上均正确

2. 当其他条件不变时，总需求曲线（　　）。

　　A. 因为政府支出减少会右移　　　B. 因为价格水平上升会左移

　　C. 因为税收减少会左移　　　　　D. 因为名义货币供给增加会右移

3. 若价格水平下降，则总需求量（　　）。

　　A. 增加　　　　　B. 减少　　　　C. 不变　　　　D. 难以确定

4. 当价格水平下降时，总需求曲线（　　）。

　　A. 向左移动　　　B. 向右移动　　C. 不变　　　　D. 难以确定

5. 扩张性财政政策的效应是（　　）。

　　A. 同一价格水平对应的总需求增加

　　B. 同一总需求水平对应的价格提高

　　C. 价格水平下降，总需求增加

　　D. 价格水平提高，总需求减少

6. 扩张性货币政策的效应是（　　）。

　　A. 价格水平提高　　　　　　　　B. 总需求增加

　　C. 同一价格水平上的总需求增加　D. 价格水平下降，总需求增加

7. 向右上方倾斜的总供给曲线表明（　　）。

　　A. 名义工资不变　B. 技术不变　　C. 边际产量递减　D. 以上都对

8. 使总供给曲线向上移动的原因是（　　）。

　　A. 工资提高　　　B. 价格提高　　C. 技术进步　　D. 需求增加

三、计算题

如果总供给曲线为 $y_S = 500$，总需求曲线为 $y_D = 600 - 50P$：

(1) 求供求均衡点；

(2) 如果总需求上升 10%，求新的供求均衡点。

四、简答题

1. 说明总需求曲线为什么向右下方倾斜。

2. 用总供求分析法分析我国 2008 年所采取的 4 万亿刺激经济的政策。

3. 试用总供求分析方法说明经济的"滞涨"状态。

4. 试比较 IS-LM 模型和 AD-AS 模型。

第 7 章　失业与通货膨胀

【案例导入】

促进就业成第一要务

2010 年 1 月 27 日，美国总统奥巴马在国会发表首次国情咨文时说，促进就业是 2010 年的第一要务，他提议国会通过一项新的促进就业法案。他说，目前十分之一的美国人仍找不到工作。美国创造就业的真正引擎是企业，政府可以为企业扩张和增加雇员创造必要条件。他提议从华尔街大银行归还给政府的资金中拿出 300 亿美元用于帮助社区银行，增加向小企业贷款。他同时提出新的小企业税务抵扣计划，用来帮助 100 万小企业增加雇员或者提高工资，并取消小企业投资的资本利润税。

从第 6 章的分析我们可以看到经济并非总是运行在充分就业的水平上，总需求曲线和总供给曲线的移动可能会导致失业和通货膨胀。从现实来看，总需求和总供给经常受到意外因素的影响而处于变动之中，从而使得经济体遭受失业和通货膨胀之苦，西方学者更是将失业率和通货膨胀率之和称为"痛苦指数"。

7.1　失业

7.1.1　失业的含义

2008 年和 2009 年，由于受到美国爆发的金融危机的影响，我国的对外出口受到了严重的打击，沿海一大批外贸型企业停工停产导致大批工人下岗失业。

毫无疑问，当经济体的失业率较低时，人们似乎并不在意它的存在；而当失业率较高时，它就会被社会或政府当做主要问题。失业率的高低直接关系到一个社会的稳定与否。那么什么是失业呢？

各国政府对失业的定义或统计口径并不一致。但宏观经济学对此有明确的定义。有工作的人是就业的；没有工作而在寻找工作的人则是失业的；没有工作但不找工作的人，不属于劳动力。

失业率就是指失业人口占劳动力人口的比率。失业率的波动反映了就业的波动情况，也反映了经济体的运行状态。通常来讲，失业率在经济衰退期间上升，在复苏阶段下降。

7.1.2 失业的类型

经济学家将失业归为三类：摩擦性失业、结构性失业和周期性失业。

摩擦性失业是指在生产过程中由于难以避免的摩擦而造成的短期、局部性失业。这种失业存在的原因在于：人们在各地区、各种工作职位之间不停地变动岗位；或是为了寻找更好的工作，然而这种寻找更好的工作并不能总是如愿，结果失业便发生了。这种失业人们常称为自愿性失业。

结构性失业是指劳动力的供给和需求不匹配所造成的失业。这种情况在发展中国家时常发生：一方面大量的劳动力找不到工作；另一方面，大量的企业和工厂又招不到合适的工人。结构性失业在性质上是长期性的，常常源于劳动力的需求方的变化。常见的情况是，产业的兴衰所引起的职业间和地区间的结构性失衡。比如珠三角地区在 2009 年左右实行的产业结构的升级就造成原来的工人下岗，而又招不到足够的合适的员工。

周期性失业是指在经济周期中的衰退和萧条阶段，因需求下降而造成的失业，这种失业是由整个经济的支出和产出下降造成的。当经济中的总需求减少降低了总产出时，会引起整个经济体系的普遍性失业。

较高水平的摩擦性失业和结构性失业，甚至可能在劳动力市场总体均衡时发生；周期性失业往往发生在经济衰退和萧条的时候，这是总供给和总需求不平衡的结果。

7.1.3 自然失业率

失业的三种类型中，除了周期性失业外，还总存在着摩擦性失业和结构性失业，所以，经济学家认为，经济社会在任何时期总会存在一定比例的失业人口。自然失业率被定义为经济体运行在正常情况下的失业率，它是劳动力市场处于供求稳定状态下的失业率。这里所指的稳定状态是指既不会造成通货膨胀也不会导致通货紧缩的状态。

自然失业率不仅在理解充分就业和潜在产量方面有重要作用，而且在理解宏观经济学和宏观经济政策时发挥重要作用。

7.2　失业的影响与奥肯定理

7.2.1　失业的影响

高失业率不仅是一个经济问题而且也是一个社会问题。之所以是经济问题，是因为失业意味着要浪费有价值的资源；之所以是社会问题，是因为它会使失业人员面对收入的减少而痛苦挣扎，太高的失业率甚至会造成严重的社会不稳定——较高的犯罪率和离婚率等。

当失业率上升时，经济实际上是在扔掉那些本可由失业工人制造的商品和服务，这就是失业的机会成本。在衰退和萧条时期，这种情形就好像是将大量的汽车、房屋、服装和其他商品倒进大海。高失业时期的经济损失是现代经济中有据可查的最大的损失，它远比由于垄断而引起的效率损失或配额税引起的效率损失要大。

失业的经济成本固然巨大，但长时间持续非自愿失业给人们带来的精神损失却是无法用金钱来衡量和表达的。大量的事实一再证明，失业会给人们酿成种种悲剧：吸毒、离婚、犯罪以及对失业人员自尊和自信心的打击。在经济下滑的社会影响实例中，最富戏剧性的也许是对市场改革施行"休克疗法"后的俄罗斯。到 1995 年，俄罗斯大约有 20% 的工人失业，实际产出急剧下降，人们的健康状况恶化，预期寿命急剧下降，社会和政局动荡不安。

7.2.2　奥肯定律

衰退和萧条时期最令人沮丧的就是失业率的上升。产出的下降就意味着需要投入的劳动力会减少，于是一部分有工作的人就会失业。在美国最近一次由金融危机引发的经济危机中，大约有 10% 的人失去了工作。欧洲的情况也同样令人担忧，失业人数也在 8% 左右。

历史的经验表明，经济周期中，失业通常会伴随着产出的变动而变动。20世纪 60 年代，美国经济学家阿瑟·奥肯利用美国的数据发现了产出变动和失业变动之间在数量上存在显著的相关关系——奥肯定律。

奥肯定律：相对于潜在 GDP，GDP 每下降 2 个百分点，失业率就大约会上升 1 个百分点。或等价地说：失业率高于自然失业率 1 个百分点，实际GDP 将低于潜在 GDP 2 个百分点。

奥肯定律揭示了产品市场和劳动力市场之间极为重要的联系。它描述了实际 GDP 的短期变动与失业率变动的联系。比如说，如果初期 GDP 是潜在 GDP 的 100%，然后下降到潜在 GDP 的 98%，那么失业率就会上升 1 个百分点；如果自然失业率是 6%，则现在的失业率就为 7%。

奥肯定律的一个重要结论是：实际 GDP 必须保持与潜在 GDP 同样快的增长，以防止失业率的上升。如果想让失业率下降，实际 GDP 的增长必须快于潜在 GDP 的增长。

7.3 通货膨胀

7.3.1 通货膨胀的含义、衡量和类型

1. 通货膨胀的含义

通货膨胀是指一个经济体中大多数商品和劳务价格的持续普遍的上涨。这一定义表明：第一，通货膨胀是指大多数商品和劳务价格的上涨，而不是一种或极少数商品和劳务价格的上涨；第二，是价格持续的上涨，而不是偶然的、暂时的上涨。

和失业率一样，通货膨胀也是经济运行状况的主要指示器之一。图 7-1 反映了中国从 1980 年到 2009 年用居民消费价格指数计量的通货膨胀。

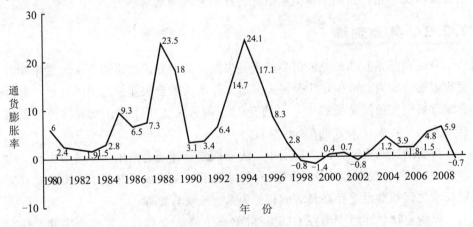

图 7-1　中国 1980—2009 年通货膨胀变化情况

资料来源：1980—2009 年，《中国统计年鉴》。

从图 7-1 中可以看出，我国的通货膨胀率很不稳定。在 1988—1989 年和 1993—1995 年达到令人难以忍受的百分之二十几的高水平；在 1998—1999 年，由于东南亚金融危机的影响又陷入了通货紧缩的状态；在 2003—2007 年，我国经历了难得的高增长低通胀的好时光；而在 2009 年又由于世界金融危机的影响再次陷入了通货紧缩的状态。

2. 通货膨胀的衡量

从通货膨胀的含义我们知道，它是指大多数商品和劳务价格的持续普遍的上涨，那么我们如何来衡量这种价格的上涨呢？考虑到现实生活中成千上万的商品和各种劳务，当商品和劳务的价格上涨时，可能另一些商品或劳务的价格却在下降，而且各种商品和劳务的价格的涨幅也不尽相同的情况，经济学家用价格指数来描述这一现象。

宏观经济学中常涉及的价格指数主要有消费价格指数（CPI）、生产者价格指数（PPI）和 GDP 折算指数。这里主要对 CPI 和 PPI 进行简要的说明。

消费价格指数告诉我们，对普通家庭的支出来说，购买具有代表性的一组商品，在今天要比过去某个时间多花费多少。这一指数的基本含义是：选取一组（通常在一定时期内是固定的）商品和劳务，然后比较按当前价格购买的花费和按基期价格购买的花费，用公式表示如下：

$$CPI = \frac{一组固定商品按当期价格计算的价值}{一组固定商品按基期价格计算的价值} \times 100$$

例如，设 2008 年为基年，如果 2008 年某国普通家庭每个月购买一组商品和劳务的费用为 1 500 元，而在 2009 年购买同样的一组商品和劳务的费用是 1 400元，那么该国 2009 年消费价格指数就是：

$$CPI_{2009} = \frac{1\,400}{1\,500} \times 100 = 93.33$$

类似的，我们也可以以 2009 年为基年，来计算 2008 年的消费价格指数，读者可自行计算完成。

生产者价格指数是用来衡量生产原材料和中间投入品等价格水平的指数，它也是对给定的一组相对固定商品的价格进行度量。与 CPI 不同的是，由于它计算的是原材料和中间投入品的价格，所以 PPI 成为一般价格水平变化的一个信号，被当做经济周期的先行指标之一。

有了价格指数后，我们就可以对通货膨胀进行更精确的含义，即从一个时期到另一个时期价格水平变动的百分比，用公式表示如下：

$$\pi_t = \frac{P_t - P_{t-1}}{P_{t-1}} \times 100\%$$

其中，π_t 为 t 时期的通货膨胀率；P_t 和 P_{t-1} 分别为 t 时期和 $(t-1)$ 时期的价格水平。

如果用上面介绍的消费价格指数来衡量价格水平，则通货膨胀率就是不同时期消费价格指数变动的百分比。

3. 通货膨胀的类型

根据不同的分类标准，经济学家对通货膨胀进行了不同角度的分类。

按照价格上升的幅度和速度可以将通货膨胀分为三种类型，即温和的通货膨胀、急剧的通货膨胀和恶性通货膨胀。温和的通货膨胀的特点是价格上涨比价缓慢且可以预测，我们通常将每年物价上涨幅度在 10% 以内的通货膨胀定义为温和的通货膨胀。一些经济学家认为温和的通货膨胀并不可怕，甚至认为温和的通货膨胀对经济和收入的增长具有积极的刺激作用。而当价格总水平以每年 20%～100% 的幅度上涨时，就认为进入了急剧的通货膨胀的领域。20 世纪七八十年代，许多拉丁美洲国家，例如阿根廷和巴西，年通货膨胀率就曾高达 50%～100%。这时，由于价格上涨率高，公众预期价格还会进一步上涨，就会采取各种措施来保卫自己，以免受通货膨胀之苦，这就使得通货膨胀加剧。当总体价格水平以每年 100% 以上的幅度上升时，恶性通货膨胀就发生了。这致命的第三种通货膨胀会窒息整个经济，使货币购买力猛降，货币完全失去信任，总体价格水平以每年百分之一百万甚至百分之万亿的惊人速度持续上扬，整个货币体系和价格体系最后会完全崩溃，甚至会出现严重的社会动荡。20 世纪 20 年代的德意志魏玛共和国就曾发生过恶性通货膨胀，从 1922 年 1 月到 1923 年 11 月，魏玛共和国的价格指数从 1 上升到 10^{10}。假如某人在 1922 年年初拥有一张价值 1 亿元的德国债券，那么 2 年后，他将连一块巧克力也买不了了。

根据价格增长是否可以预期，可以将通货膨胀区分为可预期的通货膨胀和不可预期的通货膨胀。当一个国家的通货膨胀率以每年 4% 的幅度上升时，人们便会预期这种趋势会持续，他们在日常生活中进行经济核算时就会把物价上升的因素考虑进去。既然每个人、每个企业都做出了这种预期并采取了相应的措施，那么预期到的通货膨胀对经济效率或是对收入和财富的分配就没有什么影响，变动的价格仅仅是人们调整自己行为的标准。然而，通货膨胀往往是不可预期的，人们无法完全准确地预知未来。

　　按照对不同商品和劳务价格影响的大小，可以将通货膨胀区分为平衡的通货膨胀和非平衡的通货膨胀。前者是指每种商品和劳务的价格都按相同的比例上升，后者是指各种商品和劳务的价格上升的比例不尽相同。

7.3.2　通货膨胀的成因

　　通货膨胀的根源并非只有一个，像许多疑难杂症一样，它是由诸多因素共同造成的。我们可以从两个角度来考察这些因素：一是从商品和劳务价值的度量工具——货币着手；二是从商品和劳务的供给与需求入手。前者为货币数量论的解释，后者为总需求和总供给的解释。

1. 货币发行过多导致通货膨胀

　　货币数量论认为通货膨胀是流通中的货币量超过了实际需要所引起的货币贬值、物价上涨的经济现象。这一理论认为每次通货膨胀背后都有货币供给的迅速增长，其出发点是如下所示的交易方程：

$$MV = Py$$

　　其中，M 为货币供给量；V 为货币流通速度，是名义收入与货币量之比，即一定时期平均一元钱用于购买最终产品与劳务的次数；P 为价格水平；y 是实际收入水平。

　　方程左边表示的是经济中的总支出，右方表示的是名义收入水平。对该方程两边取自然对数，然后变量动态化后对时间 t 求微分，可以得到：

$$\pi = m + v - y$$

　　其中，π 为通货膨胀率，m 为货币增长率，v 为货币流通速度变化率，y 为产量增长率。从这个方程我们可以发现通货膨胀来源于三个方面，即货币流通速度的变化、货币增长和产量增长。经济学家认为，货币流通速度和产量是比较稳定的，在短期内变化很小，所以引致通货膨胀的主要就是货币供给的增加。或等价地说，货币供给的增加是通货膨胀的主要原因。基于这一点，有的经济学家认为，通货膨胀归根结底是一种货币现象。

2. 需求拉动通货膨胀

　　需求拉动说认为当经济中需求扩张超出总供给增长时就会出现过度需求，从而拉动价格总水平上升产生通货膨胀。通俗的说法就是"太多的货币追逐太少的商品"，使得对商品和劳务的需求超出了现行价格条件下可得到的供给，从而导致一般物价水平上涨。这一学说可以用图 7-2 加以说明。

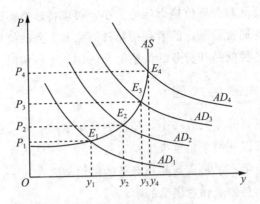

图 7-2 需求拉动通货膨胀

在图 7-2 中，横轴 y 表示总产量，纵轴 P 表示一般价格水平。AD 为总需求曲线，AS 为总供给曲线。AS 曲线初始呈水平状，这表示当总产量较低时，总需求的增加不会引起价格水平的上涨，当总产量从零增加到 y_1 时，价格水平比较稳定，总需求曲线 AD_1 与总供给曲线 AS 交于点 E_1，价格水平为 P_1，总产量为 y_1。在总产量达到 y_1 后，如果总需求继续增加，就会遇到生产过程中所谓的瓶颈现象，即由于劳动、原材料和生产设备等的不足而使成本提高，从而引起价格水平的上涨；如果总需求曲线 AD 继续提高，总供给曲线的斜率逐渐增大，均衡点决定的物价水平提高加快，而总供给的增加很少，就进入了凯恩斯所说的"半通货膨胀"状况。经济越是接近充分就业时的收入水平 y_4，AS 越是陡峭，表示收入水平难以进一步增长。因此，当总需求曲线 AD_1 移至 AD_4 时，经济达到充分就业状态，AS 曲线呈垂直状，收入水平不再增长，总需求的增加只会引起物价的上涨，进入凯恩斯所说的"真正的通货膨胀"状态。

这就是需求拉动所导致的通货膨胀。不论总需求的过度增长是来自消费需求、投资需求，抑或是政府需求、国外需求，都会导致需求拉动的通货膨胀。

需求导致通货膨胀强调了总需求的因素，而忽略了总供给方面的变化，不能正确地解释通货膨胀与失业并存的现象。因此，有必要从总供给方面分析通货膨胀现象。

3. 成本推动通货膨胀

成本推动通货膨胀理论认为，通货膨胀是由于总供给方面的生产成本上升引起的。在通常的情况下，商品和劳务的价格是以生产成本为基础，再加上一定利润构成的。因此，生产成本的上升必然会导致物价水平的上升。这一过程可以用图 7-3 加以说明。

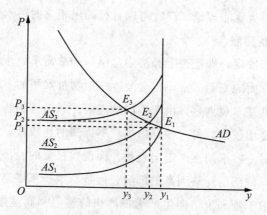

图 7-3　成本推动通货膨胀

图 7-3 中 AS_1 表示总供给曲线的初始值，与总需求曲线的交点为经济达到充分就业条件下的均衡点，则初始时的价格水平和收入水平分别为 P_1 和 y_1。当成本增加时，企业会在同等产出水平上提高价格，或者在同等价格上减少产出，因而总供给曲线会向上移动至 AS_2，甚至 AD_3，而收入水平则下降至 y_2 或 y_3。因此，成本推动说认为，正是由于成本的上升推动了物价水平的上升，并导致了收入水平的下降。

成本推动理论认为，推动成本上升的主要原因是工资的提高。在现代经济社会中，有组织的工会和垄断性大公司（比如世界三大铁矿石巨头）对成本和价格具有操纵能力，是提高生产成本并进而提高价格水平的重要力量。工会要求企业提高工资，迫使工资的增长率超过垄断生产率的增长，企业则会因为人力成本的增加而提高产品价格以转嫁上升的工资成本，而在物价上涨后工会又会要求提高工资，再度引起物价的上涨，形成工资—物价的螺旋式上升，从而形成工资成本推动型通货膨胀。除了工资成本推动通货膨胀以外，还有利润推动型通货膨胀。垄断性企业为了获取高额垄断利润也可能人为地提高产品价格，和工资推动型的过程一样，这同样会引起螺旋式的物价水平上涨，从而形成利润推动通货膨胀。

值得注意的是，不管是工资推动通货膨胀还是利润推动通货膨胀，它们形成的前提是市场的不完全竞争。

有的学者认为，单纯用需求拉动或成本推动都不足以解释一般物价水平的持续上涨，应当同时从需求和成本两个方面以及二者的相互影响来说明通货膨胀，这就是混合通货膨胀理论。读者可以自行画出相关的图示予以说明。

4. 结构型通货膨胀

一些经济学家发现，即使整个经济中总供给和总需求处于均衡状态，但由于经济部门结构方面的变动因素，也会发生一般物价水平的上涨，即所谓的结构型通货膨胀。其基本观点是，由于不同的经济部门结构的特点，一些部门的生产率提高的速度比较快，另一些部门生产率提高的比较慢，或者是一些部门正在高速发展，另一些部门逐渐走向衰落。而现代社会的经济结构不容易使生产要素从生产率低的部门转移到高的部门，但是，生产率提高慢的部门和走向衰落的部门都要求工资和价格向生产率提高快的部门和高速发展的部门看齐，要求公平，结果导致一般物价水平的上涨。

7.4　失业和通货膨胀的相互关系

失业和通货膨胀是短期宏观经济运行中最主要的两个问题。一般而言，物价稳定和充分就业是一国政府的两个主要宏观经济目标。但理论和实践证明，寻找将两者完美结合的方法非常困难。

7.4.1　菲利普斯曲线的提出

最早从事二者关系研究的是经济学家菲利普斯，他通过对 1861—1957 年英国统计资料的分析发现，货币工资的变动与失业率之间存在着一种稳定的此消彼长的关系。表现在以横轴表示失业率、纵轴表示货币工资增长率的坐标系中，就是一条向右下方倾斜的曲线，即最初的菲利普斯曲线。

这条曲线的含义是：当失业率较低时，货币工资增长率较高；反之，当失业率较高时，货币工资增长率较低，甚至是负数。

随后以萨缪尔森为首的新古典综合派把货币工资与失业率之间的关系改造成为失业率与通货膨胀之间的关系。这种改造基于以下三者之间的关系：

$$通货膨胀率 = 货币工资增长率 - 劳动生产增长率$$

显然，当劳动生产增长率为零时，通货膨胀率就与货币工资增长率一致。

因此，经过改造的菲利普斯曲线就表示了失业率和通货膨胀率之间的替换关系，即失业率高，则通货膨胀率就低，反之，失业率低，通货膨胀率就高。

经过改造后的菲利普斯曲线可以用图 7-4 表示。

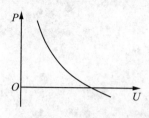

图 7-4　菲利普斯曲线

其中，横轴 U 代表失业率，纵轴 p 代表通货膨胀率。

若设 u^* 代表自然失业率，u 代表实际失业率，菲利普斯曲线可以用公式表示为：

$$\pi = -\varepsilon(u - u^*)$$

其中，参数 ε 衡量价格对于失业率的反映程度。比如，如果 ε 是 3，上述方程就表示，实际失业率相对于自然失业率每增加 1 个百分点，通货膨胀率就下降 3 个百分点。

经过这种改造后，使得菲利普斯曲线具有了直接的政策含义：要想使失业率保持在较低的水平，就必须忍受较高的通货膨胀率；要想保持价格稳定，就必须忍受较高的失业率。二者不可兼得。不过，这种关系为决策者提供了一种选择，即可能通过牺牲一个目标来换取另一个目标的实现。20 世纪 60 年代，许多西方国家应用菲利普斯曲线制定政策，取得了可观的成绩。在后来的美国以及其他国家，也有实例证明菲利普斯曲线所揭示的关系。

然而，进入 20 世纪 70 年代，大多数西方发达国家先后出现了"滞涨"局面，即经济过程所呈现的并不是失业和通货膨胀之间的相互"替换"关系，而是出现了经济停滞和通货膨胀并存的局面。这就说明菲利普斯曲线描述和推导的结论并不总是成立的。

图 7-5 显示了中国 1980—2007 年通货膨胀率和城镇登记失业率之间的关系。

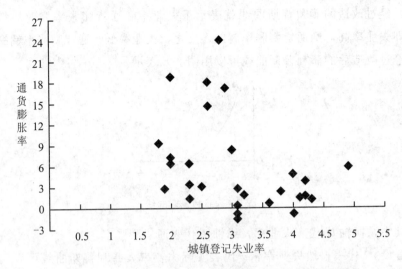

图 7-5 中国 1980—2007 年通货膨胀率和城镇登记失业率

资料来源：1980—2007 年，《中国统计年鉴》和《中国劳动统计年鉴》。

7.4.2 附加预期的菲利普斯曲线

由于菲利普斯曲线和实际情况并不总是相吻合，因此经济学家对菲利普斯曲线理论进行了修正。美国经济学家弗里德曼认为，菲利普斯曲线分析有一个严重的缺陷，即它忽略了人们对通货膨胀的预期效应。他指出，企业和个人关注的不是名义工资，而是实际工资，劳资双方在谈判新工资协议时，他们都会对通货膨胀进行预期，并据此相应地调整名义工资水平。由此可以得出，人们预期通货膨胀率越高，名义工资增加就越快。

在加入预期通货膨胀效应后，弗里德曼提出了短期菲利普斯曲线和长期菲利普斯曲线的概念。下面先对短期菲利普斯曲线进行介绍。所谓"短期"，是指从预期到需要根据通货膨胀做出调整的时间间隔。准确地说，短期菲利普斯曲线就是预期通货膨胀率保持不变时，表示通货膨胀率与失业率之间关系的曲线。

加入预期通货膨胀率以后，菲利普斯曲线方程变为：

$$(\pi - \pi^\varepsilon) = -\varepsilon(u - u^*)$$

或

$$\pi = \pi^\varepsilon - \varepsilon(u - u^*)$$

其中，π^ε 表示预期通货膨胀率。这就是附加预期的菲利普斯曲线，也称为现代菲利普斯曲线。它具有一个重要的性质，即当实际通货膨胀率等于预期通货膨胀率时，失业率处于自然失业率水平。根据这一概念，我们可以将自然失业率定义为非加速通货膨胀的失业率，也就是说，当经济的通货膨胀既不加速也不减速时的失业率就是自然失业率。

从实际情况来看，附加预期的菲利普斯曲线在解释失业和通货膨胀的关系时是比较成功的。

附加预期的短期菲利普斯曲线表明，在预期的通货膨胀率低于实际的通货膨胀率的短期中，失业率和通货膨胀率之间仍存在替换关系。那么，向右下方倾斜的短期菲利普斯曲线的政策含义就是，在短期内引起通货膨胀上升的扩张性财政和货币政策是可以起到减少失业的作用的。或等价地说，调节总需求的宏观经济政策在短期内是有效的。

然而，一些经济学家认为，在长期中，工人将根据实际发生的情况不断调整自己的预期，使得预期的通货膨胀率和实际的通货膨胀率一致，从而要求改变名义工资以使实际工资不变。这时，较高的通货膨胀就不会起到减少失业的作用。表现在坐标系中，长期的菲利普斯曲线就是一条垂直的曲线，表明失业率和通货膨胀率之间不存在替换关系。同时，他们还认为，在长期中，经济社会能够实现充分就业，失业率也将处在自然失业率的水平上。

下面用图 7-6 来说明短期菲利普斯曲线不断移动，进而形成长期菲利普斯曲线的过程。

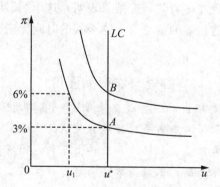

图 7-6　长期菲利普斯曲线

假定经济的初始状态是失业率为自然失业率 u^*、通货膨胀率为 3％ 的 A 点。若政府这时采取扩张性政策以使失业率降低到 u_1。由于扩张性政策的实施，总需求增加，导致价格水平上升，使通货膨胀率上升为 6％；另外，由于价格的上升，企业也会增加生产，招收新的工人，失业率下降为 u_1。于是，在短期内，短期菲利普斯曲线发生作用。

但是，经过一段时间后，工人们就会发现价格水平的上升和实际工资的下降，他们就会要求提高名义工资；与此同时，工人们也会将在 A 点处的 3% 的预期通货膨胀率调整到现在的 6%。随着这种调整，实际工资回到原来的水平，相应地，企业生产和就业也都回到了原来的水平，失业率又回到了 u^*。不过，此时的经济已处于具有较高通货膨胀预期的 B 点。

将以上过程不断重复，就会发现，在短期内，工人不能及时改变预期，于是存在着失业和通货膨胀之间的替换关系。表示在图 7-6 中就是，随着工人预期通货膨胀率的上升形成一条条逐渐上升的短期菲利普斯曲线。

但从长期来看，工人预期的通货膨胀率和实际通货膨胀率会是一致的，所以，企业就不会增加就业和生产，失业率也就不会下降。从而形成一条与自然失业率水平重合的长期菲利普斯曲线 LC。这表明，在长期中，不存在失业和通货膨胀之间的替换关系。

从政策的角度来看，这就意味着，在长期中，政府运用扩张性政策不仅不能降低失业率，还会使通货膨胀率不断上升。政府最好的作为就是不作为，因为支持这种理论的经济学家认为，在长期中，经济社会能够实现充分就业，失业率也将处在自然失业率的水平上。

然而，这个"长期"究竟有多长呢？正如一位经济学家所说的：长期来说，我们都将属于死亡。现在，有的研究结果表明，这个"长期"大概在 5～10 年之间。不过，我们是否有足够的耐心等上这么长的时间无所事事而终老一生呢？

【延伸阅读】

游资与农产品涨价

日前，国家发改委指出，种种迹象表明，一些游资和不法经营者采取欺诈、串通、哄抬、囤积等不正当手段操纵相关商品价格，是一些农产品价格上涨的直接推手。相关专家直言，农产品价格上涨的原因有多重，应该有针对性地分析价格上涨的具体原因，不能简单认为游资是主因，流动性过剩以及农产品产业链的产业化也是物价上涨的重要因素。

一、游资喊冤：哪有那么多的游资

"我们与采购商的蔬菜订购合同去年就签下了。市场售价与蔬菜基地没有关系。"山东寿光一位蔬菜种植基地负责人接受记者采访时强调，蔬菜种植商不可能从这一轮的涨价中分一杯羹。

记者走访上海黄浦区小南门地铁站附近的菜市场发现，以小南门地铁站为中心的方圆三公里内，有大大小小的菜市场 6 座。其中最大的万有全菜市场，有 37 家摊位；最小的是由一些散户临街临时摆放的菜摊。同一种蔬菜，价格相差无几，受访摊主均表示，批发价比以前高不少。

公开资料显示，10 月份 18 种主要蔬菜的平均批发价每公斤人民币 3.9 元，按年上涨了 62.4%。种植农户没有获利，终端市场没有获利，那么谁从这轮农产品价格推高的过程中获利了呢？

"这是个太笼统太模糊的说法，说得严重点，这是不负责任的说法，欲盖弥彰。"一位浙江温州商人接受采访时有些激动，"一说游资炒作，你们就想到我们。上一轮的绿豆涨价也是这样，哪有那么多的游资啊。"

据记者了解，针对疯狂的大蒜、辣椒和绿豆们，国家发改委先前出台规定，对于扰乱重要商品（包括服务）市场价格秩序的，要没收违法所得，并处违法所得 5 倍以下的罚款；没有违法所得的，处 20 万元以上 200 万元以下的罚款。

"物价上涨就像煲汤一样，有一个过程，不是一蹴而就的。"普华咨询市场分析师宋红卫接受记者采访时认为，物价上涨还是要从流动性、从农产品产业化上找原因。

二、房价被稳住可钱还要流动

谈及流动性过剩，美国经济学家麦金农曾提出了"中国货币之谜"的命题。他认为，过去 20 年，中国货币供应量增长远远超过经济增长率，且财政收入占 GDP 的比率不断下降，却没有引发通胀。

"但是你看看近 10 年的情况，中国的房地产在过去 10 年中也已经涨了 5 倍以上，城乡住宅总市值接近 100 万亿，占 GDP 的比重大约为 290%。"宋红卫表示，坚决"抑制房价过快上涨"，"房价被基本稳住了，可是钱总要有去处啊"。

在股市和楼市无利可寻之时，多余的过量的人民币将流向何处？为了逐利，它们一定会寻找稀缺资源，比如 2008 年的猪，2009 年的绿豆，2010 年的大蒜，直至现在蔓延至整条生活用品链的一片"涨声"。

"在这片国土上，什么稀缺，什么属于小品种，什么就可以被炒作。因为货币实在太多了，货币在寻找稀缺资产。"国泰君安证券研究所所长李迅雷认为，流动性过剩是造成物价上涨的主要原因。

三、农产品附加值大幅提高产业化也是涨价原因

宋红卫认为，剩余资本之所以涌向农产品，也是缘于农产品的产业化。农

产品的种植和加工有着鲜明的聚集效应，没有一个相当大的规模，很难形成有气候的市场，很难在激烈的竞争中脱颖而出，当然也不可能培育成拉动经济社会发展的主导产业。

"现在经常有人来谈价钱，希望和我们签订合作协议，实现种植基地的产业化。"上述山东寿光蔬菜基地负责人告诉记者，政府也鼓励这样做，这样肯定能提高蔬菜种植利润。

今年频现的农产品涨价风波使人们记住了不少地方，如"大蒜之乡"山东金乡、"生姜之乡"山东莱芜、"绿豆之乡"吉林洮南等。据记者了解，全国一些地区正在大力引进资本，努力实现农产品的种植产业化。权威部门统计，农产品加工业产值每增加 0.1 个百分点，就可带动一个县近 3 万人就业、带动农民人均增收 193 元。

"农产品的产业化，一方面使农民获得了再生产的资本；另一方面也使得农产品的附加值大幅提高。最终体现在价格的升高。"宋红卫认为，面对当前不断攀升的物价，不能简单地使用行政手段进行"硬着陆"，这样受伤害最大的还是农产品种植者——农民。

资料来源：《国际金融报》，2010-11-26。

【思考与训练】

一、名词解释

通货膨胀　消费价格指数　需求拉动通货膨胀　短期菲利普斯曲线
长期菲利普斯曲线　奥肯定律　失业率　非加速通货膨胀的失业率

二、选择题

1. 失业率是（　　）。
　　A. 失业人数除以总人口　　　　　　B. 失业人数除以就业人数
　　C. 失业人数除以劳动力总量　　　　D. 失业人数除以民用劳动力总量

2. 由于经济萧条而形成的失业属于（　　）。
　　A. 摩擦性失业　　　　　　　　　　B. 结构性失业
　　C. 周期性失业　　　　　　　　　　D. 永久性失业

3. 一般来说，某个大学生毕业后未能立即找到工作，属于（　　）。
　　A. 摩擦性失业　　B. 结构性失业　　C. 自愿性失业　　D. 周期性失业

4. 某人因为纺织行业不景气而失业，属于（　　）。
　　A. 摩擦性失业　　B. 结构性失业　　C. 周期性失业　　D. 永久性失业

5. 某人由于不愿接受现行的工资水平而造成的失业，称为（　　）。

　　A. 摩擦性失业　B. 结构性失业　C. 自愿性失业　D. 非自愿失业

6. 以下（　　）情况不能同时发生。

　　A. 结构性失业和成本推动通货膨胀

　　B. 需求不足失业和需求拉动通货膨胀

　　C. 摩擦性失业和需求拉动通货膨胀

　　D. 失业和通货膨胀

7. 垄断企业和寡头企业利用市场势力谋取过高利润所导致的通货膨胀，属于（　　）。

　　A. 成本推动通货膨胀　　　　　　B. 结构型通货膨胀

　　C. 需求拉动通货膨胀　　　　　　D. 需求结构型通货膨胀

8. 应对需求拉动通货膨胀的方法是（　　）。

　　A. 人力政策　　　B. 收入政策　　　C. 财政政策　　　D. 三种政策都可以

9. 收入政策主要是用来应对（　　）。

　　A. 需求拉动通货膨胀　　　　　　B. 成本推动通货膨胀

　　C. 需求结构型通货膨胀　　　　　D. 成本结构型通货膨胀

10. 长期菲利普斯曲线说明（　　）。

　　A. 通货膨胀和失业之间不存在相互替代关系

　　B. 传统的菲利普斯曲线仍然有效

　　C. 在价格很高的情况下通货膨胀与失业之间仍有替代关系

　　D. 曲线离原点越来越远

三、简答题

1. 通货膨胀形成的原因有哪些？

2. 通货膨胀的种类和影响分别有哪些？

3. 试说明 *AD-AS* 模型和菲利普斯曲线之间的关系。

四、计算题

设一经济体有以下菲利普斯曲线：

$$\pi = \pi_{-1} - 0.5(\mu - 0.06)$$

试求：

(1) 该经济体的自然失业率；

(2) 为使通货膨胀率减少 5 个百分点，必须有多少人失业；

(3) 画出该经济体的短期和长期菲利普斯曲线。

第8章 经济增长理论

【案例导入】

糟糕的旧时光

1999 年，英国第 4 频道做了一个有关时光之旅的实验。他们让一个现代英国家庭博勒斯一家，按照 1900 年时一个中上层家庭的生活方式生活了三个月，并拍摄了一部纪录片。这意味着这个家庭要住在一间没有电和任何现代家用电器的房子里；光是清洗衣物就要用两天时间在高温下干一大堆苦活，并且他们的大部分食物都只能用一个煤炉来进行加工。那个时候没有洗发水、牙膏、包装或冷冻食品，经常没有足够的热水用来洗澡。盥洗室通常是户外花园的一个角落。博勒斯一家感觉生活过得非常艰难，当然这一点并不令人感到惊讶（在因无法保持卫生而感到绝望的时候，这个家庭不得不违反游戏规则买来一瓶洗发水）。正如一位评论家所言，"看到这些足以彻底粉碎对过去的旧时光的怀旧之情。"

这部名为《1900 年的房子》的纪录片生动地描述了过去一个世纪里英国生活水平的大幅度改善。今天，绝大部分英国人，即使是那些贫困人口，都能够享受 1900 年的富裕家庭所无法享受的生活。

美国的情况同样如此。例如，一个世纪前绝大多数美国家庭甚至都没有室内淋浴设施。

然而，类似旧时的艰难生活并不是什么古老的历史。今天，世界上大多数人口的生活水平远比博勒斯一家在 1900 年的房子里所过的日子还要艰难。事实上，数十亿人口至今仍没有清洁水源，仍然得不到足够的食物。

为什么像美国、加拿大、日本、英国以及其他一些国家的居民的生活水平比一个世纪前会有这么大的改善？为什么像印度或者尼日利亚之类的国家的生活水平会这么低？这两个问题的答案是：在所有这些国家中，某些国家在追求长期经济增长方面获得了高度的成功。

这些经济所生产的产品和劳务的人均产量远远高于一百年前的水平。因此，他们就有可能享有更高的平均生活水平。而那些贫困国家却没有在这方面取得相应的进步。

许多经济学家认为，长期增长——它为什么会发生以及如何达到——是宏观经济学最为重要的研究议题。在本章中，我们就来探讨这个宏观经济学的关键议题。

资料来源：［美］保罗·克鲁格曼，《宏观经济学》，231～232 页，北京，中国人民大学出版社，2009。

8.1 随时间变化的实际国内生产总值

在前面我们已经说过，名义国内生产总值（Nominal GDP）是指一个经济体在某一特定时期（通常是一年）内所生产的所有最终产品和服务以当年价格计算的总值。由于产品和服务的总值可能会因为产品和服务价格的改变而改变，因此，经济学家更倾向于用实际国内生产总值（Real GDP）来描述产出。实际GDP，也称产出（Output）或产量（Production），是指剔除通货膨胀之后的名义GDP。名义 GDP 既反映商品和服务价格变化，又反映其数量变化，而实际GDP 由于从名义 GDP 中剔除了价格因素，因而只是反映产出量的变化。

图 8-1 描绘了近几十年美国实际 GDP 的变化情况。从该图可以看出，随时间变化的实际 GDP 呈现出两个特征：经济增长和经济波动。

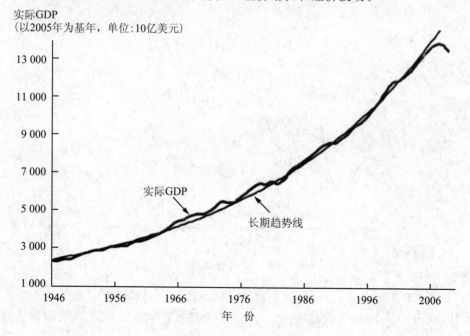

图 8-1 经济增长和经济波动

从短期来看，实际 GDP 总是暂时地上升或下降。经济学家把这种现象称为经济波动(Economic Fluctuation)或商业周期(Business Cycle)。任何两个商业周期的持续时间都不尽相同，但是都会经历几个确定的阶段，包括顶峰、衰退、谷底和扩张(见图 8-2)。当实际 GDP 下降持续半年或更长时间时，经济学家称为衰退(Recession)。换言之，如果实际 GDP 下降持续时间不到半年，经济学家并不认为经济出现衰退。经济学家把持续时间特别长、影响程度特别深的经济衰退称为萧条(Depression)。虽然对于经济萧条没有一个确切的定义，但是它事实上是特大的经济衰退。到目前为止，经济发展史上最为严重的一次萧条是发生于 1929—1933 年的经济大衰退。就美国而言，期间实际 GDP 下降了近三分之一。这次经济衰退的持续时间如此之长，影响程度如此之深，以至于经济学家和历史学家给这次经济衰退取了一个特殊的名称——大萧条(Great Depression)。与之相比，最近几十年的经济衰退的幅度要小得多。在衰退之前实际 GDP 所达到的最高点称为顶峰(Peak)，而衰退所达到的最低点称为谷底(Trough)。从谷底到下一个顶峰之间的时间称为经济扩张(Expansion)，扩张的初期通常称为经济复苏(Recovery)。

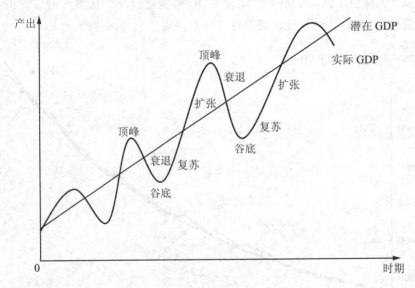

图 8-2　商业周期

从长期来看，实际 GDP 的增长呈现向上的趋势，经济学家称为经济增长 (Economic Growth)。在图 8-1 中，长期趋势线反映了实际 GDP 的长期增长趋

势。任何时期长期趋势线上的点所对应的产出称为该时期的潜在 GDP（Poten-
tial GDP）。潜在 GDP 是指实际 GDP 的长期增长趋势，由一个经济体可获得
的资本、劳动和技术决定。换言之，潜在 GDP 是由总供给决定的。总供给是
指在一个经济体中所有厂商利用可获得的资本、劳动和技术所生产出来的全部
产品和服务的总值。实际 GDP 有时高于潜在 GDP，有时低于潜在 GDP，围绕
潜在 GDP 上下波动。

　　高速的经济增长会迅速提高人们的生活水平，而经济衰退时的失业会给人
们生活带来困苦。因此，宏观经济学理论有两大分支：经济波动理论和经济增
长理论。经济波动理论试图解释实际 GDP 的短期波动，为缩小经济波动的幅
度提供政策建议；而经济增长理论试图解释实际 GDP 随时间变化的长期增长，
为保持长期的经济增长出谋划策。本章之前的章节基本上属于经济波动理论，
而本章专门介绍经济增长理论。

8.2　生产函数

8.2.1　生产函数的含义

　　在经济学家看来，一个国家产品和服务的产量（用实际 GDP 来衡量）取决
于该国的技术水平和生产要素的投入数量。这种关系在数学上可以用生产函数
来表示。

$$Y = A \cdot F(K, L) \tag{8-1}$$

　　其中，A 表示技术水平；K、L 分别代表资本和劳动的投入数量。A 代表
所有劳动者可以获得的有利于生产的知识。通信技术的改进、生产流程的再
造、组织结构的重新设计等都可以称为技术进步，只要它们有利于劳动生产率
的提高。K 代表机器、建筑、土地等耐用物质投入，而 L 代表全社会投入生
产的劳动人数或劳动时间。

　　生产函数说明了一个经济体如果投入一定量的资本、劳动和技术，就可以
获得相应的产品和服务的最大产量。更多的资本、更多的劳动和更高的技术水
平会带来更高的实际 GDP；而较少的资本、较少的劳动和较低的技术水平会
带来较低的实际 GDP。因此，一个更高的经济增长率就需要这三个因素中的
至少一个因素能够有更高的增长率。而长期经济增长率的下降可能是由这三个
因素中的至少一个因素的增长速度缓慢所引起的。

在微观经济学中的生产者理论部分也介绍过生产函数。宏观经济学中的生产函数和微观经济学中的生产函数有什么关系呢？首先两类生产函数都表示一定量的产出和一定量的投入之间的数量关系。区别在于微观经济学中的生产函数是就单个厂商来讲的。举例来说，对于一个汽车厂商而言，汽车厂、机器就是资本投入，在工厂里生产和装配汽车的工人就是劳动投入，流水线生产方式就是技术投入，出厂的汽车就是产出。而在宏观经济学中，生产函数是针对整体经济而言的。要素投入不仅仅是单个厂商（如汽车厂商）的资本、劳动和技术投入，而是全社会所有厂商的资本、劳动和技术投入。产出也不仅仅是单个厂商的产出，而是全社会所有厂商的总产出，即实际 GDP。

8.2.2 关于生产函数的几个假设

在经济学家看来，上述新古典生产函数应当满足如下几个最基本的假设。

1. 技术进步是中性的

技术进步是中性的是指，在生产要素价格不变时，技术进步不会引起生产要素的边际技术替代率发生变化。换言之，随着生产技术水平的提高，厂商不会更多地使用资本和更少地使用劳动，或者更多地使用劳动和更少地使用资本，资本和劳动的投入比例始终保持一致，不随着技术水平的变化而变化。图 8-3 描绘了中性技术进步。当技术水平提高后，等产量曲线朝原点方向移动。根据微观经济学的相关知识，最优生产要素组合点从 A 点移动到 B 点。但是由于生产扩展线是一条直线，B 点和 A 点的边际技术替代率（$MRST_{LK} = -\dfrac{\Delta K}{\Delta L}$）仍然相等，资本和劳动的投入数量比例保持不变。

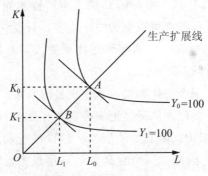

图 8-3 中性技术进步

2. 边际报酬递减

在微观经济学中的生产者理论部分，我们介绍过边际报酬递减规律。边际报酬递减规律是指在一定的技术水平，如果其他生产要素的投入量保持不变，那么随着某种生产要素投入数量的连续增加，该生产要素的边际产量迟早会从递增转变为递减。一个理性厂商应当在有效率的生产阶段进行生产。在生产的有效率阶段，边际产量递减且大于零导致总产量以递减的速度增加。图 8-4 显示了在资本投入量不变的情况下，在边际报酬递减规律的作用下，随着劳动投入量变化而变化的总产量。总产量曲线上 B 点对应的劳动投入量大于 A 点对应的劳动投入量，但是 B 点对应的劳动的边际产量（MP_L^B）小于 A 点对应的劳动的边际产量（MP_L^A）。因为 A、B 两点对应的劳动的边际产量（$MP_L = \dfrac{\mathrm{d}Q}{\mathrm{d}L}$）分别等于过 A、B 两点的切线的斜率，而过 B 点的切线的斜率明显小于过 A 点的切线的斜率。同理，在图 8-4 中，如果横轴换成资本的投入量，那么 B 点对应的资本的边际产量（MP_K^B）小于 A 点对应的资本的边际产量（MP_K^A）。

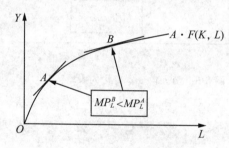

图 8-4　随劳动变化的总产量

3. 规模报酬不变

在微观经济学中的生产者理论部分，我们介绍过规模报酬变化情况。其中，规模报酬不变是指在技术水平不变时，产量增加比例等于生产要素增加比例。比如资本和劳动投入量都增加 2 倍，产量也随之增加 2 倍。规模报酬不变可以用如下的等式来表示。

$$\lambda Y = A \cdot F(\lambda K, \lambda L) = \lambda A \cdot F(K, L)$$

其中，λ 表示生产要素投入量的变化比例。

当 $\lambda = \dfrac{1}{L}$ 时：

$$\frac{Y}{L} = A \cdot F\left(\frac{K}{L}, \frac{L}{L}\right)$$

令 $y=\dfrac{Y}{L}$, $k=\dfrac{K}{L}$, 则:

$$y = A \cdot f(k) \tag{8-2}$$

上式说明了一个经济体的人均实际国内生产总值 y 取决于技术水平 A 和人均资本量 k 两个因素。如图 8-5 所示,在劳动投入量不变时,人均实际国内生产总值曲线上任意一点的导数都等于资本的边际产量,即 $MP_K = \dfrac{\mathrm{d}Y}{\mathrm{d}K} = \dfrac{\mathrm{d}y}{\mathrm{d}k}$。在劳动投入量不变时,由于资本的边际产量递减,随着人均资本量的增加,人均实际国内生产总值以递减的速度增加。

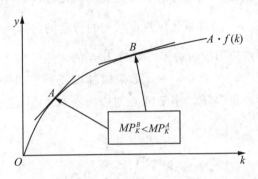

图 8-5　随人均资本变化的人均实际 GDP

8.3　增长核算

生产函数说明产量如何取决于技术和生产要素投入量,而增长核算(Growth Accounting)则要说明产量的增长率如何取决于技术和生产要素投入量的增长率。

8.3.1　技术进步对产量增长率的贡献

根据生产函数 $Y = A \cdot F(K，L)$,在资本和劳动投入量不变时,产量增长率应当等于技术增长率。例如,如果技术在一定时期(比如一年)内的增长率 $\dfrac{\Delta A}{A} = 10\%$,则产量增长率为 10%。这种关系可以用如下等式表示:

$$\frac{\Delta Y}{Y} = \frac{\Delta A}{A} \tag{8-3}$$

上式说明在资本和劳动投入量不变时，产量增长率等于技术增长率。在经济学文献中，上式中的 $\frac{\Delta A}{A}$ 被称为全要素生产率增长率或索洛剩余。

8.3.2 生产要素增长率对产量增长率的贡献

如果技术水平不变，资本增长率和劳动增长率对产量增长率的贡献如何确定呢？我们首先分析在技术和劳动投入量不变时，资本增长率对产量增长率的贡献。

在微观经济学中，我们学习过资本的边际产量（MP_K）这个概念。资本的边际产量是指每增加一个单位的资本投入量所增加的产量。根据资本的边际产量的定义公式 $MP_K = \frac{\Delta Y}{\Delta K}$，我们可以得到：

$$\Delta Y = MP_K \cdot \Delta K \tag{8-4}$$

$MP_K \cdot \Delta K$ 就是在技术和劳动投入量不变时，由资本增加量 ΔK 所引起的产量增加量。在上式两边分别除以以前的产量 Y，则：

$$\frac{\Delta Y}{Y} = \frac{MP_K \cdot \Delta K}{Y} = \frac{MP_K}{Y} \cdot \Delta K = \frac{MP_K \cdot K}{Y} \cdot \frac{\Delta K}{K}$$

$$\frac{\Delta Y}{Y} = \frac{MP_K \cdot K}{Y} \cdot \frac{\Delta K}{K} \tag{8-5}$$

(8-5)式说明，在技术和劳动投入量不变时，由资本增长率 $\frac{\Delta K}{K}$ 所引起的产量增长率是 $\frac{MP_K \cdot K}{Y} \cdot \frac{\Delta K}{K}$。

同理可得：

$$\frac{\Delta Y}{Y} = \frac{MP_L \cdot L}{Y} \cdot \frac{\Delta L}{L} \tag{8-6}$$

(8-6)式说明，在技术和资本投入量不变时，由劳动增长率 $\frac{\Delta L}{L}$ 所引起的产量增长率是 $\frac{MP_L \cdot L}{Y} \cdot \frac{\Delta L}{L}$。

8.3.3 增长核算方程

综上所述，既然产量取决于技术、资本和劳动三种生产要素，而产量增长

可能源于其中至少一种以上生产要素投入量的增加，那么产量增长率的总公式
就可以写成：

$$\frac{\Delta Y}{Y} = \frac{\Delta A}{A} + \frac{MP_K \cdot K}{Y} \cdot \frac{\Delta K}{K} + \frac{MP_L \cdot L}{Y} \cdot \frac{\Delta L}{L} \tag{8-7}$$

通过微观经济学要素理论的学习，我们知道在完全竞争市场上，生产要素
的边际产量等于生产要素的实际价格。因此，$\frac{MP_K \cdot K}{Y}$ 和 $\frac{MP_L \cdot L}{Y}$ 分别代表资本
收入和劳动收入在国内生产总值中的比重。

令 $\alpha = \frac{MP_K \cdot K}{Y}$，$\beta = \frac{MP_L \cdot L}{Y}$，则产量增长率公式可以简写成：

$$\frac{\Delta Y}{Y} = \frac{\Delta A}{A} + \alpha \cdot \frac{\Delta K}{K} + \beta \cdot \frac{\Delta L}{L} \tag{8-8}$$

根据欧拉定理，在完全竞争市场，如果规模报酬不变，那么全部产品正好
足够分配给各个生产要素。因此，资本收入和劳动收入之和等于产量，资本收
入份额和劳动收入份额之和等于 1，即 $\alpha + \beta = 1$。这样，产量增长率公式可以
进一步简化为：

$$\frac{\Delta Y}{Y} = \frac{\Delta A}{A} + \alpha \cdot \frac{\Delta K}{K} + (1-\alpha) \cdot \frac{\Delta L}{L} \tag{8-9}$$

上式说明，产量增长率等于技术增长率与资本增长率和劳动增长率的加权
平均数之和。

8.3.4 增长的经验估算

经济学家根据产量增长率公式和宏观经济数据，可以分别估算出技术增长
率、资本增长率和劳动增长率对产量增长率的贡献。

表 8-1 给出了美国 1950—1999 年增长核算的有关数据。从该表中可以看
出，从 1950 年到 1999 年，美国实际 GDP 年平均增长率为 3.6%，其中 1.2%
是由于资本存量的增加，1.3% 是由于劳动投入量的增加，而剩余的 1.1% 是
由于全要素生产率的增长。

表 8-1　美国经济增长核算

时间	产量增长率 $=\dfrac{\Delta Y}{Y}$	增长源泉		
		资本贡献 $=\alpha \cdot \dfrac{\Delta K}{K}$	劳动贡献 $=(1-\alpha) \cdot \dfrac{\Delta L}{L}$	全要素生产率增长率 $=\dfrac{\Delta A}{A}$
1950—1999	3.6	1.2	1.3	1.1
1950—1960	3.3	1.0	1.0	1.3
1960—1970	4.4	1.4	1.2	1.8
1970—1980	3.6	1.4	1.2	1.0
1980—1990	3.4	1.2	1.6	0.6
1990—1999	3.7	1.2	1.6	0.9

资料来源：高鸿业，《西方经济学》（宏观部分），691 页，北京，中国人民大学出版社，2007。

此外，从表 8-1 还可以看出，20 世纪 70 年代以来，美国的全要素生产率的增长明显放缓。但是，微处理器、传真机、台式计算机、手机、电子邮件等都是在 20 世纪 70 年代以来发明的。技术的迅猛发展和全要素生产率的明显下降使许多经济学家感到非常困惑。在一次著名的演讲中，经济增长分析的先驱、麻省理工学院经济学教授、诺贝尔奖得主罗伯特·索洛宣称，信息技术革命的影响随处可见，但经济统计领域除外。斯坦福大学的经济史学家保罗·戴维认为，技术进步对经济增长的贡献之所以不会立竿见影，是因为技术进步对经济增长的影响有一定的时滞性。只有当人们真正改变原先的业务运作模式之后，新技术——比如用电子通信代替信件和电话——对经济增长的影响才会充分凸显。

8.4　索洛增长模型

关于经济增长理论的探索，最著名的研究成果是索洛增长模型。索洛增长模型是由美国麻省理工学院的经济学家罗伯特·索洛于 20 世纪 50 年代建立的。他因对"经济增长理论的贡献"于 1987 年获得了诺贝尔经济学奖。索洛增长模型于 20 世纪 60 年代被其他经济学家进一步拓展，更常以新古典增长模型的名字出现。

8.4.1 模型的建立

新古典增长模型有如下几个假设：

①劳动投入量(L)等于劳动力，或者说没有失业。

②劳动力增长率等于人口增长率(n)。

③没有政府。经济中没有税收、公共支出、政府债务和货币。

④封闭经济。没有国际贸易。

索洛增长模型最初非常关注资本增长率对经济增长率的贡献，因此该模型首先不考虑技术变化和人口增长。这样，在 $\dfrac{\Delta A}{A}=0$，$\dfrac{\Delta L}{L}=0$ 时，增长核算方程(8-9)简化为：

$$\frac{\Delta Y}{Y} = \alpha \cdot \frac{\Delta K}{K} \tag{8-10}$$

上式说明，在技术和劳动投入量不变时，经济增长率取决于资本增长率。

在存在折旧的情况下，资本存量的增加量等于总投资减去折旧。总投资减去折旧称为净投资。因此，假设全部资本存在着一个不变的折旧率(δ)，则资本折旧额为 δK，从而：

$$\Delta K = I - \delta K \tag{8-11}$$

在一个没有政府部门的封闭经济中，家庭收入一方面可以分解为消费和储蓄两个部分；另一方面也可以分解为消费和投资两个部分，即 $Y=C+S=C+I$。因此，储蓄等于投资，即 $S=I$。

假设全部家庭存在着一个不变的储蓄率 s，则 $S=sY$，$sY=I$。这样，如果把(8-11)式中的 I 替换为 sY，则有：

$$\Delta K = sY - \delta K$$

$$\frac{\Delta K}{K} = s \cdot \frac{Y}{K} - \delta \tag{8-12}$$

因为：

$$\frac{Y}{K} = \frac{\dfrac{Y}{L}}{\dfrac{K}{L}} = \frac{y}{k}$$

所以：

$$\frac{\Delta K}{K} = s \cdot \frac{y}{k} - \delta \tag{8-13}$$

(8-12)式和(8-13)式都说明，在技术、储蓄率、劳动投入量和资本折旧率不变的情况下，资本增长率取决于资本的平均产量。

如果把(8-10)式中的$\frac{\Delta K}{K}$替换为$s \cdot \frac{y}{k} - \delta$，则有：

$$\frac{\Delta Y}{Y} = \alpha \cdot \frac{\Delta K}{K} = \alpha \cdot (s \cdot \frac{y}{k} - \delta) \tag{8-14}$$

(8-14)式说明，在技术、储蓄率、劳动投入量、资本折旧率和资本在收入中的份额不变的情况下，实际 GDP 增长率取决于资本的平均产量。

8.4.2 过渡和稳态分析

1. 资本的平均产量递减

(8-14)式说明，实际 GDP 增长率取决于储蓄率、折旧率、资本在收入中的份额和资本的平均产量。当储蓄率、折旧率和资本在收入中的份额不变时，实际 GDP 增长率只是取决于资本的平均产量。现在我们首先分析资本的平均产量如何取决于人均资本量，进而分析资本增长率和实际 GDP 增长率如何取决于人均资本量。

图 8-6 中的曲线显示了生产函数 $y = A \cdot f(k)$。生产函数曲线上某一点的资本的平均产量等于该点和原点连线的斜率，而该连线的斜率等于连线与横轴夹角的正切值。如生产函数曲线上 A、B 两点的资本的平均产量分别为 $\frac{Ak_1}{Ok_1}$、$\frac{Bk_2}{Ok_2}$，即 $\mathrm{tg}\alpha$、$\mathrm{tg}\beta$。因为 $\alpha < \beta$，所以 $\mathrm{tg}\alpha < \mathrm{tg}\beta$。因此，资本的平均产量 $\frac{y}{k}$ 随着人均资本量 k 的增加而递减。

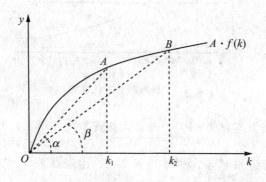

图 8-6 资本的平均产量递减

资本的平均产量递减的根本原因在于资本的边际报酬递减。在微观经济学中，我们介绍过平均量和边际量的关系。当边际量大于平均量时，平均量递增；当边际量小于平均量时，平均量递减。边际报酬递减规律普遍存在于生产实践中。在生产的有效率阶段，资本的平均产量会随着资本的边际产量的递减而递减。

2. 过渡和稳态

现在我们来分析资本增长率 $\dfrac{\Delta K}{K}$ 和实际 GDP 增长率 $\dfrac{\Delta Y}{Y}$ 随着人均资本量 k 的变化而变化的情况。图 8-7 是 (8-13) 式的几何图示。(8-13) 式的右方是两个部分之差。$s \cdot \dfrac{y}{k}$ 是储蓄率和资本的平均产量的乘积。因为储蓄率 s 是一个常数，并且资本的平均产量 $\dfrac{y}{k}$ 递减，所以 $s \cdot \dfrac{y}{k}$ 对应一条向右下方倾斜的曲线。因为折旧率 δ 是一个常数，所以 δ 对应一条水平的直线。资本增长率 $\dfrac{\Delta K}{K}$ 等于曲线 $s \cdot \dfrac{y}{k}$ 和直线 δ 之间的垂直距离。

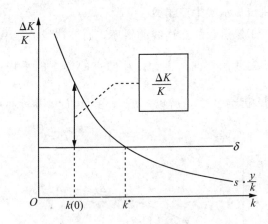

图 8-7　资本增长率的决定

假设初始人均资本量为 $k(0)$，随着人均资本量 k 增加，曲线 $s \cdot \dfrac{y}{k}$ 和直线 δ 之间的垂直距离越来越小，资本增长率 $\dfrac{\Delta K}{K}$ 逐渐降低。当 $k = k^*$ 时，曲线 $s \cdot \dfrac{y}{k}$ 和直线 δ 相交，资本增长率为零（$\dfrac{\Delta K}{K} = 0$）。此时，因为资本不再增长，

人均资本量 k 也不再增加（$\frac{\Delta k}{k} = \frac{\Delta K}{K} = 0$），我们就说资本存量 K 和人均资本量 k 实现了稳态。在经济增长理论中，稳态（Steady State）是指经济变量增长率为零的特殊情境。k^* 就是人均资本量 k 的稳态值。因为 $k^* = \frac{K^*}{L}$，且劳动力 L 是常数，所以资本存量 K 的稳态值 $K^* = L \cdot k^*$。

在稳态，因为资本增长率 $\frac{\Delta K}{K} = 0$，所以（8-12）式的右方 $s \cdot \frac{Y^*}{K^*} - \delta = 0$，$sY^* = \delta K^*$。

因为：
$$sY^* = S^* = I^*$$

所以：
$$I^* = \delta K^* \tag{8-15}$$

（8-15）式说明，在稳态，总投资等于折旧。也就是说，在稳态，一个经济体在一定时期（比如一年）内的总投资刚刚能够弥补该期资本的损耗。因为净投资为零，所以资本存量永远保持不变。

通过前面的分析，索洛模型中的经济增长过程实际上可以分为两个阶段：在第一阶段，人均资本量 k 从初始值 $k(0)$ 向稳态值 k^* 过渡。在过渡的过程中，资本增长率（$\frac{\Delta K}{K} = \frac{\Delta k}{k}$）大于零但逐渐降低到零。既然资本存量在增加（$\Delta K > 0$），净投资就大于零（$I - \delta K > 0$），即总投资超过折旧（$I > \delta K$）。在第二阶段，人均资本量 k 实现稳态（$k = k^*$）。在这个阶段，资本增长率（$\frac{\Delta K}{K} = \frac{\Delta k}{k}$）等于零，净投资为零，总投资 I^* 刚好能够弥补折旧 δK^*。

我们的最终目的是说明实际 GDP 的变化情况。因为 $\frac{\Delta Y}{Y} = \alpha \cdot \frac{\Delta K}{K}$，所以我们在前面对资本增长率 $\frac{\Delta K}{K}$ 的分析同样适用于对实际 GDP 增长率 $\frac{\Delta Y}{Y}$ 的分析。具体来说，在人均资本量 k 从初始值 $k(0)$ 过渡到稳态值 k^* 期间，资本存量 K 和实际 GDP 增加，但是实际 GDP 增长率 $\frac{\Delta Y}{Y}$ 逐渐降低。最终，当人均资本量 k 达到稳态值 k^* 时，资本增长率为零（$\frac{\Delta K}{K} = 0$），实际 GDP 增长率也等于零（$\frac{\Delta Y}{Y} = \alpha \cdot \frac{\Delta K}{K} = 0$）。当人均资本量 k 达到其稳态值 k^* 而保持不变时，人均实际 GDP 也达到其稳态值 y^* 而保持不变，$y^* = A \cdot f(k^*)$。因为 $y^* = \frac{Y^*}{L}$，且劳动力 L 是常数，所

以实际 GDP 也达到其稳态值而保持不变，$Y^* = L \cdot y^*$。

3. 过渡和稳态的改变

到目前为止，我们是在假定储蓄率、技术水平、劳动力投入量和折旧率不变的情况下，分析资本增长率和实际 GDP 增长率如何取决于人均资本量。现在我们依次放松这些假定条件，分析储蓄率、技术水平、劳动力投入量和折旧率的改变如何影响经济增长率。

（1）储蓄率的变化对经济增长率的影响

在世界范围内，不同国家和地区之间的储蓄率是不尽相同的。比如东亚国家的储蓄率往往高于拉美国家和撒哈拉沙漠以南国家的储蓄率。现在我们就来分析储蓄率的差异如何影响经济增长率。

图 8-8 显示了储蓄率的差异对资本增长率的影响。假定存在着两个储蓄率 s_1 和 s_2，且 $s_2 > s_1$。这样曲线 $s_2 \cdot \dfrac{y}{k}$ 位于曲线 $s_1 \cdot \dfrac{y}{k}$ 的上方。因为资本增长率等于曲线 $s \cdot \dfrac{y}{k}$ 和水平直线 δ 之间的垂直距离，所以不管人均资本量 k 处于什么水平，只要储蓄率更高，资本增长率 $\dfrac{\Delta K}{K}$ 就更高。对于任何储蓄率，资本增长率 $\dfrac{\Delta K}{K}$ 都会随着人均资本量 k 的提高而降低。当储蓄率为 s_1 时，资本增长率 $\dfrac{\Delta K}{K}$ 在人均资本量 k 达到其稳态值 k_1^* 时等于零。但是，当储蓄率为 s_2 时，资本增长率 $\dfrac{\Delta K}{K}$ 在 $k = k_1^*$ 时仍然大于零。这样，如果储蓄率为 s_2，人均资本量 k 在到达 k_1^* 时将继续增长，直到更大的稳态值 k_2^*。

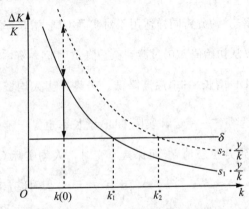

图 8-8　储蓄率的变化对资本增长率的影响

因此，在短期内，在向稳态过渡的过程中，储蓄率 s 的增加会提高资本增长率 $\dfrac{\Delta K}{K}$ 和实际 GDP 增长率 $\dfrac{\Delta Y}{Y}$。在长期内，在稳态，储蓄率 s 的增加会提高人均资本量和人均 GDP 的稳态值 k^* 和 y^*，但不会改变资本增长率和实际 GDP 增长率，$\dfrac{\Delta K}{K} = \dfrac{\Delta Y}{Y} = 0$。

(2)技术的变化对经济增长率的影响

技术总是在不断地进步，比如电力、汽车、计算机和因特网的发明不断地改变人们的生产方式。现在我们就来分析技术变化对经济增长率的影响。

图 8-9 显示了技术的变化对资本增长率的影响。假定存在着两种技术水平 A_1 和 A_2，因为 $y = A \cdot f(k)$，$s \cdot \dfrac{y}{k} = sA \cdot f(k)/k$，所以每一种技术水平对应一条曲线 $sA \cdot f(k)/k$。若 $A_2 > A_1$，则曲线 $sA_2 \cdot f(k)/k$ 位于曲线 $sA_1 \cdot f(k)/k$ 的上方。注意到两条曲线的位置分别在图 8-9 中和图 8-8 中的相似性。从而，技术的变化和储蓄率的变化对过渡和稳态的影响是相似的。

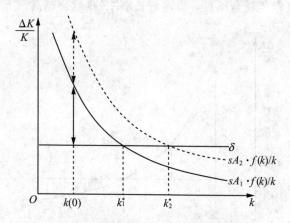

图 8-9 技术的变化对资本增长率的影响

因此，在短期内，在向稳态过渡的过程中，技术水平 A 的增加会提高资本增长率 $\dfrac{\Delta K}{K}$ 和实际 GDP 增长率 $\dfrac{\Delta Y}{Y}$。在长期内，在稳态，技术水平 A 的增加会提高人均资本量和人均实际 GDP 的稳态值 k^* 和 y^*，但不会改变资本增长率和实际 GDP 增长率，$\dfrac{\Delta K}{K} = \dfrac{\Delta Y}{Y} = 0$。

(3)劳动投入量的变化对经济增长率的影响

在前面的分析中,我们都假定劳动投入量 L 是一个常数,但是实际上不同国家和地区的劳动投入量是不尽相同的,同一国家或地区在不同时期也有不同的劳动投入量。在短期内,劳动投入量的变化源于劳动力的变化。比如传染病、战争、移民等。但在长期内,劳动投入量的变化主要源于人口的自然增长。现在我们就分两种情况分别探讨劳动投入量的变化对经济增长率的影响。

①劳动力的变化对经济增长率的影响

图 8-10 显示了劳动力的一次性变化对资本增长率的影响。假定初始资本投入量为 $k(0)$,当劳动投入量从 L_1 增加到 L_2 时,初始人均资本量从 $k(0)_1$ 减少到 $k(0)_2$。注意到劳动投入量的突然增加没有改变曲线 $s \cdot \frac{y}{k}$ 的位置,从而也就没有改变人均资本量的稳态值 k^*。但是在资本的平均产量递减规律的作用下,人均资本量 k 越低,资本的平均产量 $\frac{y}{k}$ 就越高,曲线 $s \cdot \frac{y}{k}$ 和水平直线 δ 之间的垂直距离就会越长,资本增长率 $\frac{\Delta K}{K}$ 也就会越高。

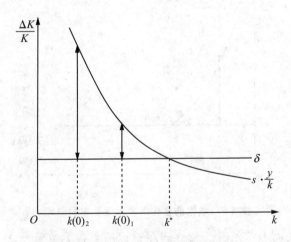

图 8-10 劳动力的变化对资本增长率的影响

因此,在短期内,在向稳态过渡的过程中,劳动力 L 的一次性增加会提高资本增长率 $\frac{\Delta K}{K}$ 和实际 GDP 增长率 $\frac{\Delta Y}{Y}$。在长期内,在稳态,劳动力 L 的一次性增加既不会改变人均资本量和人均 GDP 的稳态值 k^* 和 y^*,也不会改变资本增长率和实际 GDP 增长率，$\dfrac{\Delta K}{K} = \dfrac{\Delta Y}{Y} = 0$。这样，从长期来看，在其他条件都相同时，如果一国劳动投入量是另一国劳动投入量的两倍，那么该国资本存量和实际 GDP 也将会是另一国的两倍。

②人口增长对经济增长率的影响

撇开传染病、战争、移民等短期性因素对劳动投入量的影响，一个国家或地区劳动投入量的变化来源于人口的自然增长。现在我们来分析人口增长对经济增长率的影响。

a. 拥有人口增长的索洛模型

在分析人口增长对经济增长率的影响之前，我们首先得构建拥有人口增长的索洛模型。

在前面的分析中，我们假定劳动投入量 L 是常数，从而资本增长率 $\dfrac{\Delta K}{K}$ 和人均资本量 $k = \dfrac{K}{L}$ 的增长率 $\dfrac{\Delta k}{k}$ 是相同的。但是，当劳动投入量不是常数时，资本增长率和人均资本量增长率是不相同的。如果资本和劳动都会随着时间而变化，则有：

$$k(t) = \frac{K(t)}{L(t)}$$

对上式两边求导数可得：

$$dk(t) = \frac{1}{L}dK(t) - \frac{K}{L^2}dL(t)$$

对上式两边都除以 k 可得：

$$\frac{dk(t)}{k} = \frac{dK(t)}{K} - \frac{dL(t)}{L}$$

因为 $dk(t)$、$dK(t)$ 和 $dL(t)$ 分别表示在一定时期 t 内的人均资本量变化量 Δk、资本投入量变化量 ΔK 和劳动投入量变化量 ΔL，所以上式可以改写成如下等式：

$$\frac{\Delta k}{k} = \frac{\Delta K}{K} - \frac{\Delta L}{L} \tag{8-16}$$

因为索洛模型假定劳动力增长率 $\dfrac{\Delta L}{L}$ 等于人口增长率 n，所以（8-16）式可以改写成如下等式：

$$\frac{\Delta k}{k} = \frac{\Delta K}{K} - n \qquad\qquad (8\text{-}17)$$

(8-17)式说明,人均资本量增长率等于资本增长率和人口增长率之差。因此,给定资本增长率,更高的人口增长率意味着每个工人可供使用的资本减少。

同理,对 $y(t) = \frac{Y(t)}{L(t)}$ 进行相同的运算,可以得到如下等式:

$$\frac{\Delta y}{y} = \frac{\Delta Y}{Y} - n \qquad\qquad (8\text{-}18)$$

(8-18)式说明,人均实际 GDP 增长率等于实际 GDP 增长率和人口增长率之差。因此,给定实际 GDP 增长率,更高的人口增长率意味着更低的人均实际 GDP 增长率。

现在我们仍然假定技术不变,即 $\frac{\Delta A}{A} = 0$。把 $\frac{\Delta A}{A} = 0$、$\frac{\Delta L}{L} = n$ 代入增长核算方程,可以得到如下等式:

$$\frac{\Delta Y}{Y} = \alpha \cdot \frac{\Delta K}{K} + (1-\alpha) \cdot n \qquad\qquad (8\text{-}19)$$

把(8-19)式代入(8-18)式可得:

$$\begin{aligned}
\frac{\Delta y}{y} &= \frac{\Delta Y}{Y} - n \\
&= \left[\alpha \cdot \frac{\Delta K}{K} + (1-\alpha) \cdot n \right] - n \\
&= \alpha \cdot \frac{\Delta K}{K} - \alpha \cdot n \\
&= \alpha \cdot \left(\frac{\Delta K}{K} - n \right)
\end{aligned}$$

因为:

$$\frac{\Delta k}{k} = \frac{\Delta K}{K} - n$$

所以:

$$\frac{\Delta y}{y} = \alpha \cdot \frac{\Delta k}{k} \qquad\qquad (8\text{-}20)$$

(8-20)式说明,在技术不变时,人均实际 GDP 增长率是人均资本量增长率的一定比例。

如果我们把资本增长率方程 $\frac{\Delta K}{K} = s \cdot \frac{y}{k} - \delta$ 代入(8-16)式中,可得:

$$\frac{\Delta k}{k} = \frac{\Delta K}{K} - n$$

$$= s \cdot \frac{y}{k} - \delta - n$$

合并 δ 和 n，我们可以得到如下等式：

$$\frac{\Delta k}{k} = s \cdot \frac{y}{k} - (\delta + n) \qquad\qquad (8\text{-}21)$$

(8-21)式说明，在技术不变时，人均资本量增长率取决于储蓄率、资本的平均产量、折旧率和人口增长率。

图 8-11 是(8-21)式的几何图示。人均资本量增长率 $\frac{\Delta k}{k}$ 等于曲线 $s \cdot \frac{y}{k}$ 和水平直线 $\delta + n$ 之间的垂直距离。假设初始人均资本量为 $k(0)$，随着人均资本量 k 增加，曲线 $s \cdot \frac{y}{k}$ 和水平直线 $\delta + n$ 之间的垂直距离越来越小，人均资本量增长率 $\frac{\Delta k}{k}$ 逐渐降低。当人均资本量达到其稳态值 k^* 时，曲线 $s \cdot \frac{y}{k}$ 和水平直线 $\delta + n$ 相交，人均资本量增长率为零 $(\frac{\Delta k}{k} = 0)$，人均资本量 k 是一个不变的常数。在稳态，人均资本量 k 是一个不变的常数 k^* 意味着人均实际 GDP 也是一个不变的常数，$y^* = A \cdot f(k^*)$。

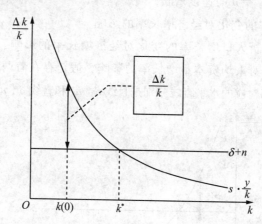

图 8-11　人均资本增长率的决定

由于：
$$\left(\frac{\Delta k}{k}\right)^* = 0, \quad \left(\frac{\Delta y}{y}\right)^* = 0$$

所以：
$$\left(\frac{\Delta k}{k}\right)^* = \left(\frac{\Delta K}{K}\right)^* - n = 0, \quad \left(\frac{\Delta y}{y}\right)^* = \left(\frac{\Delta Y}{Y}\right)^* - n = 0$$

$$\left(\frac{\Delta K}{K}\right)^* = \left(\frac{\Delta Y}{Y}\right)^* = n \qquad (8\text{-}22)$$

(8-22)式说明，在稳态，资本增长率和实际 GDP 增长率都等于人口增长率。因此，只要人口增长率大于零，资本增长率和人均实际 GDP 在长期内就始终大于零。

在稳态，因为人均资本增长率 $\frac{\Delta k}{k}=0$，所以(8-21)式的右方等于零：

$$s \cdot \frac{y^*}{k^*} - (\delta + n) = 0$$

$$s \cdot \frac{y^*}{k^*} = \delta + n$$

$$sy^* = \delta k^* + nk^* \qquad (8\text{-}23)$$

在(8-23)式中，左边的 sy^* 代表稳态时的人均储蓄。如果人口增长率 $n=0$，则人均储蓄刚刚能够弥补人均折旧 δk^*。在这种情况下，净投资等于零。但是如果人口增长率 $n>0$，则人均储蓄在弥补人均折旧之后，还得有余额来满足增加的人口对资本的需求 nk^*。因此，在稳态，净投资大于零，且能够使得资本存量以 $(\Delta K/K)^* = n$ 的速度增长。

b. 人口增长率的变化对经济增长率的影响

现在我们来分析人口增长率的变化对经济增长率的影响。图 8-12 显示了人口增长率的变化对人均资本量增长率的影响。假定存在着两个不同的人口增长率 n_1 和 n_2，它们对应的水平直线分别是直线 $\delta + n_1$ 和直线 $\delta + n_2$。因为 $n_2 > n_1$，

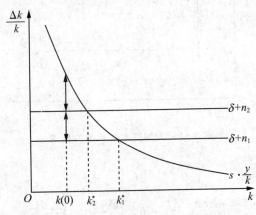

图 8-12 人口增长率的变化对人均资本增长率的影响

所以直线 $\delta + n_2$ 位于直线 $\delta + n_1$ 的上方。对于任何人口增长率，曲线 $s \cdot \dfrac{y}{k}$ 保持不变。因为人均资本量增长率 $\dfrac{\Delta k}{k}$ 等于曲线 $s \cdot \dfrac{y}{k}$ 和水平直线 $\delta + n$ 之间的垂直距离，所以更高的人口增长率意味着更低的人均资本量增长率。对于任何人口增长率，人均资本量增长率都会随着人均资本量的增长而减少。当人口增长率是 n_2 时，人均资本量增长率 $\dfrac{\Delta k}{k}$ 在人均资本量 k 达到其稳态值 k_2^* 时等于零。

但是，当人口增长率是 n_1 时，人均资本量增长率 $\dfrac{\Delta k}{k}$ 在 $k = k_2^*$ 时仍然大于零。这样，如果人口增长率是 n_1，人均资本量 k 在到达 k_2^* 时将继续增长，直到更大的稳态值 k_1^*。

因此，在短期内，在向稳态过渡的过程中，人口增长率 n 的增加会降低人均资本增长率 $\dfrac{\Delta k}{k}$ 和人均实际 GDP 增长率 $\dfrac{\Delta y}{y}$。在长期内，在稳态，人口增长率 n 的增加会降低人均资本量和人均实际 GDP 的稳态值 k^* 和 y^*，但不会改变人均资本量增长率和人均实际 GDP 增长率，$\dfrac{\Delta k}{k} = \dfrac{\Delta y}{y} = 0$。但是，人口增长率的提高确实能够改变资本存量和实际 GDP 在稳态时的增长率。如果人口增长率提高 1%，资本增长率 $\dfrac{\Delta K}{K}$ 和实际 GDP 增长率 $\dfrac{\Delta Y}{Y}$ 也会提高 1%。

(4)折旧率的变化对经济增长率的影响

折旧率 δ 的变化和人口增长率 n 的变化会以相同的方式影响经济增长率。因此，在短期内，在向稳态过渡的过程中，折旧率 δ 的增加会降低人均资本增长率 $\dfrac{\Delta k}{k}$ 和人均实际 GDP 增长率 $\dfrac{\Delta y}{y}$。在长期内，在稳态，折旧率 δ 的增加会降低人均资本量和人均实际 GDP 的稳态值 k^* 和 y^*，但不会改变人均资本量增长率和人均实际 GDP 增长率，$\dfrac{\Delta k}{k} = \dfrac{\Delta y}{y} = 0$。

综上所述，人均资本量的稳态值 k^* 随着储蓄率和技术的增加而增加，随着人口增长率和折旧率的增加而减少，独立于劳动力的变化。

4. 趋同

关于经济增长最为重要的问题之一是贫穷国家是否能够趋同或者说赶上富裕国家。比如中国的人均 GDP 能否赶上美国的人均 GDP？贫穷的非洲国家的人均 GDP 能否赶上富裕的经合组织（OECD）国家的人均 GDP？我们首先分析索洛模型关于趋同的看法，然后再看趋同的事实。

（1）索洛模型中的趋同

想象存在有两个经济体，经济体 1 的初始人均资本量 $k(0)_1$ 小于经济体 2 的初始人均资本量 $k(0)_2$。这样，拥有更高初始人均资本和人均实际 GDP 的经济体 2 比经济体 1 更先进。设想两个经济体中决定人均资本量稳态值 k^* 的诸因素都相同，则两个经济体拥有相同的人均资本量稳态值 k^*。图 8-13 表明人均资本量初始值 $k(0)=k(0)_1$ 时的曲线 $s \cdot \dfrac{y}{k}$ 和水平直线 $\delta+n$ 之间的垂直距离大于人均资本量初始值 $k(0)=k(0)_2$ 时两条线的垂直距离。因此，在一开始，经济体 1 的人均资本量增长率 $\dfrac{\Delta k}{k}$ 大于经济体 2，所以经济体 1 的人均资本量会趋同于经济体 2 的人均资本量。

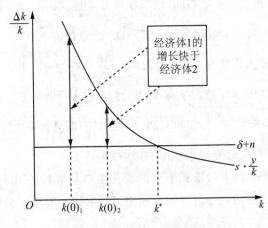

图 8-13　索洛模型中的趋同

图 8-14 显示了人均资本量 k 在两个经济体中的过渡路径。虽然经济体 1 的初始人均资本量 $k(0)_1$ 小于经济体 2 的初始人均资本量 $k(0)_2$，但是经济体 1 的人均资本量增长更快，并逐渐接近经济体 2 的人均资本量。因此，就人均资本量 k 而言，经济体 1 趋同于经济体 2。

现在我们来分析就人均实际 GDP 而言，经济体 1 是否会趋同经济体 2。因为 $y=A \cdot f(k)$，且 $k(0)_1<k(0)_2$，所以经济体 1 的初始人均实际 GDP 小于经济体 2。但是，因为在一开始，经济体 1 的人均资本量增长率 $\dfrac{\Delta k}{k}$ 大于经济

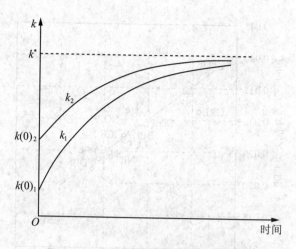

图 8-14 两个经济体的趋同和过渡路径

体 2，且$\frac{\Delta y}{y}=\alpha \cdot \frac{\Delta k}{k}$，所以经济体 1 的人均实际 GDP 增长率$\frac{\Delta y}{y}$在一开始要大于经济体 2。这样，经济体 1 的人均实际 GDP 会趋同于经济体 2。

综上所述，索洛模型告诉我们，拥有较低人均资本量和人均实际 GDP 的贫穷经济比富裕经济增长更快。原因在于在资本的平均产量递减规律的作用下，更低的人均资本量和人均实际 GDP 初始值意味着更高的人均资本量和人均实际 GDP 增长率。因此，索洛模型预测就人均资本量和人均实际 GDP 而言，随着时间的推移，贫穷经济将向富裕经济趋同。

(2)趋同的事实

许多经济学者对索洛模型关于趋同的预测进行了检验。如果索洛模型关于趋同的预测是正确的，那么我们就会发现更低水平的人均实际 GDP 和更高的人均实际 GDP 增长率相配合，更高水平的人均实际 GDP 和更低的人均实际 GDP 增长率相配合。图 8-15 显示了 18 个 OECD 国家 1960 年人均实际 GDP 和 1960—2000 年的人均实际 GDP 增长率。从图 8-15 中可以看出，1960 年人均实际 GDP 较低的国家(如葡萄牙、希腊、西班牙、爱尔兰)40 年来人均实际 GDP 增长率较高；1960 年人均实际 GDP 较高的国家(如瑞士、丹麦、美国、英国)40 年来人均实际 GDP 增长率较低。因此，在富裕的 OECD 国家集团内部，相对贫穷的国家在向相对富裕的国家趋同。

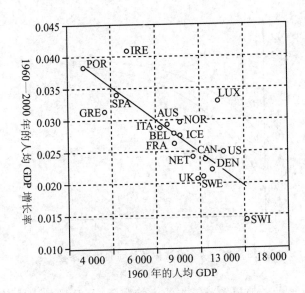

图 8-15 OECD 国家之间的趋同

资料来源：Robert J. Barro, Macroeconomics: A Modern Approach, chapter 4, South-Western, March, 2007。

虽然在富裕国家俱乐部，经济呈现趋同特征，但是从全世界范围来看，大部分的统计检验并不支持趋同预测。图 8-16 显示了全世界 111 个国家 1960 年

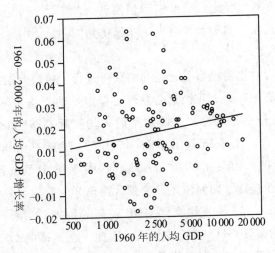

图 8-16 整个世界并未趋同

资料来源：同上。

人均实际 GDP 和 1960—2000 年的人均实际 GDP 增长率。从图中可以看出，人均实际 GDP 和人均实际 GDP 增长率不仅不存在典型的负相关关系，而且还有微弱的正相关关系。因此，从全世界范围来看，贫穷国家从总体上来说并没有向富裕国家趋同。

(3)绝对趋同和条件趋同

索洛模型关于趋同的预测为什么在富裕国家之间是可行的，但在全世界范围之内是不可行的呢？经济学家的答案是索洛模型中的趋同预测不是绝对趋同而是条件趋同。绝对趋同是指在任何条件下，更低的人均资本量初始值都意味着更高的人均资本量增长率和人均实际 GDP 增长率。而条件趋同是指只有在人均资本量稳态值相同时，更低的人均资本量初始值才意味着更高的人均资本量增长率和人均实际 GDP 增长率。如果我们重新检查索洛模型就会发现，索洛模型关于趋同的预测的假设前提是决定人均资本量稳态值 k^* 的诸因素在所有经济体中都相等。这个假设对于具有相似特征的富裕国家是合理的，但是对于更加宽泛的国家样本则是不合理的。因为在全世界范围内国家之间的经济、政治、社会特征具有明显的差异。因此，索洛模型关于趋同的预测在解释相似国家之间的经济增长模式时是成功的，但是在解释不具有相似特征的国家之间的经济增长模式时就会失效。如果不同国家之间的储蓄率、技术水平和人口增长率存在明显差异，从而人均资本量和人均实际 GDP 稳态值明显不同，经济趋同就不一定出现。

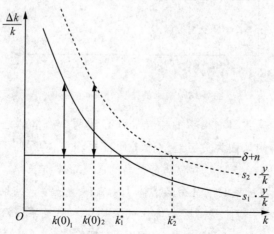

图 8-17 储蓄率的差异导致趋同失效

155

图 8-17 显示了储蓄率的差异如何导致两个经济体之间趋同失效。从图 8-17 中可以看出，因为贫穷经济体 1 比富裕经济体 2 拥有更低的初始人均资本量，所以贫穷经济体 1 本应享有更高的人均资本增长率。但是，由于富裕经济体 2 的储蓄率高于贫穷经济体 1 的储蓄率，结果使得富裕经济体 2 的人均资本增长率等于贫穷经济体 1 的人均资本增长率，富裕经济体 2 的人均资本量继而人均实际 GDP 在更高的水平实现稳态。

图 8-18 显示了技术的差异如何导致两个经济体之间趋同失效。从图 8-18 中可以看出，因为贫穷经济体 1 比富裕经济体 2 拥有更低的初始人均资本量，所以贫穷经济体 1 本应享有更高的人均资本增长率。但是，由于富裕经济体 2 的技术水平高于贫穷经济体 1 的技术水平，结果使得富裕经济体 2 的人均资本增长率等于贫穷经济体 1 的人均资本增长率，富裕经济体 2 的人均资本量继而人均实际 GDP 在更高的水平实现稳态。

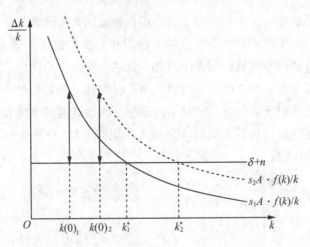

图 8-18　技术的差异对趋同的影响

图 8-19 显示了人口增长率的差异如何导致两个经济体之间趋同失效。从图 8-19 中可以看出，因为贫穷经济体 1 比富裕经济体 2 拥有更低的初始人均资本量，所以贫穷经济体 1 本应享有更高的人均资本增长率。但是，由于富裕经济体 2 的人口增长率低于贫穷经济体 1 的人口增长率，结果使得富裕经济体 2 的人均资本增长率等于贫穷经济体 1 的人均资本增长率，富裕经济体 2 的人均资本量继而人均实际 GDP 在更高的水平实现稳态。

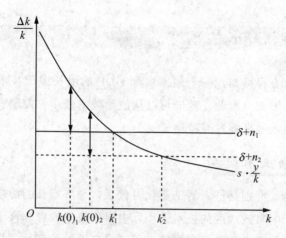

图 8-19　人口增长率的差异导致趋同失效

　　因此，更低的人均资本量初始值虽然会提高人均资本量增长率，但是更低的储蓄率和技术以及更高的人口增长率又会降低人均资本量增长率。这样，如果储蓄率和技术更低，人口增长率更高，贫穷国家的人均资本量和人均实际 GDP 就不一定会趋同于富裕国家。

　　综上所述，趋同是有条件的，而不是绝对的。也就是说，只有在决定人均资本量稳态值的因素在经济体之间相同时，人均资本量和人均实际 GDP 才会出现趋同。反之，如果决定人均资本量稳态值的因素在经济体之间存在明显差异，人均资本量和人均实际 GDP 就不会出现趋同。经验事实也表明，索洛模型的趋同预测对具有相似经济和社会特征的经济体有效。否则，经济体之间并不会出现趋同。例如在"二战"中，虽然日本、德国、法国和其他欧洲国家的物质资本遭受重大损失，但是更低的人均资本使其人均实际 GDP 迅速恢复到战前水平并向美国经济趋同。这都得益于这些在战争中遭受重大物质资本损失的发达国家和美国相比都拥有相似的技术、人口增长率、储蓄率、政治传统等特征。而撒哈拉沙漠以南国家在"二战"后虽然非常贫穷，拥有非常低的人均资本量，但是它们和发达国家的贫富差距到现在不仅没有缩小，而且还有不断扩大的趋势。其中的原因就在于糟糕的教育系统、较高的人口增长率、较低的储蓄率、政治腐败和动荡阻碍了其经济增长。

8.5 促进经济增长的政策

由增长核算方程可知，一个国家实际 GDP 的增长源于技术的进步与资本和劳动投入量的增加。因此，政府可以从鼓励技术进步、鼓励资本形成和增加劳动供给三方面入手来促进经济增长。

8.5.1 鼓励技术进步

在现代社会，特别是进入后工业化时代后，经济增长的源泉越来越依赖于技术进步。一个国家或地区的技术进步，主要取决于教育和科学研究的发展水平。然而，教育和科学研究尤其是基础研究具有正的外部性。如果完全通过市场机制来调节，私人与企业在教育和科学研究上进行的投资一定会低于社会最优水平。因此，政府首先应当加大对教育和科研的财政投入，弥补市场投资的不足。与此同时，政府还应当制定有利于技术进步的产业发展政策，对科学研究在融资上提供便利，在税收上进行优惠。其次，由于技术已经具有非竞用性的特点，政府就有必要建立完善的排他性的产权制度来保证技术的研发和投资。著名新制度主义经济学家诺斯在《西方世界的兴起》中已经阐明，一个国家的兴起主要源于生产率的提高，而生产率的提高主要源于技术进步，而技术进步有赖于一套完善的产权制度对创新者利益的保护。

8.5.2 鼓励资本形成

资本的形成或资本积累意味着资本存量的增加。资本存量的持续增加是促进长期经济增长的重要因素。在现代社会化大生产条件下，为把经济增长提高一个百分点，资本存量需要增加几个百分点。资本存量的高增长需要持续的高水平的投资支出，而为了维持持续的高水平的投资支出，就必须增加储蓄，包括私人储蓄、政府储蓄或公共储蓄，也包括引进外资。因此，一切影响私人储蓄、公共储蓄和引进外资的政策都会影响一个国家或地区的长期经济增长。

8.5.3 增加劳动供给

劳动供给也是影响一国长期经济增长的重要因素。影响劳动供给的政策有许多，比如降低个人所得税会增加人们的可支配收入，从而提高人们的工作积极性；提高社会福利水平会降低人们的工作热情，减少人们工作的意愿。欧洲由于福利水平高于美国，结果失业率长期高于美国，经济增长率也长期低于美国；对多子女家庭进行财政补贴有利于人口出生率的提高。

但是，必须注意的是劳动供给并不是增加越多越好。劳动供给从长期来看主要取决于人口增长的状况。如果一个国家的人口增长率过快，大于资本增长率，就会减少人均资本存量，从而必然使人均实际 GDP 或者说人均实际收入降低。

【延伸阅读】

中国经济增长方式正在转变　三大挑战值得关注

尽管国内外对于中国确切的"经济增长方式"及必要的调整看法不一，但人们普遍认同中国应该更多地依靠内需尤其是居民消费来实现经济可持续增长。记者注意到，近期有关中国经济的争论大多集中在短期增长轨道及政策前景上，对于增长方式是否正在转变则分歧不大，多数观点认为答案是肯定的。与记者连线的外资银行专家表示，中国正处于转变经济增长方式的初级阶段，许多结构性改革的推进需要时间和坚定的决心。虽然中国经济面临着投资占GDP 比重过高、"刘易斯拐点"迫近和潜在产出增长放缓三大挑战，但仍然有潜力在未来很多年保持 7%～9% 的高速增长，而城镇化将成为推动因素。

一、增长方式转变进程缓慢

从近期国内高层领导人的讲话中可以看出，中国政府已经充分认识到在后危机时代进行结构性调整的必要性，找出了关键问题所在，并表达了推进相关改革的决心。但是，瑞银集团中国经济研究主管告诉记者，对全球经济形势的担忧依然存在，且改革的推进有一定困难，意味着这种转变的进程会比较缓慢。现实情况也的确如此。

第一，一些短期刺激消费的措施如家电下乡、以旧换新等起到了一定作用，且基本上已延长至明年。不仅如此，今年养老金再度上调，最低工资也有所调整。不过，这些措施的宏观影响相对较小且正在减弱。

第二，医保及养老改革正在按去年的方案推进，修建学校及诊所的支出正在增加，且政府已把对农村医疗保险的贡献提高了一倍，同时还扩大了农村养老试点范围。预计这或将导致今明两年养老和医疗支出规模每年各增加 GDP 的 0.5%。不过，要看到社保体系改善导致居民改变消费行为可能尚待时日。

第三，政府正在通过投资建设内陆地区的基础设施，并给予这些地区类似部分沿海地区此前所获优惠政策来推动其加快增长。政府还积极推动另一项主要结构性调整，即帮助国内工业通过技术升级和自主创新实现产业升级。虽然这些政策是维持增长所必需的，但这些政策的初步影响可能更多体现在投资而非消费上。

第四，2010年5月国务院发布了鼓励民间部门发展及进一步开放服务业的政策指导，并在7月底要求各部委研究出台具体措施。这些政策的潜在影响可能很深远，有助于刺激就业、提高居民收入，是消费持续增长的关键，但需要看到具体措施出台才能评估其影响。

二、未来经济面临三大挑战

野村首席经济学家则强调了未来中国经济面临的三大挑战，称如果这些问题得不到解决，或许会导致经济遭遇重大挫折。这三大挑战包括：

第一，投资占GDP比重过高。对于多数经济体而言，投资通常是GDP构成中波动性最大的部分，很多原因都可以导致投资骤降。投资过度或者投资质量低下会带来产能过剩、利润和财富缩水、不良贷款增长以及商业信心的下挫。政策失误和没有预见到的冲击也会导致投资骤降。"实际上在经济快速发展的阶段，其他亚洲经济体的投资常常会出现负增长，10年中至少有一年是这样。"

第二，"刘易斯拐点"迫近。诺贝尔经济学奖得主阿瑟·刘易斯发现，当经济发展到一定阶段，农村过剩劳动力供给就会开始减少，从而让产业工人有更大的谈判权来要求增大工资的上调幅度。而工资上涨有利于消费，但可能会挤压利润空间、降低出口竞争力。而且，如果工资上涨转嫁给消费者，还会引发通胀。历史经验表明，当1965年第二产业（制造业和建筑业）的就业人数超过第一产业时，日本的实际工资才开始大幅上扬。同样的现象发生在1987年的韩国。"在中国，目前第一产业的就业人数仍然超过其他产业。但根据目前趋势来推断，到2015年第二产业就业人数将超过第一产业。不过鉴于中国迅速步入老龄化，'刘易斯拐点'可能会出现得更早。"

第三，除非全要素生产率得到提升，否则中国未来5年至10年潜在产出可能放缓。根据世界银行的估计，1995年至2009年期间中国的潜在产出增长率平均为9.6%，其中来自资本积累的贡献率高达5.8个百分点。但由于人口老年化导致就业停止增长，且资本深化带来的贡献率开始企稳，世行预测2010年至2015年中国的潜在增长率将放缓至8.4%，2016年至2020年进一步放缓至7.0%。世行的这一预测强调了中国需要更有效利用劳动力和资本

（提高全要素生产率）的急迫性。为实现这一点，政府需要发挥市场的力量。他建议采取以下具体举措：减少对土地、能源和水资源的价格补贴；提高汇率灵活性，让货币政策以信贷价格而不是信贷数量为目标；要求上市国有企业支付更多红利；消除进入国有企业垄断行业的准入壁垒；加快民营化进程。

三、城镇化推动未来经济增长

根据野村的预测，直至 2012 年中国经济都会继续快速增长，增速约为 10%，CPI 增速保持在 3%～4%。其理由是中国仍处在经济快速发展的阶段。虽然日前公布的日本第二季度 GDP 数据证实中国经济已经超越日本成为世界第二大经济体，但中国的人均 GDP(3 910 美元)远低于日本的 40 927 美元，只相当于日本 1974 年的水平。野村经济学家据此认为，中国较低的人均 GDP 意味着其仍处在快速发展的增长阶段，在基础设施和私营产业方面仍有很大的发展空间，特别是在内陆地区。由于迅速壮大的中产阶级对耐用商品和服务的需求不断增长，这也意味着中国正处于消费热潮的初期阶段。预计未来中国的实际消费增长可达每年 8%～10%，与实际收入的增速一致或略高。

预计城镇化将成为今后中国经济增长的推动因素。"在未来 20 年，我们估计约有 3 亿人口从农村地区迁移到城镇。这一城镇化进程将进一步推动中国经济增长。"收入差距推动了城镇化。随着收入的提高，消费也将增长，制造业扩张将更具持续性，或将创造对城镇房产的巨大需求。未来世界其他地区将越来越多地受到中国总需求的影响，或者因为中国经济遭遇挫折而导致全球需求不足。

资料来源：《金融时报》，2010-08-27。

【思考与训练】

一、名词解释

经济波动　商业周期　经济增长　生产函数　净投资　稳态　趋同
绝对趋同　条件趋同

二、简答题

1. 随时间变化的实际 GDP 呈现出什么特征？

2. 实际 GDP 和潜在 GDP 的关系是什么？

3. 简述资本的边际产量递减规律。

4. 经济增长的源泉是什么？

三、论述题

1. 在索洛增长模型中，资本增长率和实际 GDP 增长率如何取决于人均资本量？

2. 在索洛增长模型中，储蓄率的变化如何影响经济增长率？

3. 在索洛增长模型中，技术的变化如何影响经济增长率？

4. 在索洛增长模型中，劳动力的突然增加如何影响经济增长率？

5. 在索洛增长模型中，人口增长率的变化如何影响经济增长率？

6. 为什么说趋同不是绝对的，而是有条件的？

四、计算题

1. 已知资本增长率为 2%，劳动增长率为 8%，产出增长率为 3.1%，资本在国民收入中的份额是 0.25，在这些条件下，技术进步对经济增长的贡献是多少？

2. 在索洛增长模型的框架下，假设生产函数为：

$$Y = F(K, L) = \sqrt{KL}$$

(1) 求人均生产函数 $y = f(K, L)$；

(2) 若不存在技术进步，求稳态下人均资本量、人均产量和消费量。

3. 在索洛增长模型中，已知生产函数 $y = 2k - 0.5k^2$，储蓄率 $s = 0.1$，人口增长率 $n = 0.05$，资本折旧率 $\delta = 0.05$。试求：

(1) 稳态时人均资本和人均产量；

(2) 稳态时人均储蓄和人均消费。

第 9 章　国际贸易与经济全球化

【案例导入】

柯先生的纺织品工厂该怎么办

对柯先生来说，1992 年 8 月 12 日是个不祥的日子，因为在这一天，加拿大、墨西哥和美国原则上达成了北美自由贸易区协定，根据这一协定，三国之间的所有关税将在 5 年内被大幅度削减。令柯先生最感不安的是，协定规定三国之间的所有纺织品贸易的关税将在 10 年内取消，同时，加拿大和墨西哥每年还可以向美国销售一定数量用外国材料制成的服装和纺织品，而且在协定生效前，这一销售配额还将略微增多。

柯先生是一家位于中国澳门地区的生产服装的工厂的老板，这间工厂于 1910 年建立，已由柯先生家族经营了四代。工厂现有 1 500 个员工，主要生产棉质内衣。员工们和工厂的劳资关系长期以来一直很好，从未发生过一起劳资纠纷。柯先生常以自己能叫出很多员工的名字并且了解一些雇员的家庭情况而感到自豪。

柯先生工厂的内衣产品主要销往美国，在过去的 10 年里，工厂虽然经历了日趋激烈的市场竞争，但柯先生的工厂依靠产品的优异质量，再加上比美国低得多的劳动力成本，一直有很好的销售业绩。因而，工厂的生产一直是在发展的。

然而，服装制造业是一个低技能、劳动力密集型的产业，业内的竞争主要是价格和质量的竞争，成本在很大程度上是由工资和劳动生产率决定的。面对着北美自由贸易协定的签署，很多美国的同业和亚洲的内衣制造厂纷纷把工厂迁移到墨西哥。在那里，内衣产品进入美国和加拿大面临的优势是关税取消，而且，纺织工人的小时工资不到 2 美元，比美国本土低 10 美元，比中国澳门地区低 1.2 美元。柯先生明白，未来的 5 年里，美国的服装市场将被在墨西哥生产的来自亚洲、美国和墨西哥厂商的进口产品所充斥。眼前，美国的一些大客户已经在抱怨柯先生的内衣价格高了，他们很难再继续和他做生意。对柯先生来说，现在已别无选择，如果是继续生产内衣输往美国市场，唯一的出路是将中国澳门地区的工厂移向墨西哥，这是他过去一直不愿做的。

把工厂移向墨西哥，对柯先生来说，需要解雇大批中国澳门地区的工人，他怎样回报多年来员工们对他家族付出的忠心？他以往承诺的对员工的道德义务该如何解释？墨西哥的工人如何，能否像澳门的工人这样忠心耿耿，并达到他们的生产效率呢？据说，那里的工人生产率低，工艺水平低，工人的流失率高，缺勤率也高，真的是这样吗？果真如此，他该如何应付那种局面呢？

9.1 国际贸易

9.1.1 基本概念

1. 国际贸易和对外贸易

国际贸易(International Trade)是指不同国家(或地区)之间进行的商品交换活动。这里讲的商品交换是广义的，即包括有形商品和无形商品的贸易活动。既然国际贸易泛指国家与国家之间的商品交换，那么，它就既包括本国与他国之间的贸易，也包括别的国家之间的贸易。因此，从全世界范围来看，国际贸易也就是世界贸易(World Trade)，一般讲的国际贸易就是指世界贸易。

对外贸易(Foreign Trade)，如果从某个国家或地区的角度来看，是指该国(或地区)同别国(或地区)进行的商品交换活动。因为这是立足于一个国家的立场来看待这种商品贸易活动，所以称为对外贸易，或者也可称为"国外贸易"或"外部贸易"(External Trade)。有一些海洋岛国或者对外贸易活动主要依靠海运的国家(如英国、日本等)，又很自然地将对外贸易称作"海外贸易"(Oversea Trade)。由于对外贸易是由商品的进口和出口两部分构成的，人们有时又把它叫做"进出口贸易"或者"输出入贸易"(Import and Export Trade)。

可见，这两个概念紧密相联又有所区别，是不能被等同起来的。它们都是国际的商品交换活动，不过就其涵盖的范围而言，任何一国的对外贸易都远远不及国际贸易，它只是后者这个总体的一个组成部分，占其中较小的份额(如我国对外贸易额目前仅为世界贸易额的 3% 左右)。但是，一国对外贸易只有遵循国际贸易所通行的规则和惯例，才能顺利进行和不断发展。从这个意义上讲，对外贸易又可视为国际贸易，所以，本章论及的国际贸易知识自然也是我国开展对外贸易活动所不可缺少的。

2. 贸易额

贸易额，又叫贸易值(Value of Trade)，是用货币表示的反映贸易规模的指标。各国一般都用本国货币加以表示，但为了便于国际比较，许多国家按汇率折算成国际上通用的美元来计量。贸易额通常分为对外贸易额和国际贸易额两种。

对外贸易额是一个国家在一定时期内（如一年）出口贸易额和进口贸易额的总和。从世界范围来看，一国的出口即意味着其他国家的进口。

国际贸易额则专指世界各国出口贸易额的总和，亦称世界贸易额。因此，计算一国对外贸易额占世界贸易额的比重时，通常只能用本国的出口贸易额与世界贸易额相比较而得出。不注意这点，则可能因重复计算而夸大了一国的国际贸易地位。同时，考虑到有关的运费和保险费等不应算做出口贸易额，世界上一般都用离岸价格（FOB）来计算出口额。只有少数国家的出口贸易额是按到岸价格（CIF）计算的。

用国际贸易额来反映一国对外贸易的规模和水平，既简洁明了，又便于国际比较，因而它最为通用。可是，如果有关货币的价值发生变动，这个指标就可能会有虚假的反映。例如，由于本国货币或者美元的汇率发生变动，同样数量的出口商品就表现为不同的出口贸易额，有时这个差额还相当大。

3. 贸易量

贸易量（Quantity of Trade）是用进出口商品的计量单位（如数量、重量等）表示的反映贸易规模的指标。按照实物计量单位进行计算，可以剔除价格变动等因素带来的虚假成分，更准确地反映实际贸易情况。贸易值增加了，贸易量不一定增加，还可能减少。但对一个国家千千万万种进出口商品来说，无法用同类计量单位来表示一国对外贸易的总和，只有同种货币的金额才能相加。因此，技术上以剔除价格变动的贸易值来替代贸易量，即许多国家和联合国通常用贸易量指数来表示进出口贸易的实际规模，这样，贸易量的计量单位仍是货币单位。

贸易量的计算要用比较的方法。首先，以基期的价格为基数计算出比较期的价格指数。其次，用比较期的价格指数除比较期的贸易值，从而计算出以基期的不变价格为基础的比较期贸易值，以此作为比较期的贸易量。最后，把比较期的贸易量与基期的贸易值比较，就可以较真实地反映比较期贸易规模的变化。其中，计算公式如下：

$$比较期价格指数 = \frac{\sum P_1 Q_1}{\sum P_0 Q_1} \times 100\%$$

$$比较期贸易量 = \frac{比较期贸易值}{比较期价格指数}$$

$$比较期贸易量指数 = \frac{\sum P_0 Q_1}{\sum P_0 Q_0} \times 100\%$$

其中，P_1 表示比较期价格，Q_1 表示比较期数量，P_0 表示基期价格，Q_0 表示基期数量。

【例 9-1】 某国的出口值 1990 年为 980 亿美元，1998 年为 1 680 亿美元；出口价格指数 1990 年为 100%，1998 年为 180%，计算 1998 年的贸易量指数。

$$1998 年贸易量 = \frac{1\,680}{180\%} = 933.33（亿美元）$$

$$1998 年贸易量指数 = \frac{933.33}{980} \times 100\% = 95.24\%$$

通过以上计算可以看出：按贸易值计算，该国 1998 年的出口规模比 1990 年扩大了；但按贸易量计算，该国 1998 年的出口规模比 1990 年并没有扩大，而是缩小了。

4. 净出口与净进口

一个国家在同类产品上既有出口又有进口。在一定时期（如一年）内将某种商品的出口数量与进口数量相比较，如果出口量大于进口量，叫做净出口（Net Export）；如果出口量小于进口量，叫做净进口（Net Import）。在某一类商品上是净出口还是净进口，反映了一国对该商品的生产能力和消费能力。如果一国对某类商品的生产能力大于消费能力，则该国在该类商品的外贸中会出现净出口；反之则出现净进口。另外，净出口或净进口也可能是由于一国的某类商品在国际竞争中的地位造成的。竞争力强，会出现净出口；竞争力弱，则会出现净进口。

5. 贸易差额

贸易差额是指一个国家（或地区）在一定时期（如一年）内，出口额与进口额的相差数，叫做贸易差额（Balance of Trade）。如果出口额大于进口额，叫做"贸易顺差"或"贸易盈余"，亦称"出超"（Favorable Balance of Trade）。如果出口额小于进口额，则叫"贸易逆差"或"贸易赤字"，亦称"入超"（Unfavorable Balance of Trade）。贸易差额是衡量一国对外贸易状况的重要标志。一般来说，贸易顺差表明一国在对外贸易收支上处于有利地位，贸易逆差则处于不利地位。争取贸易顺差的手段首先是扩大出口。

但是，贸易长期顺差不一定是好事。这是因为，要长期赚取贸易顺差就必须把国内大量的商品和劳务让外国人享受与使用，手中只留有充当国际清偿手段的外汇，这样一来，本国可用的经济资源反而相对减少，从而实际上降低了广大国民的经济福利。同时，长期顺差往往易于引发同他国的经济摩擦，给本国今后的外贸发展增加障碍和困难。当今的日本便是一个典型的例子。同样，贸易逆差若是发生于为加速经济发展而适度举借外债，引进先进技术及生产资料，也不是坏事。况且逆差也是减少长期顺差的手段。因此，从长期趋势来看，一国的进出口贸易应保持基本平衡。

6. 国际收支

国际收支(Balance of Payment)是指一国在一定时期(通常为一年)内所有对外经济交易的收入与支出总额的对比。如果收入大于支出，称为国际收支顺差(或黑字)；如果支出大于收入，则称为国际收支逆差(或赤字)；如果收入等于支出，则称为国际收支平衡。但是，一般很少见国际收支绝对平衡的。国际收支是由经常账户、资本账户、官方结算账户等组成的。对外贸易收支是经常账户中的主要内容，因此，贸易差额对国际收支具有重要影响。

7. 贸易条件

贸易条件(Terms of Trade)是指出口一单位商品可以换回多少单位的外国商品。换回的外国商品越多，称为贸易条件好转；换回的外国商品越少，称为贸易条件恶化。在以货币为媒介、以价格表示交换价值的条件下，贸易条件一般是一定时期内出口商品价格与进口商品价格之间的比率。所以贸易条件又叫"进出口交换比价"，或简称"交换比价"。这里涉及的是所有进出口商品的价格，而一个国家的进出口商品种类又很多，因此通常用一国在一定时期(如一年)内的出口商品价格指数同进口商品价格指数对比进行计算。其具体公式是：

$$贸易条件指数(TOT) = \frac{出口价格指数}{进口价格指数} \times 100$$

TOT 的计算值有三种情况：①TOT 大于 100，即贸易条件好转。②TOT 小于 100，即贸易条件恶化。③TOT 等于 100，即贸易条件不变。

【例 9-2】 现以 1994 年为基准年，其进出口价格指数均是 100，而 1995 年出口价格上涨 6%，进口价格下降 2%。这样，该年出口价格指数为 106，进口价格指数为 98，那么贸易条件指数就是 108.16(=106/98×100)。可见贸易条件改善了 8.16%。

贸易条件改善或有利，就是指交换比价上升，即同等数量的出口商品能换回比以前更多的进口商品；反之则称贸易条件恶化。必须注意，这种改善或恶化只是就进出口时期与基期相比较而言的，因而完全是相对的。应该看到，随着我国外贸活动从粗放型向集约型的转变，贸易条件和其他一些反映外贸效益的概念(如换汇成本等)将越来越被我国外贸界人士所重视。

一般来说，在 TOT 小于 100 的情况下，出口越多越不利。针对这种情况，政府应积极采取措施，调整进出口商品结构，以改变对外贸易的不利状况。但是，孤立地考察贸易条件并不能很好地计量福利或贸易利益变动。比如，在出口价格下降而进口价格相对不变的情况下，只有当生产出口商品的劳动生产率在没有一定程度提高的情况下，才能判断出贸易对本国福利的不利影响。假设美国找到一种成本更低的种植小麦的方法，则美国供给出口的小麦增多，降低了小麦价格和美国的贸易条件，这就不能认为美国的经济变坏了或是美国从贸易中获得的利益减少了，因为美国可以从出口成本的降低中获得更多的利益。

换汇成本是指换回 1 美元需要花多少人民币，它的计算公式是：

$$出口换汇成本 = \frac{出口净成本(人民币)}{出口销售净收入(美元)}$$

8. 对外贸易依存度和出口依存度、进口依存度

对外贸易依存度(Ratio of Dependence on Foreign Trade)是指一国对外贸易额在该国国内生产总值(GDP)中所占的比重。也有人用国民生产总值(GNP)来计算对外贸易依存度，但现在较多地使用国内生产总值来计算对外贸易依存度。若以 X 表示出口，M 表示进口，则对外贸易依存度的公式为：

$$对外贸易依存度 = \frac{X+M}{GDP}$$

对外贸易依存度表明一国经济对外贸的依赖程度，也表明了一国经济国际化的程度。由于进口值不是该国在一定时期内新创造的价值，使对外贸易依存度表现得较高，因此，很多人使用出口依存度这个概念。出口依存度是指一国在一定时期内出口值在国内生产总值中所占的比重。出口依存度的公式为：

$$出口依存度 = \frac{X}{GDP}$$

另外，可以把进口额在国内生产总值中的比重称为进口依存度。进口依存度的公式为：

$$进口依存度 = \frac{M}{GDP}$$

进口依存度可以用来表示一国的市场开放度。

第二次世界大战后，世界出口总额占世界国内生产总值的比重不断提高：

1950 年为 5％，1960 年为 10.5％，1970 年为 14.9％，1980 年为 16.6％，1990 年为 19.9％，2000 年为 29.9％。这充分反映了世界各国之间的经济贸易联系越来越密切，外贸在各国国民经济中的地位也越来越重要。我国自改革开放后，出口依存度也在大幅度提高。1978 年为 5.22％，1980 年为 6.68％，1990 年为 14.56％，2000 年为 22.3％。由此可见，我国的对外贸易在国民经济中的地位日益提高，我国经济与世界经济的联系也越来越密切。

9. 国际贸易商品结构

国际贸易商品结构（Composition of International Trade）是指一国在一定时期（如一年）内各类商品在进出口贸易额中所占的比重。商品的种类繁多，一种常见的分类方法是根据商品的加工程度，把商品分为初级产品和工业制成品两大类。前者是指未经加工或简单加工的农、林、牧、渔和矿藏的产品，如食品、工业原料、燃料等。后者是指经过机器完全加工的产品，如机器设备、化学制品和其他工业品等。还有一种常见的分类方法是根据商品生产中所需要的某种较多的生产要素，把商品分为劳动密集型商品、资本密集型商品等。联合国正式采用的《国际贸易标准分类》（SITC）把贸易商品分为 10 大类，其中前 5 类是初级产品，后 5 类是工业制成品。一国出口商品构成取决于它的国民经济状况、自然资源丰缺程度以及对外经济政策等因素。

必须指出，不断提高外贸商品结构中工业制成品的比重，是一国增强国际竞争力的重要方面。一国出口制成品所占的比重越大，反映它的生产力水平越高，从而它在国际分工的优势地位越明显。何况，由于大多数初级产品的国际需求难以大幅度上升，增加它们的出口量并非易事，并且初级产品的相对价格一般呈现下跌趋势，其贸易利益明显不及工业制成品。总的来说，发达国家主要出口制成品和进口初级产品，发展中国家则主要出口初级产品和进口制成品。近年来，一些发展中国家的出口商品构成已有较大变化，但尚未根本改变上述的基本状况。同时，一国出口商品构成还应力求多元化。出口商品的种类越是多样化，越从多方面适应国际市场的广泛需求，就越能抵御国际市场大起大落的猛烈冲击，从而它在国际贸易中的地位也就越有利。

10. 国际贸易地理方向

国际贸易地理方向（Direction of Trade）是从一国对外贸易的角度而言的，地理方向是指一国对外贸易额的地区分布和国别分布状况，即该国的出口商品流向和进口商品来自哪些国家或地区。该指标反映了一国同世界各国或各地区的经济贸易联系的程度。以中国为例,2000 年,中国内地的主要对外贸易地理方向排名前四位的是日本(17.53%)、美国(15.70%)、欧盟(14.56%)、中国香港地区(11.37%)。这表明,我国同日本、欧盟、中国香港地区、美国的对外贸易额所占比重很大,而同拉美国家的贸易交往相对较少。从国际贸易方面来看,地理方向是指世界贸易额的国别分布或洲别分布情况,反映了各国或各洲在国际贸易中的地位。例如,2000 年,中国的对外贸易额占世界贸易总额的比重为 7.67%,排名第七位。该年国际贸易排名前三位的是美国(32.98%)、德国(17%)、日本(13.88%)。这表明,这些发达国家参加国际商品流通水平较高,在世界贸易中具有举足轻重的地位。

9.1.2 国际贸易的主要分类

国际贸易范围广泛,性质复杂,可以从不同角度进行分类,主要的分类方法有七种。

1. 按商品流向划分:出口贸易、进口贸易、过境贸易、转口贸易、复出口、复进口

出口贸易(Export Trade)是指一国把自己生产的商品输往国外市场销售,又称输出贸易。如果商品不是因外销而输往国外,则不计入出口贸易的统计之中,例如运往境外使馆、驻外机构的物品,或者携带个人使用物品到境外等。

进口贸易(Import Trade)是指一国从国外市场购进用以生产或消费的商品,又称输入贸易。如果商品不是因购入而输入国内,则不计入进口贸易。同样,若不是因购买而输入国内的商品,则不称进口贸易,也不列入统计,如外国使、领馆运进自用的货物,以及旅客携带个人使用物品进入国内等。

过境贸易(Transit Trade)是指某种商品从甲国经由乙国输往丙国销售,对乙国来说,这项买卖就是过境贸易。在过境贸易中,又可分为直接过境贸易和间接过境贸易。直接过境贸易是指 A 国的商品进入本国境内后不存放海关仓库而直接运往 B 国;间接过境贸易是指 A 国的商品进入本国境内后存放仓库,然后再运往 B 国。在过境贸易中,由于本国未通过买卖取得货物的所有权,因此,过境商品一般不列入本国的进出口统计中。

转口贸易(Entrepot Trade)是指本国从 A 国进口商品后,再出口至 B 国的贸易,本国的贸易就称为转口贸易。转口贸易中的货物运输可以有两种方式:一种方式是转口运输,即货物从 A 国运入本国后,再运往 B 国;另一种方式是直接运输，即货物从 A 国直接运往 B 国，而不经过本国。

复出口(Re-Export)是指从国外输入的商品，没有在本国消费，又未经加工就再出口，又称作复输出。如进口货物的退货、转口贸易等。

复进口(Re-Import)是指输往国外的商品未经加工又输入本国，又称作复输入。产生复进口的原因，或者是商品质量不合格，或者是商品销售不对路，或者是国内本身就供不应求。从经济效益考虑，一国应该尽量避免出现复进口的情况。

2. 按商品形态划分：有形贸易和无形贸易

有形贸易(Tangible Goods Trade)是指买卖那些看得见、摸得着的具有物质形态的商品(如粮食、机器等)的交换活动。为了便于统计和分析，联合国秘书处于 1950 年公布了《国际贸易标准分类》(Standard International Trade Classification，SITC)。1960 年、1975 年、1985 年还分别对其作过三次修订。在这个标准分类中，把有形商品分为 10 大类(Section)、67 章(Division)、261 组(Group)、1 033 个分组(Sub-Group)和 3 118 个项目(Item)(见表 9-1)。SITC几乎包括了所有的有形贸易商品。每种商品都有一个五位数的目录编号。第一位数表明类，前两位数表示章，前三位数表示组，前四位数表示分组，五位数一起表示某个商品项目。例如，活山羊的标准分类编号为 001.22。其中，0 表示类，名称为食品及主要供食用的活动物；00 表示章，名称为主要供食用的活动物；001 表示组，名称为主要供食用；001.2 表示分组，名称为活绵羊及山羊；001.22 表示项目，名称为活山羊。

表 9-1　《国际贸易标准分类》商品大类

大类编号	类别名称
0	食品及主要供食用的活动物
1	饮料及烟草
2	燃料以外的非食用粗原料
3	矿物燃料、润滑油及有关原料
4	动植物油脂
5	未列名化学品及有关产品
6	主要按原料分类的制成品
7	机械及运输设备
8	杂项制品
9	没有分类的其他商品

无形贸易(Intangible Goods Trade)是指买卖一切不具备物质形态的商品的交换活动,例如运输、保险、金融、文化娱乐、国际旅游、技术转让、咨询等方面的提供和接受。无形贸易可以分为服务贸易和技术贸易。一般来说,服务贸易(Trade in Services)是指提供活劳动(非物化劳动)以满足服务接受者的需要并获取报酬的活动。为了便于统计,世界贸易组织的《服务贸易总协定》把服务贸易定义为四种方式:①过境交付,即从一国境内向另一国境内提供服务。②境外消费,即在一国境内向来自其他国家的消费者提供服务。③自然人流动,即一国的服务提供者以自然人的方式在其他国家境内提供服务。④商业存在,即一国的服务提供者在其他国家境内以各种形式的商业或专业机构提供服务。技术贸易(International Technology Trade)是指技术供应方通过签订技术合同或协议,将技术有偿转让给技术接受方使用。有形贸易与无形贸易有一个鲜明的区别,即有形贸易均须办理海关手续,其贸易额总是列入海关的贸易统计,而无形贸易尽管也是一国国际收支的构成部分,但由于无须经过海关手续,一般不反映在海关资料上。但是,对形成国际收支来讲,这两种贸易是完全相同的。

无形贸易在国际贸易活动中已占据越来越重要的地位。它的贸易额在最近几年接近国际商品贸易额的 1/4。不少发达国家的服务贸易额已占其出口贸易额相当大的比重,有的国家(如美国)已达一半左右。近年来,服务贸易的增长速度明显快于有形贸易的增长速度,且继续保持着十分强劲的势头。特别是乌拉圭回合谈判通过了《服务贸易总协定》,规定把服务贸易纳入国际贸易的规范轨道,逐步实现自由化,促使各国进一步大力发展服务贸易。我国提出的发展大经贸的工作思路,实际上就是强调了发展无形贸易的重要意义。

3. 按境界标准划分:总贸易和专门贸易

这是由于国境和关境不一致所产生的统计标准。

总贸易(General Trade)是以国境为标准统计的进出口贸易。凡因购买输入国境的商品一律计入进口,凡因外销输出国境的商品一律计入出口。总贸易可以分为总进口和总出口。总进口是指一定时期(如一年)内跨国境进口的总额。总出口是指一定时期内(如一年内)跨国境出口的总额。将这两者的总额相加,即总进口和总出口之和,称作总贸易(General Trade)额。世界上某些国家,如美国、英国、日本、加拿大、澳大利亚等,采用总贸易方式来统计。

专门贸易(Special Trade)是以关境为标准统计的进出口贸易。凡因购买输入关境的商品一律计入进口，凡因外销输出关境的商品一律计入出口。专门贸易可以分为专门进口和专门出口。专门进口是指一定时期(如一年)内跨关境进口的总额，专门出口是指一定时期(如一年)内跨关境出口的总额。专门贸易(Special Trade)额就是专门进口额与专门出口额的总和。这样，外国商品直接存入保税仓库(区)的一类贸易活动不再列入进口贸易项目之中。显然，专门贸易与总贸易在数额上不可能相等，但两者都是指一国在一定时期(如一年)内对外贸易的总额。世界上某些国家，如法国、意大利、德国、瑞士等，采用专门贸易方式来统计。

各国都按自己的统计方式公布对外贸易的统计数据，并向联合国报告。联合国公布的国际贸易统计数据一般注明总贸易或专门贸易。过境贸易列入总贸易，不列入专门贸易。

4. 按贸易关系分：直接贸易和间接贸易

直接贸易(Direct Trade)是指商品直接从生产国(出口国)销往消费国(进口国)，不通过第三国转手而进行的贸易，这两国之间的贸易称为直接贸易。

间接贸易(Indirect Trade)是指商品从生产国销往消费国时通过第三国转手的贸易。对生产国和消费国来说，开展的是间接贸易；而对第三国来说，则进行的是转口贸易。

直接贸易和间接贸易的区别是以货物所有权转移是否经过第三国(中间国)为标准，而与运输方式无关。直接贸易可以是生产国的商品通过第三国转运至消费国，间接贸易可以是生产国的商品直接运往消费国。

5. 按贸易国数目划分：双边贸易、三角贸易和多边贸易

双边贸易(Bilateral Trade)是指在两国政府之间商定的贸易规则和调节机制下的贸易。两国政府往往通过签订贸易条约或协定来规定贸易规则和调节机制，要求两国在开展贸易时必须遵守贸易条约或协定中的规定。双边贸易所遵守的规则和调节机制不适用于任何一个签约国与第三方非签约国之间开展的贸易。例如，在《中美贸易条约》下开展的中美贸易就是一种双边贸易。

多边贸易(Multilateral Trade)是指在多个国家政府之间商定的贸易规则和调节机制下的贸易。同样，多个国家政府之间也需要通过签订贸易条约或协定来规定贸易规则和调节机制，而且这些贸易规则和调节机制也不适用于任何一个签约国与其他非签约国之间的贸易。例如，世界贸易组织中的国家所开展的贸易就属于多边贸易。

6. 按清偿工具划分：自由结汇贸易和易货贸易

自由结汇贸易(Free-Liquidation Trade)是指以国际货币作为清偿手段的国际贸易，又称现汇贸易。能够充当这种国际支付手段的，主要是美元、欧元、日元这些可以自由兑换的货币。

反之，以经过计价的商品作为清偿手段的国际贸易，则称易货贸易(Barter Trade)，或叫换货贸易。它的特点是，进口与出口直接相联系，以货换货，进出口基本平衡，可以不用现汇支付。这就解决了那些外汇匮乏国家开展对外贸易的困难。加上现在各国之间经济依赖性加强，有支付能力的国家有时也不得不接受这种贸易方式，因此，易货贸易在国际贸易中十分兴盛，大致已接近世界贸易额的 1/3。

必须注意，倘若两国间签订了贸易支付协定，规定双方贸易经由清算账户收付款，则一般不允许进行现汇贸易。因此，从清偿工具的角度看，这是一种特殊形式的国际贸易。

7. 按经济发展水平划分：水平贸易和垂直贸易

经济发展水平比较接近的国家之间开展贸易活动，叫做水平贸易(Horizontal Trade)。例如，北北之间、南南之间以及区域性集团内的国际贸易，一般都是水平贸易。

相反，经济发展水平不同的国家之间的贸易，称为垂直贸易(Vertical Trade)。这两类国家在国际分工中所处的地位相差甚远，其贸易往来有着许多与水平贸易大不一样的特点。南北之间贸易一般属此类。区分和研究两者的差异，对一国确定其对外贸易的政策和策略具有重要作用。

9.2 国际贸易基本理论

国际贸易理论的发展大致经历了古典、新古典、新贸易理论以及新兴古典国际贸易理论四大阶段。古典和新古典国际贸易理论以完全竞争市场等假设为前提，强调贸易的互利性，主要解释了产业间贸易。"二战"后，以全球贸易的新态势为契机，新贸易理论应运而生，从不完全竞争、规模经济、技术进步等角度解释了新的贸易现象。新兴古典国际贸易理论则以专业化分工来解释贸易，力图将传统贸易理论和新贸易理论统一在新兴古典贸易理论的框架之内。

9.2.1　古典国际贸易理论

古典国际贸易理论产生于 18 世纪中叶，是在批判重商主义的基础上发展起来的，主要包括亚当·斯密的绝对优势理论和大卫·李嘉图的比较优势理论。古典贸易理论从劳动生产率的角度说明了国际贸易产生的原因、结构和利益分配。

1. 重商主义

在 15 世纪末至 16 世纪初的资本主义原始积累时期，出现了重商主义 (Mercantilism) 的国际贸易观点，也称贸易差额论（晚期重商主义），其核心是追求贸易顺差，代表人物是英国的托马斯·孟。重商主义认为，财富的唯一形式即金银，金银的多少是衡量一国富裕程度的唯一尺度，而获得金银的主要渠道就是国际贸易。通过奖出限入求得顺差，使金银流入，国家就会富裕。

2. 重农学派

17 世纪下半期，在法国出现了反对重商主义、主张经济自由和重视农业的思想，形成了重农学派 (Physiocratic School)，其创始人是弗朗斯瓦·魁奈。重农学派的核心思想是主张自由经济，包括自由贸易，他们认为"自然秩序"（包括自由贸易）是保证市场均衡和物价稳定的重要机制。

3. 绝对优势理论

18 世纪末，重商主义的贸易观点受到古典经济学派的挑战，亚当·斯密在生产分工理论的基础上提出了国际贸易的绝对优势理论。在《国民财富的性质及原因的研究》中，亚当·斯密指出国际贸易的基础，在于各国商品之间存在劳动生产率和生产成本的绝对差异，而这种差异来源于自然禀赋和后天的生产条件。亚当·斯密认为，在国际分工中，每个国家应该专门生产自己具有绝对优势的产品，并用其中一部分交换其具有绝对劣势的产品，这样就会使各国的资源得到最有效的利用，更好地促进分工和交换，使每个国家都获得最大利益。

4. 比较优势理论

鉴于绝对优势理论的局限性，大卫·李嘉图在《政治经济学及赋税原理》中继承和发展了亚当·斯密的理论。李嘉图认为，国际贸易分工的基础不限于绝对成本差异，即使一国在所有产品的生产中劳动生产率都处于全面优势或全面劣势的地位，只要有利或不利的程度有所不同，该国就可以通过生产劳动生产率差异较小的产品参加国际贸易，从而获得比较利益。比较优势理论遵循"两优取其重，两劣取其轻"的原则，认为国家间技术水平的相对差异产生了比较成本的差异，构成国际贸易的原因，并决定着国际贸易的模式。

9.2.2 新古典国际贸易理论

19 世纪末 20 世纪初，新古典经济学逐渐形成，在新古典经济学框架下对国际贸易进行分析的新古典贸易理论也随之产生。

1. 要素禀赋理论

1919 年，瑞典经济学家埃利·赫克歇尔提出了要素禀赋论的基本观点，指出产生比较优势差异必备的两个条件。20 世纪 30 年代，这一论点被他的学生伯尔蒂尔·俄林所充实论证，其代表作《地区间贸易和国际贸易》进一步发展了生产要素禀赋理论，因而这一理论又称为 H—O 理论。与古典贸易模型的单要素投入不同，H—O 模型以比较优势为贸易基础并有所发展，在两种或两种以上生产要素框架下分析产品的生产成本，用总体均衡的方法探讨国际贸易与要素变动的相互影响。其核心内容为，在两国技术水平相等的前提下，产生比较成本的差异有两个原因：一是两国间的要素充裕度不同；二是商品生产的要素密集度不同。各国应该集中生产并出口那些充分利用本国充裕要素的产品，以换取那些密集使用其稀缺要素的产品。这样的贸易模式使参与国的福利都得到改善。

20 世纪 40 年代，保罗·萨缪尔森用数学方式演绎了 H—O 模型，指出国际贸易对各国收入差距的影响，将必然使不同国家间生产要素相对价格和绝对价格均等化，这也称为生产要素价格均等化定理或 H—O—S 定理（赫克歇尔—俄林—萨缪尔森模型）。这一定理潜在地认为，在没有要素跨国流动的条件下，仅通过商品的自由贸易也能实现世界范围内生产和资源的有效配置。和这一理论相关的还有另外两个基本定理。国际贸易对本国生产要素收益的长期影响，由斯托尔珀—萨缪尔森定理归纳为：出口产品生产中密集使用的要素（本国充裕要素）的报酬提高；进口产品生产中密集使用的要素（本国稀缺要素）的报酬降低；不论这些要素在哪个行业中使用。罗勃津斯基定理认为，在两种商品世界中，如果相对价格固定不变，一种生产要素的增长会减少另一种商品的产量。表明要素禀赋的变化决定着资源配置的变化。

2. 里昂惕夫悖论

按照 H—O 理论，美国是一个资本丰裕而劳动力相对稀缺的国家，其对外贸易结构应该是出口资本、技术密集型产品，进口劳动密集型产品。20 世纪 50 年代初，美籍苏联经济学家里昂惕夫根据 H—O 理论，用美国 1947 年 200 个行业的统计数据对其进出口贸易结构进行验证时，结果却得出了与 H—O 理论完全相反的结论，这一难题称为里昂惕夫悖论。里昂惕夫悖论虽没有形成系统的理论观点，但它对原有国际分工和贸易理论提出了严峻的挑战，引发了对国际贸易主流思想的反思，推动了"二战"后新的国际贸易理论的诞生。国家间技术水平的相对差异产生了比较成本的差异，构成国际贸易的原因，并决定着国际贸易的模式。

9.2.3　新贸易理论

"二战"后，国际贸易的产品结构和地理结构出现了一系列新变化。同类产品之间以及发达工业国之间的贸易量大大增加，产业领先地位不断转移，跨国公司内部化和对外直接投资兴起，这与传统比较优势理论认为的贸易只会发生在劳动生产率或资源禀赋不同的国家间的经典理论是相悖的。古典与新古典国际贸易理论都假定产品市场是完全竞争的，这与当代国际贸易的现实也不相吻合，在这样的国际环境下，新贸易理论应运而生。

1. 新生产要素理论

新生产要素理论赋予了生产要素除了土地、劳动和资本以外更丰富的内涵，认为它还包括自然资源、技术、人力资本、研究与开发、信息、管理等新型生产要素，从新要素的角度说明国际贸易的基础和贸易格局的变化。

1959 年，美国学者凡涅克提出了以自然资源的稀缺解释里昂惕夫悖论的观点，认为美国进口自然资源的开发或提炼是耗费大量资本的，会使进口替代产品中的资本密集度上升。扣除资源的影响，美国资本密集型产品的进口就会小于其出口。

基辛、凯南、舒尔茨等人，对 H—O 理论作了进一步扩展，将人力资本作为一种新的生产要素引入。通过对劳动力进行投资，提高其素质和技能，进而提升劳动生产率。人力资本充裕的国家在贸易结构和流向上，往往趋于出口人力资本或人力技能要素密集的产品。

格鲁伯、维农认为，研究与开发也是一种生产要素，一个国家出口产品的国际竞争能力和该种产品中的研究与开发要素密集度之间存在着很高的正相关关系。各国研究与开发能力的大小，可以改变它在国际分工中的比较优势，进而改变国际贸易格局。

信息虽然是一种无形资源，但它能够创造价值。现代信息技术对生产的影响越来越强，对信息的利用状况会影响一个国家的比较优势，从而改变一国的国际分工和国际贸易地位。

2. 偏好相似理论

1961 年，林德在《论贸易和转变》一书中提出了偏好相似理论，第一次从需求方面寻找贸易的原因。他认为，要素禀赋学说只适用于解释初级产品贸易，工业品双向贸易的发生是由相互重叠的需求决定的。偏好相似理论的基本观点有：产品出口的可能性取决于它的国内需求；两国的贸易流向、流量取决于两国需求偏好相似的程度，需求结构越相似则贸易量越大；平均收入水平是影响需求结构的最主要因素。

3. 动态比较优势理论

林毅夫等人提出，一个国家的产业和技术结构从根本上取决于国内要素禀赋，其升级是产业结构升级的基础。资本存量的变化对一国要素禀赋的影响最大。资本存量的增加来自于积累，积累取决于储蓄倾向和经济剩余的规模。制度性决定的储蓄倾向是固定的，因而影响资本存量的关键是经济剩余的规模。如果一国的产业和技术结构越能够充分利用其资源禀赋的优势，则其生产成本就越低，竞争能力就越强，进而创造更多的经济剩余，积累量也就越大。因此，通过发挥比较优势能够较快地实现资源结构的升级，从而加快产业结构升级。

4. 国家竞争优势理论

哈佛大学教授迈克尔·波特提出的这一理论，从企业参与国际竞争这一微观角度解释国际贸易，弥补了比较优势理论在有关问题论述中的不足。波特认为，一国的竞争优势就是企业与行业的竞争优势，一国兴衰的根本原因在于它能否在国际市场中取得竞争优势。而竞争优势的形成有赖于主导产业具有优势，关键在于能否提高劳动生产率，其源泉就是国家是否具有适宜的创新机制和充分的创新能力。波特提出的"国家竞争优势四基本因素、两辅助因素模型"中，生产要素、需求状况、相关产业和支持产业、企业战略、结构和竞争对手、政府、机遇都是国家竞争优势的决定因素。波特根据以上各大要素建立了钻石模型，说明了各个因素间如何相互促进或阻碍一个国家竞争优势的形成。从发展阶段来看，一个国家优势产业的发展可分为四个不同阶段，即生产要素推动阶段、投资推动阶段、创新推动阶段、财富推动阶段。该理论对当今世界的经济和贸易格局进行了理论上的归纳总结。

9.2.4　新兴古典贸易理论

新兴古典经济学是 20 世纪 80 年代以来新兴的经济学流派。新兴古典贸易理论依托新兴古典经济学的新框架，将贸易的起因归结为分工带来的专业化经济与交易费用两难冲突相互作用的结果，从而对贸易的原因给出了新的解释思路，使贸易理论的核心重新回到分工引起的规模报酬递增，是一种内生动态优势模型，是贸易理论和贸易政策统一的模型，是国内贸易和国际贸易统一的模型，能够整合各种贸易理论，是贸易理论的新发展。20 世纪 80 年代以来，以杨小凯为代表的一批经济学家用超边际分析法将古典经济学中关于分工和专业化的经济思想形式化，将消费者和生产者合二为一，发展成新兴古典贸易理论。该理论使研究对象由给定经济组织结构下的最优资源配置问题，转向技术与经济组织的互动关系及其演进过程，力图将外生的比较利益因素引入到基于规模报酬递增的新兴古典经济学的贸易理论模型中，把传统贸易理论和新贸易理论统一在新兴古典贸易理论框架之内。此理论的内生分工和专业化新兴古典贸易模型表明，随着交易效率从一个很低的水平增加到一个很高的水平，均衡的国际和国内分工水平从两国都完全自给自足增加到两国均完全分工，在转型阶段，两种类型的二元结构可能出现。经济发展、贸易和市场结构变化等现象都是劳动分工演进过程的不同侧面，贸易在交易效率的改进过程中产生并从国内贸易发展到国际贸易，两者之间有一个内在一致的核心。

9.3　经济全球化

9.3.1　经济全球化的含义

经济全球化是指世界经济活动超越国界，通过对外贸易、资本流动、技术转移、提供服务、相互依存、相互联系而形成的全球范围的有机经济整体。经济全球化是当代世界经济的重要特征之一，也是世界经济发展的重要趋势。经济全球化是指贸易、投资、金融、生产等活动的全球化，即生存要素在全球范围内的最佳配置。从根源上说是生产力和国际分工的高度发展，要求进一步跨越民族和国家疆界的产物。

9.3.2   经济全球化的表现形式

经济全球化、国际化的现象主要从以下几个方面表现出来。

1. 生产国际化

这主要是指国际生产领域中分工合作及专业化生产的发展。现代生产分工已经不是在国家层次上的综合分工，而是深化到部门层次和企业层次的专业化分工。这种分工在国际间进行，形成了国际生产网络体系。其中最典型是企业生产零部件工艺流程和专业化分工，例如波音747飞机有400万个零部件，由分布在65个国家的1 500个大企业和15 000多家中、小企业参加协作生产。德国拜耳公司与35 000多家国内外企业建立了协作关系，拜耳向它们提供中间产品，由它们加工成各种最终产品。这种企业层次的国际化，使未来在一个企业内部进行的设计、研制零部件的加工或购入、组装和总装等一系列活动环节分布到国外进行，即企业的不同部门、工厂、车间，甚至工段、工序等都在国际范围内进行组织，从而形成了生产组织的国际化。

2. 产品国际化

产品国际化也就是生产总额中出口生产所占的比重大大提高，直接表现为现代国际贸易的迅速增加。世界上几乎所有的国家和地区以及众多的企业都以这种或那种方式卷入了国际商品交换。现在的国际贸易已占到世界总生产额的1/3以上，并且还在稳步增长。国际贸易的商品范围也在迅速扩大。从一般商品到高科技产品，从有形商品到无形服务等几乎无所不包。

3. 投资金融国际化

生产和产品的国际化使得国际间资金流动频繁，大大促进了投资金融的国际化。为适应于国际化的潮流，各国放宽了对投资金融的管制，甚至采取诸多措施鼓励本国对外投资的发展。以国际直接投资为例，从1991年到1993年，国际直接投资总存量的增长速度相当于世界商品进出口和的两倍，1995年国际直接投资总存量达25 000亿美元。与此同时，国际资本的输出入更加自由，金融资本严重地与商品资本相分离，脱离生产发展而迅速膨胀。目前，世界金融交易量已远远超过了世界贸易量。而世界大银行致力于在世界各国广设办事处、代表处和分行，建立海外附属银行以及附属金融机构，并与其他银行组成合资银行或国际银行集团。有资料表明，至1992年2月底，全球至少有40家银行的海外资产占总资产的比例保持在25%以上。金融投资的国际化反过来又会促进生产和产品的国际化。

4. 技术开发与利用的国际化

首先，从国际技术贸易的发展来看，由于技术对生产和经济的重要作用，生产国际化自然带动国际技术贸易的不断增长。资料表明，1965 年世界各国技术贸易总额为 30 亿美元，1970 年达 110 亿美元，20 世纪 80 年代初为 160 亿美元，到 80 年代中期猛增到 400 亿～500 亿美元。其次，从研究与开发的情况来看，一方面，由于各国在科技发展水平上的不平衡，而企业又为了获得先进的科技成果，因而各国间设立研究与开发据点便成了一种趋势，以至于许多企业形成了全球范围内的研究与开发网络，从而促进了研究与开发组织体系的国际化。另一方面，由于现代科技发展以高科技开发为中心，而高科技研究开发投入高、风险大，使很多企业感到力不从心，所以形成了越来越多的国际联合开发，这是现代技术开发活动国际化的又一显著特征。例如，1990 年国际商业机器公司(IBM)和西门子公司结成了共同研究开发新产品的战略联盟，1992 年年初日本东芝电气公司也加入了这一联盟，三家联手开发 256 兆位超微芯片。

5. 世界经济区域集团化

生产、投资、贸易发展的国际化使各国间经济关系越来越密切，特别表现在区域间经济关系上，为了适应新形势的发展，以区域为基础，形成了国家间的经济联盟。如欧洲共同体，美、加、墨自由贸易区等。欧共体自成立来，一直朝着经济一体化和政治一体化方向推进。1985 年 2 月，欧共体执委在《关于完善内部市场的白皮书》中，提出了建立欧洲统一大市场的目标，确定使 12 个成员国分散的市场连成一个拥有 3.2 亿人口的统一市场，在统一市场内实现商品、劳务和资本的自由流动。这种区域集团化的趋势，不仅大大推动了集团内的经济自由化程度提高，而且也会影响到经济全球化和国际化的进程。

9.3.3　经济全球化对世界经济的影响

经济全球化是当今世界经济和科技发展的产物，在一定程度上适应了生产力进一步发展的要求，促进了各国经济的较快发展。但同时，也使世界经济的发展蕴藏着巨大的风险。

1. 经济全球化的积极作用

第一，有利于各国生产要素的优化配置和合理利用。一国经济运行的效率无论多高，总要受本国资源和市场的限制，只有全球资源和市场一体化，才能使一国经济在目前条件下最大限度地摆脱资源和市场的束缚。经济全球化，可以实现以最有利的条件来进行生产，以最有利的市场来进行销售，达到世界经济发展的最优状态，提高经济效率，使商品更符合消费者的需要。

第二，促进了国际分工的发展和国际竞争力的提高。经济全球化促进了世界市场的不断扩大和区域统一，使国际分工更加深化，各国可以充分发挥自身优势，从事能获得最大限度比较优势的产品的生产，扩大生产规模，实现规模效益。经济全球化可以促进产业的转移和资本、技术等生产要素的加速流动，可以弥补各国资本、技术等生产要素的不足，积极参与国际市场竞争，迅速实现产业演进和制度创新，改进管理，提高劳动生产率，积极开发新产品，提高自身的国际竞争力。

第三，促进了经济结构的合理优化和生产力的较大提高。在经济全球化条件下，实现了在全球化范围内的科技研究和开发，并使现代科学技术在全球范围内得到迅速传播，现代科技创新是世界性的，任何国家的科学技术活动，都必须也只能以世界上现有的科技成果为前进的基础。由于经济全球化带来科学技术的世界性流动，使各国，特别是发展中国家可以进口世界上自己需要的先进科学技术，借助"后发优势"，促进科技进步、经济结构的优化和经济发展。

第四，促进世界经济多极化的发展。经济全球化使国际经济关系更加复杂，它使以往的国别关系、地区关系发展成为多极关系和全球关系，推动了处理这些关系的国际协调和合作机制的发展，并必然会导致一系列全球性经济规则的产生，使参与经济全球化进程的国家出让或放弃部分主权，形成和遵守这些经济规则。因此，从这个意义上说，经济全球化是一个制度变迁的过程，是一个既相互竞争，又相互融合渗透的过程。

2. 经济全球化的消极作用

经济全球化是在不公平、不合理的国际经济旧秩序没有根本改变的条件下形成和发展起来的。在经济全球化中占有主导地位和绝对优势的是西方发达资本主义国家，在经济全球化中资本主义的内在本质和规律性特征会得到充分体现；资本主义发展不平衡规律的作用会更加突出，使国家之间的市场竞争和民族冲突会更加激烈与尖锐；少数大国一手操纵世界经济事务，使平等互利原则和国际间的合作屡遭破坏；局部地区的民族摩擦、经济危机以及政治经济的震荡也极易在全球范围内传播和扩展，增加了国际政治经济的不稳定性和不确定性。

【延伸阅读】

美国也会反"全球化"？

全球化时代雇工的命运掌握在跨国公司手里，这些公司的老板总是想尽办法节约成本，于是，制造业和服务业开始向工资要求更低的新兴市场转移，因此更多的美国中产阶级开始受到失业的威胁。这令一度信奉"全球化即美国化"的人们开始清醒，这把"双刃剑"并不只有一面有刀刃。

自 1990 年以来，美国经济增长了 60%，这相当于美国公民收入中值增幅的 6 倍。美国人靠着从银行借钱和购买从新兴市场进口的廉价商品，过上了与梦想相符的生活。

长期以来，这种幸福生活也令美国人对自己的假设更有信心，那就是"全球化和自由贸易是一个好东西"。然而，不管美国人自己有没有察觉到，这种假设其实还有一个政治经济学前提，那就是全球化和贸易自由必须是为自己国家利益服务。

如今，让这种假设开始露出马脚，全球化开始刺痛美国经济。从华尔街的分析师到美国的专家学者，都在预测美国将不可逆转地衰败下去。

于是，美国人不乐意了，他们开始重新思考"全球化"这个词的意义。曾任美联储主席的沃尔克甚至对旨在提振世界经济的国际合作做出了悲观的判断，理由是美国和其他国家内部政治上的"不满"使各国更难实现合作。他在公开场合声称，国际合作没有前途，建成令人满意的世界经济秩序的可能性十分渺茫。

美联储也不得不在这个节骨眼上挺身而出，面对步履蹒跚的经济和无能的政府，打开了新一轮量化宽松的阀门。但是，这种战略俨然成了全球瞩目的"笑柄"。事实是，恢复量化宽松只不过是延续了美联储从格林斯潘时代沿用迄今的政策。当经济疲弱时，美联储行使宽松刺激手段；面临泡沫时，美联储却无能为力。

此外，经济增长迟滞，高企的失业率挥之不去，这在很多发达国家，引燃了保护主义情绪。但保护主义情绪不仅于己不利，而且很可能是徒劳的，因为汇率问题是贸易的结果而不是贸易的起点。

这种黯淡的经济现状，显然不能怪罪到全球化的头上。

在过去十年的全球化过程中，美国的经济结构发生了根本的改变。随着就业岗位和产业向生产成本低廉的新兴市场转移，失业率很自然地上升。但美国人非但没有抓住这个趋势，换个方式配置资源，也没有发展新的策略和产业，反而让美联储继续放宽政策，结果带来一场浪费又虚假的房产泡沫。不仅如此，这种工作岗位的流失还发生在最糟糕的时期。面临房屋止赎、医疗成本飙升和求职无果的美国消费者更加不愿消费，这加大了物价的下行压力，助长了全球通货紧缩。

美国人不是没有从全球化中获得过利益。实际上，金融危机期间，美国通过全球化的经济体系，转嫁了很多危机风险到其他发达国家和发展中国家身上。当美国的固定资产价值不停下滑时，其他国家的美元投资资产也在缩水。

"全球化是把双刃剑"，这句话再熟悉不过，大多数场合是用来描述欠发达经济体在"被全球化"进程中遇到诸多不顺，却又希冀今后能有所获益的一种微妙心态。然而如今全球化这把"双刃剑"也的确越来越有效，不仅会刺痛"被全球化"的一方，就连当初制定规则"主动全球化"的一方也感受到其威力。

资料来源：《上海证券报》，2010-11-17。

【思考与训练】

一、名词解释

经济全球化　国际贸易　国际贸易额　对外贸易额　贸易差额对外贸易条件　对外贸易依存度　贸易商品结构

二、简答题

1. 国际贸易与对外贸易有何区别？

2. 国际贸易的分类有哪些？

3. 对一个国家来说保持贸易顺差一定"好"吗？为什么？

4. 试问经济全球化与中国的对外贸易对你的生活和工作有什么影响？经济一体化有几种形式？

5. 经济全球化与国际贸易的关系体现在哪里？

三、论述题

通过学习比较各种贸易理论，你怎样认识中国的对外开放？

第 10 章　国际金融

【案例导入】

海啸来袭

美国次级抵押信贷风波起于今春(2008)，延于初夏，在仲夏七八月间扩展为全球共振的金融风暴。虽经各国央行联手注资、美联储降低再贴现利率等干预措施，目前危势缓解，但其冲击波仍在继续蔓延。国内舆论 8 月以来已对此国际金融事件给予较高关注，24 日以后，又有中国银行、工商银行、建设银行中报相继披露所持次贷债券数额的新闻发生，更证明了中国在危机中难以完全涉身事外。当前，准确估计包括三大行在内的中国金融机构在次贷债券投资中的损失，恰如整体评估此次全球次贷风暴整体损失之原委，尚嫌为时过早。

一般认为，次贷危机的发源地——美国会受到最大影响。美国商务部公布美国去年住宅开工数量下降 24.8％，创下 1981 年以来最大降幅，消费经济数据也出现低迷、失业率上升等，美国经济陷入衰退可能性持续加大，造成投资信心大损，道琼斯指数连续 4 周大跌，为历史罕见……受此影响，亚洲股市遭受重挫。仅仅 21、22 日短短两个交易日，中国香港股市下跌了 14％，印度股市下跌了大约 12％，澳大利亚 S&P/ASX200 指数下跌了将近 10％，中国内地 A 股沪指下跌了 13％。次贷危机引起美国经济及全球经济增长的放缓，对中国经济的影响不容忽视，而这其中最主要是对出口的影响。2007 年，由于美国和欧洲的进口需求疲软，我国月度出口增长率已从 2007 年 2 月的 51.6％下降至 12 月的 21.7％。美国次贷危机造成我国出口增长下降，一方面将引起我国经济增长在一定程度上放缓，同时，由于我国经济增长放缓，社会对劳动力的需求小于劳动力的供给，将使整个社会的就业压力增加。

资料来源：百度百科。

随着经济全球化及网络技术的发展，国际资金流动不仅在规模上逐渐超过了国际贸易额，而且突破了时空的限制，国际金融创新更是拓展了资金国际流动的广度与深度，使世界经济得到极大的发展，同时也直接或间接地给世界各国经济造成了巨大的影响。

10.1 国际金融市场

10.1.1 国际金融市场与国内金融市场的联系和区别

目前，世界上主要的国际金融市场在纽约、伦敦、东京等地，它们都在一国境内存在、运营，是该国国内金融市场发展到一定阶段后出现的，同时它们的出现又促进了国内金融市场的整合与发展。

虽然国际金融市场与国内金融市场存在紧密联系，但两者间也存在着本质的区别：在国际金融市场中，市场交易发生在本国居民与外国居民之间或外国居民与外国居民之间，受到交易地所在国的管制少，市场运行自由度大；由于交易范围广，规模大，面临的市场风险大；在国内金融市场中，参与交易的主体限于本国居民，业务活动相对简单，一般不涉及外汇业务，且受到本国交易规则和货币政策的约束，交易风险相对较小。

10.1.2 国际金融市场的构成

从国际金融交易活动的不同方面看，国际金融市场会出现不同的构成形式。

1. 交易活动中资金流动形式的差异

根据资金在国际间流动的形式，国际金融市场可分为三种市场：外国金融市场(Foreign Financial Market)；欧洲货币市场(European Currency Market)；外汇市场(Foreign Exchange Market)。

外国金融市场是资金在一国国内金融市场上发生的跨国流动部分，如外国居民在本国金融市场上进行的以本币为基础的筹资活动。在该市场上，资金流动依然在国内市场上进行，外国居民一般使用该国发行的货币做交易工具，并遵守该国的交易规则及相应的政策法令，接受该国监管机构的监管。

欧洲货币市场是指在某种货币发行国境外从事该种货币借贷的市场。如在中国境内，居民与非居民或非居民与非居民之间进行的美元、欧元等他国货币借贷的市场，前者为在岸交易，后者为离岸交易。

外汇市场是以外汇为交易对象的场所，具体表现为以外汇银行为中心，由各国中央银行、外汇银行、外汇经纪人和其他外汇交易者组成的买卖外汇的交易系统，包括有形的外汇买卖场所和无形的外汇交易网络，它是国际金融市场的基础，因为资金通过国际金融市场流动是以货币可兑换为前提的，没有外汇市场，外币不能兑换成本币，国外资金便不可能流到另一国。

2. 交易活动中交易工具的差异

按照在市场中流动的交易品种和期限，国际金融市场还可分成很多种类。首先按期限有：融通业务在一年或一年以下的国际货币市场；融通业务在一年以上的国际资本市场。在货币市场上交易的金融工具一般时间短、流动性强、价格相对平稳、风险小，随时在市场上可转换为现金，且在该市场上各种金融工具之间的利率差距也较小。在资本市场包括银行中长期信贷和国际证券，前者如出口信贷、项目贷款、自由外汇贷款；后者如股票、公司债券、国债、票据等。按交易的品种除了货币市场与资本市场等基本品市场外，还有黄金市场和衍生品市场如远期、期货、掉期、期权等。

10.1.3 国际金融市场的新发展

国际贸易规模的扩大、生产要素国际流动的加剧、信息技术的进步，极大地促进了国际金融市场的发展。

早期的国际金融市场即传统的国际金融市场，经营的是居民与非居民间的国际金融业务，遵守市场所在国政府的政策与法令，资金的供给者通常是所在国的居民，这一市场是以所在国强大的工业、对外贸易和资金实力为基础的。20 世纪 60 年代后，由于美国经济地位相对下降，国际收支出现严重逆差，大量美元流到美国国外，欧洲的一些国家成为这些境外美元的集散地，由此发展起美元的储存与借贷业务，形成欧洲美元市场。与此同时，德国马克、英镑、瑞士法郎等货币也相继流出国境，出现在该种市场交易中，于是欧洲美元市场发展成为欧洲货币市场。在该种市场中，借贷活动不受任何国家政府的政策法令管辖，一般不对本国居民开放。该种市场资金的来源不再局限于市场所在国，其发展不再以强大经济实力和巨额的资金为基础，只要市场所在国或地区政治稳定、位置优越、通信发达、人才集聚、服务周到、政策优惠、体系完备，就有可能发展起新型的国际金融市场，这种市场最初出现在伦敦，后来相继在新加坡、中国香港地区等地形成。

随着国际经济一体化的发展以及现代化通信技术进步的推动，伴随金融自由化，在防范金融风险和规避金融管制的刺激下，在国际金融市场中出现了许多金融新产品和新服务。

10.2 外汇与汇率

10.2.1 外汇

1. 外汇的含义

外汇是指外国货币或以外国货币表示的能用来清算国际收支差额的资产。由于主权国家或少数地区一般都会发行货币，对一国而言外币多种多样，但不是所有的外币都是外汇，外国货币不等同于外汇，一种外币要成为外汇应具有三个条件：①自由兑换性，即这种货币能自由兑换成本币。②普遍接受性，即这种外币在国际经济往来中被各国普遍地接受和使用。③可偿性，即这种外币资产是保证能得到补偿的。只有满足这三个条件的外币及其所表示的资产如各种支付凭证和信用凭证才是外汇。

2. 外汇的种类

依据外汇的三个条件，对外汇的范围存在着不同的理解，使外汇的种类有多种不同的划分方法。

按照国际货币基金组织（IMF）对外汇的限定，外汇包括货币行政当局（中央银行、货币机构、外汇平准基金组织和财政部）保有的银行存款、财政部库券、长短期政府债券等在国际收支逆差时可以使用的债权。

按照我国《外汇管理条例》规定，外汇包括：①外国货币，包括钞票、铸币等。②外币有价证券，包括政府公债、国库券、公司债券、股票、息票等。③外币支付凭证，包括票据、银行存款凭证、邮政储蓄凭证等。④其他外汇资金。

依照外汇可自由兑换的程度，外汇可分为两大类：①自由外汇，这类外汇无须货币发行国的货币管理当局批准就可自由兑换成他国货币或向第三者办理支付。②记账外汇，也称为协定外汇或双边外汇，这类外汇不经发行国货币管理当局批准不能自由兑换成他国货币，也不能向第三者办理支付，一般按照协议规定，双方进出口商品的货款只在双方银行开设的账户上记载，或以本币计价结算或以对方货币或以第三国货币计价结算，到一定时期，集中冲销双方账户之间的债权债务，所余下的差额由双方协商处理。在这种情况下，双方银行账户上记载的外汇，不能转让给第三国使用，属于记账外汇。

3. 外汇的作用

第一，外汇方便了国际购买力的转移和国际贸易的结算，促进了国际间商品的流通和国际贸易的发展。

第二，外汇作为国际支付手段，调剂着国际资金的余缺，加速了国际间资本的流动，加快了经济全球化的进程。

第三，外汇体现着一国的经济实力与金融实力。一国拥有大量的外汇储备表明它拥有强大的国际购买潜力和很高的国际资信，这对它调节国际收支，稳定汇率，提高币值，加强国际经济地位都有重要的作用。

10.2.2　汇率

1. 汇率的含义

外汇汇率也称汇价或外汇行市，是指一国货币与另一国货币之间交换的比率。它是一国货币对外价值的反映，也是一国货币国际购买力的体现。在国际经济往来中，为了结算的需要，不同的两货币间必须规定一个汇率，当然主要是对少数硬通货如美元、欧元、日元、英镑的汇率。

2. 汇率的标价方法

在一个汇率的标价中涉及两种货币，我们把数量保持不变的称为基础货币，把数量可变的货币称为标价货币。如 USD(美元)1＝JPY(日元)150.00，美元为基础货币，日元为标价货币；GBP(英镑)1＝USD(美元)1.500 0，英镑为基础货币，美元为标价货币。

一国货币的汇率有两种表示方法。

(1)直接标价法

直接标价法是指用本币直接表示外币的价格，即以一定单位的外币为基础，折合成多少单位的本币。如人民币对美元汇率的表示：USD1＝CNY(人民币)6.668 0。在直接标价法中外币为基础货币，本币为标价货币，当本币贬值时汇率会上升，目前世界上绝大多数国家都使用直接标价法。

(2)间接标价法

间接标价法也称应收标价法，用外币来表示本币的价格，即以一定单位的本币为基础，折合成一定数额的外币。如美元对日元汇率的表示：JPY120.58＝USD1。在间接标价法中，本币为基础货币，外币为标价货币，当本币贬值时汇率会降低。目前只有英、美两国采用间接标价法。

3. 汇率的种类

汇率从不同的角度看，呈现出不同的构成形态，从而形成相互联系的、多层次的汇率体系。

(1)依据汇率的计算方法不同，可分为基本汇率和套算汇率

基本汇率是指本币与国际性货币之间兑换的比率，国际性货币是本国国际贸易和国际结算中最常用的货币，目前世界上大多数国家选择美元，因此本币与美元间的汇率为基础汇率，很多国家外汇市场上只公布该汇率。本币与其他货币间的汇率，则通过与美元间汇率计算出来，这样的汇率即为套算汇率，也称交叉汇率。如某日香港外汇市场上美元与港元的汇率为 USD1＝HKD7.152 4，同日纽约市场上美元与日元的汇率为 USD1＝JPY120.58，则可以套算出当天日元与港元的汇率为 JPY100＝HKD5.931 7。

(2)依据银行外汇交易方式的差异，可分为买入汇率、卖出汇率和中间汇率

买入汇率也称买入价，是银行买进外汇的报价。卖出汇率也称卖出价，是银行卖出外汇采取的价格。在用直接标价法表示汇率时，卖出价大于买入价。两者的简单算术平均数即为中间价，它通常用于金融机构之间的大宗交易，不适用一般顾客。如某日某市外汇行情：USD/EUR(欧元)0.855 0/70，USD1＝EUR0.885 0 为买入美元的价格，USD1＝EUR0.887 0 为卖出美元的价格，这里欧元为标价货币。

(3)依据外汇交易中交割期限的不同，可分为即期汇率与远期汇率

即期汇率是现汇交易时使用的汇率，现汇交易是指买卖双方在达成协议后的两个营业日内办理交割的交易方式。远期汇率是远期外汇交易中使用的汇率，远期交易是指交易双方在签订买卖合约的一定时期后才进行交割的交易方式。

4. 汇率制度

汇率制度是指一国货币当局对本币汇率水平的确定及变动方式所做出的一系列规定。固定汇率制与浮动汇率制是它最主要的类型。

(1)固定汇率制

固定汇率制是指政府用行政的或法律的手段确定、公布及维持本币与某种参考物间的基本比价或比价波动在限定幅度内的汇率制度。充当参考物的东西可以是黄金，也可以是某一外国货币或一组货币。在纸本位制下，不同货币间

的固定汇率是人为规定的，在经济形势发生明显变化时，可以对其进行公开调整，因此一般而言固定汇率短期是稳定的，长期是可变动的，固定汇率制也可称为可调整的钉住汇率制。

（2）浮动汇率制

浮动汇率制是指对本币的汇率水平不加以固定，也不规定其波动的幅度，而听任外汇市场供求机制自发地决定的汇率制度。浮动汇率制从不同的角度有不同的类型。

依据政府是否对市场汇率进行干预，可分为自由浮动制和管理浮动制。自由浮动制下政府不施加任何干预，汇率水平完全由外汇市场机制决定；管理浮动制下政府通过或明或暗的手段对外汇市场进行干预，使汇率向着对本国有利的方向浮动。

从一国汇率的变动是否与他国协同，可分为单独浮动与联合浮动，单独浮动是指一国货币的币值与其他任何国货币不存在固定联系，其汇率依据外汇市场的供求机制独自变动；联合浮动是指参与联合浮动的国家之间实行固定汇率，规定汇率波动的幅度，参与国有义务维持彼此汇率的稳定，而对集团外国家的货币实行统一浮动，这样的国家或地区集团称为通货区。

5. 汇率决定的基础与影响因素

（1）汇率决定的基础

在金本位制下，货币之所以成为货币是因为货币自身的价值，货币间的汇率水平由不同货币各自自身的价值决定，即汇率以铸币平价为基础。当黄金非货币化后，各国的货币成为信用货币，实行纸本位，货币职能的发挥以国家强制力为后盾，货币仅为价值符号，其价值通过它外在的购买力来体现，这时各国货币间的汇率基础就由它们各自代表的购买力决定。

（2）影响汇率变动的主要因素

货币购买力是决定汇率的基础，犹如价值是决定价格的基础一样。现实中的汇率作为外币的价格时常发生变动，并且货币是一国主权的象征，因此影响一国汇率变动的因素是多方面的，除了经济因素外，还有政治因素和社会因素。就经济因素而言，主要有如下一些因素：①国际收支。当一国国际收支出现顺差时，本币供不应求，使得本币升值，当然若国际收支差额是短期的、临时的、规模小，可轻易地被国际资金流动、相对膨胀率和相对利率、政府对外汇市场的干预等因素抵消，这时国际收支差额不会影响到汇率。②相对通货膨胀率。分析通货膨胀对汇率的影响应对两国的通货膨胀率进行比较，产生影响效果的是两国间通货膨胀率的差异，一般而言，相对通货膨胀率持续较高的国家，其货币会发生相应的贬值。③相对利率。利率作为使用资金的代价或放弃外币资金的收益，也会影响到汇率，当利率相对较高时，使用本国货币资金的成本上升，使外汇市场上本币的供应量减少，同时利率相对较高也吸引外资内流，这样两者相结合使得本币汇率上升。④心理预期。外汇市场上出现的一些信号影响着人们对某货币的心理预期，使得该货币的买卖行为发生变化，进而导致该货币汇率发生变动，心理预期是决定货币短期汇率的主要因素。

除以上这些因素外还有供求总量和结构对比状况、财政赤字和国际储备等因素。

6. 汇率对进出口的影响

一般而言，汇率稳定或波动幅度不大，有利于进出口贸易的成本计算和利润核算，若汇率不稳，且波动幅度较大，势必将增大企业从事进出口贸易的风险，不利于对外贸易的发展。当本币表示的外币价格上升，即本币贬值外币升值而国内物价基本未变或变动不大时，由于外币对本国商品的购买力上升，势必将促进国内商品的国外购买，同时本币贬值使得出口商在收入不变的前提下，在国外降价销售，因此本币汇率下降具有扩大本国商品出口的作用。当外币升值时，使本国购买外国商品的支出增加，同时也使得进口商品在国内市场的售价上升，这样本币贬值抑制了进口。当以本币表示的外币价格降低时，情况会相反，即抑制出口，扩大进口。

10.3 国际投资与国际资金流动

10.3.1 国际投资与国际资金流动的含义

国际投资与国际资金流动都是通过国际金融市场进行的。

萨缪尔森在《经济学》(第16版)中写道："宏观经济学家所使用的'投资'或'实际投资'一词，指的是有形资本货物(包括设备、房屋以及库存品)存量的增加。"投资即是形成产业资本的活动。我们认为这是狭义的投资。而《简明不列颠百科全书》对投资的解释是："指在一定时期内，为了期望在未来产生收益或实现特定目标而将现有收益变成资产的过程……如从个体的观点来看，投资可分为生产资料投资和纯金融投资。纯金融投资仅表现为所有权的转移，并不构成生产能力的增加，而生产资料的投资能增加一国经济生产能力，它是反映经济增长的因素"。即投资可分两大类：一类是实物投资，也称实际投资；另一类是金融投资，也称财务投资。我们认为这是广义的投资。国际投资也是如此，但我们认定它属于狭义投资的范畴，即国际投资是与实际生产和交换直接相联系的经济活动，只不过其具有"跨国性"，是资本从一个国家或地区投向另一个国家或地区的经济活动，它的发生伴随资本的国际流动。如以设备、技术、经营管理知识等实际资产为载体的直接投资，有独资、合资、合作经营、合作开发等具体形式，以获取企业控制权或收益权为目的。

国际资金流动是指与实际生产、交换没有直接联系而以逐利为目的、以货币金融为形态在国际金融市场中发生的资金流动。如国际信贷市场上与国际贸易支付没有直接联系的银行同业拆借活动，国际证券市场上不以获取企业控制权或收益权为最终目的的证券买卖，外汇市场上以获利或进行资产组合为目的的外汇买卖，国际衍生工具市场上的投机性交易等。

10.3.2　当前国际投资的主要特点

国际投资是一种跨国经济活动，涉的因素多，与国内投资相比，在一些方面存在很大的差异。首先，国际投资的目的具有多样性，有些投资是为了追求收益最大化，有的是为了改善双边或多边经济关系，有的是政府援助项目；其次，由于受资本输出国主权的制约，国际投资领域存在市场的分隔与竞争的不完全；再次，国际投资的流向流量和形式还受到各国货币制度的影响；最后，由于各国政治经济文化的不同，国际投资环境存在很大的差异。但通过国际投资拓展了社会分工的范围，加强了生产的国际协作，促进了生产要素在国际范围的优化配置，并且由于科技进步、金融创新、贸易发展等条件的突飞猛进，当前国际投资出现了一些新特点，突出地表现在投资自由化与多边投资的兴起，具体而言主要有：

首先，资本流向发生转向，发达国家对发展中国家的净流入减少，出现了发达国家间的对流现象，如美国既是资本最大流出国，又是最大的资本流入国。

其次，以跨国公司为载体的国际直接投资规模迅速膨胀。

再次，国际投资的产业领域发生了变化，由以前的石油业和采矿业转向金融业、保险业和销售业，并逐渐向高新技术产业转移，相应的投资目标也出现多元化,如获得国外的自然资源,绕开贸易保护主义的障碍,在全球拓展垄断优势,利用国外廉价的自然资源和劳力,转移污染工业,获取经济信息等。

最后,投资主体出现多元化,既有发达国家的跨国公司,又有发展中国家的企业和公司。发展中国家在积极吸引外资的同时也纷纷开展对外投资。

10.3.3 当前国际投资的主要形式

1. 独资经营

独资经营是根据东道国(资本输入国)有关法律、法规,在东道国境内设立的由国外投资者出资并独自经营的一种国际投资方式。拥有技术垄断优势的跨国企业为了保护其优势一般采取该投资形式。在独资经营条件下,国外投资者承担全部的风险、享有全部的利润,具有充分的自主权,东道国政府除行使必要的法律规定的管理职能外,一般不越权干涉独资经营的经营活动,但独资经营必须依法设立和经营。东道国政府对其把握的尺度较严。

2. 合资经营

合资经营即合资经营企业或股权合营企业,它是由两个或两个以上属于不同国家或地区的公司、企业或其他经济组织依据东道国的法律,并经东道国政府的批准,在东道国境内设立的共同投资、共同经营、共担风险,以股权形式合资的经营实体。合资经营具有独立的法人资格,是国际投资(狭义投资)中最常见的形式。

3. 合作经营

合作经营即契约式合作经营,是指国外的企业、其他经济组织或个人与东道国的企业或其他的经济组织,依据东道国的有关法律双方共同签订合作经营合同,据此在东道国境内设立的合作经济组织。合作各方的责、权、利在合同中逐项明确规定,合作期满,合作经营的全部资产一般不在作价,而是无偿地,不带任何附加条件的归东道国一方所有。

4. 合作开发

合作开发是指资源国通过招标方式与中标的一家或几家外国公司签订合作开发合同,联合组成开发公司对资源国的自然资源进行开发的一种国际经济技术合作的经营形式。该形式东道国管理较严,一般投资规模大,风险也大。

5. BOT 和 TOT 投资方式

BOT 即建设—经营—移交(Build-Operate-Transfer),是东道国政府与外

商投资部门的项目公司签订合同，由项目公司筹资和建设基础设施项目，并在协议期内拥有、运营和维护该项设施，通过收取使用费和服务费，回收投资并取得合理的利润，协议期满，这项设施的所有权无偿移交给东道国政府。TOT(Transfer-Operate-Transfer)是外商投资者购买东道国的一些公益性资产的产权和特许经营权，在约定的时间内，投资者通过该项资产取得现金流收回全部投资和合理利润后，再将该项资产的产权和经营权无偿移交给资产原所有者。

6. 跨国并购

外国投资者兼并或收购东道国现有企业的全部或部分股权，以取得该企业的控制权。通过该方式可直接获得东道国现有企业的资产，缩短项目的建设周期，便于开拓国际同类市场，保障原材料的供应和产品的销售市场，实现经营领域、区域和资产的多元化。

7. 国际租赁

国际租赁是指一国的出租人在一定的时间内把租赁物租借给另一国的承租人使用，承租人按租约的规定分期付给国外出租人一定租赁费的活动。通过国际租赁可拓宽承租人所在国利用外资的渠道，同时可带动出租人所在国产品的出口。

8. 国际加工装配

国际加工装配集国际投资与国际贸易于一体，它有来料加工、来件装配和来样制作三种形式。外商提供原材料、辅助材料、零配件、元器件、包装物料等，由东道国企业按外商要求加工装配，成品交与外商销售，东道国收取加工费，因此简称"两头在外"，在加工中所需的新设备一般由外商提供，所需资金由加工费偿还。

9. 补偿贸易

补偿贸易集技术贸易、商品贸易与信贷于一体，在该形式中外商直接提供或在信贷基础上提供机器设备给东道国企业，东道国以该设备、技术生产的产品，分期偿还进口设备、技术的价款和利息。在补偿贸易中东道国企业不与外商组成新的经济实体，因此东道国可在企业的组织形式和性质不变的情况下，利用国外的先进技术扩大生产能力，提高产品质量。

10.3.4　国际资金流动的种类与原因

20 世纪 80 年代以来，国际资金流动不再依赖实体经济而独立增长，规模越来越大，机构投资者成为流动的主要推动者，并且流动的形式以衍生工具为主，多在外汇市场、信贷市场、证券市场及衍生工具市场间流动。

1. 国际资金流动的种类

国际资金流动就期限而言可分为长期与短期两种，长期是指流动期限在一年以上的国际资金流动，短期是指流动期限在一年或一年以下的国际资金流动。在国际短期资金流动中，资金流动的形式多样：①外币形式，投资者购买外币以期从汇率变动中获利。②国际短期贸易信贷和周转信贷，银行之间的短期跨国信贷，如活期存款、以本币发放的外国短期信贷、以外币发放的短期欧洲货币信贷、银行间的同业拆借等。③短期信用凭证和短期债券，如短期国库券、商业票据、银行承兑汇票、大额可转让存单（BDs）等。④衍生金融工具交易所引起的短期国际资金流动。⑤对股票和中长期政府、公司债券的短期持有，若国际投资者长期持有股票和中长期债券，这种国际资金流动属于长期的，但如果持有者为了短期获利或为了持有外汇将股票和中长期债券变现，则属于国际短期资金流动。

2. 国际资金流动的原因

在国际资金流动中，国际短期资金流动对经济的各种变动极为敏感，流动具有极强的反复性和投机性，并且受心理因素影响十分明显，它对国际金融冲击最大，因此我们主要分析国际短期资金流动的原因。

第一，与实体经济相联系的国际贸易使工商企业产生资金缺口，如进出口信贷等。该原因诱致的国际资金短期流动占总量比重小，国际资金的短期流动日益脱离实体经济，虚拟化。

第二，持有净债权或净债务的投资者为规避金融工具的价格风险，进行逆向操作。

第三，投资者为了追求无风险收益，如依据不同货币的利差及其即期远期汇率进行套利，购买国库券或地方政府的短期债券，并进行相应的票面货币的保值等。

第四，通过权衡资产的风险和收益而进行国际投资，以求分散风险。

第五，避免一国的政局或经济动荡，或避免一国的税负而引致资本外逃。

第六，投资者依据其预期，通过买卖金融资产而获取价差利润，即投机的需要。

由于国际金融一体化及国际金融创新等因素的影响，在国际资金短期流动中投机性原因越来越显著，使得投机性资金流动成为国际短期资金流动中最主要、最有影响的组成部分。

10.3.5　国际资金流动的经济影响与金融危机

国际资金流动的迅猛增加，给一国开放经济的运行及整个世界经济都带来了重大影响，它是一把双刃剑，在产生积极作用的同时，也带来了一些消极作用。

1. 国际资金流动的积极作用

国际资金流动的积极作用主要表现在以下几个方面：

第一，促进了国际贸易的发展。通过银行短期的国际贸易信贷和票据贴现使一些国际贸易业务得以实现，并促进了资源的全球配置，增加了贸易国的比较收益和福利。

第二，为公众存款提供了投资渠道，并调节了国际间的资本余缺。在国际货币与资本市场上发行和交易的金融债券为公众存款提供了一个获利较强的投资渠道，并使单个国家证券市场的财富效应得到扩散，带动了人们收入和投资的增加，同时也使得资金从充裕和闲置的国家流到短缺的国家。

第三，增强了资金的流动性，并有利于实现汇率的动态平衡。通过国际金融市场及多样的金融工具，国际资金在流动中实现了保值增值，增强了流动性，并能充分利用获利的机会。当本币的汇率不均衡时，比如现实汇率中本币高估，出现了获利的机会，这时本币成为抛售的对象，这样在国际资金流动的冲击下，迫使本币发生贬值，回到均衡汇率上。

第四，推动了国际金融市场的一体化，突出地表现在国内金融市场和离岸金融市场利率差异日益缩小，各国金融市场上的利率水平与态势趋于一致。

2. 国际资金流动的消极作用

国际资金流动的消极作用，突出地表现在投机性资金（国际游资或国际热钱）在全球范围内流窜所造成的破坏性冲击上，具体而言有如下几个方面的表现。

第一，干扰了一国货币政策的独立性。如一国出现经济过热，通货膨胀压力加大，采取紧缩性的货币政策，减少货币供应量，提高利率，但由此引起国际投机性资金注入，使本币升值，不利于出口，同时也使得该国央行不得不购进外汇，增加货币供应量，从而减弱了货币政策的效应。

第二，冲击汇率，增强了汇率的不稳定性，甚至触发货币危机。在纸本位制下，货币本身没有价值，各国货币的汇率以其各自的购买力为基础，并受货币供求的影响。当投机性资金纷纷购买一种货币时，这种货币就会升值，当投机性资金纷纷抛售一种货币，或冲击一种人为定价过高的货币时，该货币就会贬值，使得汇率发生动荡，当一国货币的汇率变动在短期内超过一定幅度（如15%～20%）或一国不得不放弃固定汇率，宣布货币贬值时，所谓的货币危机就发生了。

第三，制造股市房市泡沫或冲击国际收支，引起股价房价大起大落，诱发股市房市危机或债务危机，甚至触发金融危机。当一国货币长期地人为高估时，其经济结构的问题也逐渐地积累，若有相应的突发事件发生，这时引致投机性资金的冲击，结果该国不仅货币急剧贬值，同时还出现股票市场、银行体系等国内金融市场价格动荡，以及金融机构经营困难与破产，这时就发生了所谓的金融危机。货币危机仅发生在外汇市场上。

10.4 国际货币体系

10.4.1 国际货币体系的含义

国际货币体系是对有关国际货币基本问题所作的制度安排，它包括国际货币制度、国际货币金融机构以及约定俗成的国际货币秩序。国际货币制度具有法律约束力，但货币主权是一个国家主权的重要组成部分，因此国际货币制度只能是在讨价还价的基础上，依据各国的相对实力建立起来。国际货币金融机构在国际货币关系中起协调、监督作用。约定俗成的国际货币秩序来自习惯和传统做法，并且已经在实践中得到遵守，是国际货币体系的基础。

10.4.2 国际货币体系的主要内容

国际货币体系建立的目的在于保障国际贸易和国际结算、支付的顺利进行，从贸易和金融方面协调各国的经济活动，促进世界经济的发展和稳定，为此国际货币体系应主要包括如下的一些内容。

第一，国际收支的调节机制。通过一系列有效的制度安排和国际性机构的设立与高效运行，在较短的时间内，以较低的成本协调国际收支失衡，保障国际经济往来的顺利进行。

第二，汇率制度的安排。汇率的波动势必增加各国经济交往的风险，影响各国经济利益的再分配和国际金融的稳定，因此世界需要一个各国共同遵守的，较为稳定的汇率安排。

第三，国际储备资产的选择。在某一特定时期以何种货币为中心储备货币，各国储备资产的规模和结构如何确定才能低成本地使国际储备实现稳定汇率、调节国际收支、保证国家信用的目的。

第四，国际结算制度。采用何种货币作为国际间结算的计价货币和结算货币，国际结算的工具与形式有哪些，如何防范国际结算中的风险等。

第五，国际货币合作。通过一些机构和相应的共同遵守的规则使世界各国在货币问题上实现协商、协调，甚至共同行动。

10.4.3　国际货币体系的主要类型

1. 布雷顿森林体系

布雷顿森林体系是第二次世界大战后建立的以美元为中心的货币体系。

(1)布雷顿森林体系的主要内容

布雷顿森林体系的主要内容包括国际货币制度和国际金融机构两个方面。具体而言：布雷顿森林体系在汇率机制上实行固定汇率制，美元与黄金挂钩，其他各国货币与美元挂钩，即"双挂钩"，美元成为关键货币，美国政府承担其他各国政府或中央银行用美元兑换成黄金的义务，这样使不同货币间保持可调整的固定比价，国际储备与国际清偿力的主要来源依赖于美元。根据布雷顿森林体系的协定建立了一家旨在调节国际收支、监督汇率、促进国际货币合作的金融机构——国际货币基金组织(IMF)，还建立了一家旨在为成员国提供贷款，推动成员国资源开发和经济发展的金融机构——世界银行。对国际收支的调节，国际货币基金组织有三种方式提供帮助：敦促成员国广泛协商，实施国际货币合作；为成员国提供短期资金融通的便利；建立成员国之间的多边支付清算制度。

(2)布雷顿森林体系的积极作用与缺陷

布雷顿森林体系的积极作用主要表现在：以美元为中心的储备体系在一定程度上解决了国际清偿力不足的问题；汇率相对稳定，促进了国际贸易的发展与生产的国际化；促进了国际金融一体化的发展。布雷顿森林体系建立后，在当时起到了促进世界经济发展的作用，随着时间的推移，世界贸易规模的扩大，其缺陷也日益凸显出来，直至崩溃。

其缺陷主要表现在：特里芬两难，即世界货币与主权货币的矛盾。美元作为主权货币其发行受制于美国国内的货币政策和黄金储备，作为世界货币其供给要满足世界贸易和国际结算支付的需要，当黄金产量和美国黄金储备不足时，面对国际清偿力日益增长的需要，若要使美元有黄金作保障，美元的供给就不能满足国际的需要，若要满足国际的需要，美元同黄金的兑换就难以维持，于是出现特里芬两难，这是布雷顿森林体系天生的缺陷；僵化的汇兑体系难以适应世界经济形势的变化，当美国经济地位相对下降时，固定的汇率体系难以调节美国巨额的逆差、日德巨额的顺差；IMF 协调解决国际收支失衡的能力有限。

2. 牙买加体系

牙买加体系吸取了布雷顿森林体系的经验与教训，削弱了黄金作为货币的作用，推进了国际储备的多元化，并实行了浮动汇率制。

（1）牙买加体系的主要内容

牙买加体系中多种汇率制度并存，以浮动汇率制为主，但受到 IMF 的监督；黄金与货币彻底脱钩，但依然是一种储备资产，美元不再是唯一的世界货币，欧元日元地位上升，IMF 为解决大多数国家储备不足创立了一种账面资产——特别提款权（SDRs），这样形成以美元为中心的多元化储备体系；国际收支调节手段多样化，除汇率、利率机制外，还可向国际货币基金组织贷款或向国际金融市场融资来调节。

（2）牙买加体系的积极作用与存在的问题

牙买加体系实施的多元化储备体系在一定程度上克服了单纯依靠一种货币的特里芬两难；其多种汇率制度并存使汇率体系呈现出灵活性，使汇率可适应世界经济形势的变化；国际收支调节手段的多样化增加了调节的灵活性、实效性，适应了世界经济的不平衡。

但牙买加体系不是一个完美的体系，许多经济学家认为它是一个"没有体系的体系"，主要表现在：汇率体系不稳，增加了国际经济交往中的汇率风险；国际收支调节手段虽多，但都存在局限性，使得国际收支调节机制不健全；储备货币多元化伴随储备货币缺乏约束，影响储备资产的价值与国际清偿力，国际储备体系仍不稳。

10.5 国际金融组织

10.5.1 国际货币基金组织

1. 国际货币基金的功能

国际货币基金(International Monetary Fund，IMF)主要是以美国怀特方案为基础，采取"基金制"，于 1946 年 2 月正式成立。它对于会员国具有资金融通、提供资料及建议、规汇率与外汇管制措施，以促进世界经济发展的多种功能。

(1)凯恩斯方案与怀特方案

1930 年，世界发生经济大衰退，各国相继实施严格的外汇管制措施以防资金逃避，并采取本国货币贬值办法增强出口竞争力，这使得国际贸易和投资受到极大的阻力。为了加强国际经济合作，重建国际货币秩序，恢复国际贸易的自由进行，1944 年 7 月在美国布雷顿森林(Bretton Woods)举行了国际货币与金融会议。在布雷顿森林会议之前，有关重建国际货币制度的问题，以英国的凯恩斯和美国的怀特方案最受重视。这两个方案的基本精神都是透过国际经济合作组织，促进自由贸易及经济发展，但其实施的具体方法大不相同。

凯恩斯方案发展于 1943 年 4 月，主张设立通货同盟，称为国际清算同盟。同时创设一种新的国际货币(Bancor)，以当做国际清算工具。其要点：

①营运方式。以清算制为基础，当某一国在清算机构有贷方余额时，他国则有同额的借方余额。所以该清算机构无须设置"基金"。

②清算的规定。各会员国均有一定的摊额，如果会员国的借贷余额超过摊额的一定比例，则要缴纳 10% 的手续费，以促使国际收支的顺差或逆差的会员国均致力于国际收支的均衡。

③汇率的规定。创设以一定量黄金表示的国际货币——Bancor，使各会员国的货币直接系于 Bancor，并允许各会员国调整汇率。

凯恩斯方案的实际营运是以国际多边支付制度的方式进行，各国在清算机构设立账户，然后经由债权债务的抵消来清算彼此的对外债权债务。

怀特方案于 1943 年 7 月发表，主张设立一个"国际安全基金"，以作为国际货币合作的永久机构。其要点如下：

①营运方式。以基金制为基础，各会员依照一定的基准，分摊缴纳黄金

与本国货币,设立共同的外汇基金。

②基金的运用。各会员国可以黄金或本国货币,按照一定的条件向基金购买其所需要的其他会员国货币,以解决其国际收支不均衡问题。

③汇率的规定。创设与10美元等值的货币单位Unitas,各会员国的货币价值以Unitas表示,非经基金的许可,会员国不得变更其以Unitas表示的货币价值。此外,各会员国还应废除外汇管制。

(2)国际货币基金制度的内容

由于当时美国是世界最大的债权国,在国际金融会议中举足轻重,因而国际货币基金逐步以怀特方案为主要依据,在1946年正式成立。

①宗旨。国际货币基金的宗旨,在于建立一永久性的国际金融合作机构,促进国际金融合作,以维持汇率的安定,扩展国际贸易,提高就业水平与实质国民所得,并以资金供给会员国,调节会员国国际收支的暂时性不平衡。

②组织。国际货币基金为推行国际间货币合作的永久性机构,属于联合国的社会经济委员会。目前基金的会员国家有139个。基金会的最高权力机构为理事会,每个会员国均可派任理事一名,通常由各该国的财政部长或中央银行总裁参加担任。理事会每年在9月至10月间召开一次会议。至于经常处理基金会业务者,则为执行董事会,其名额现为20名。执行董事的产生方法,凡基金会员国中,摊额最大的5个国家各可指派一名,而其余摊额较小的国家,必须联合若干国家选出一名。

③摊额与表决权。国际货币基金(IMF)规定每一会员国应根据其经济的重要性(国民所得及贸易额),向基金缴纳一定摊额(Quota)的资金,以供基金运用。此一摊额必须以黄金或可自由兑换货币(如美元)与本国货币缴纳。以黄金或可自由兑换货币缴纳部分,应等于一国摊额的25%,或该国当时国际准备持有额的10%,而以其中较少者为准。自1970年特别提款权实施后,各会员国的摊额,须经总投票权85%的同意,才能变更。

至于各会员国的表决权,则以各会员国所认定的摊额为标准。每一会员国各具有250票基本表决权。此外,每10万美元摊额可增一票表决权。

1976年3月22日,国际货币基金第6次决定增资,于1978年4月1日正式实施。基金总额增资约33.6%,自292亿特别提款单位增至390亿单位。同年9月24日,其临时委员会又决定基金增资50%;在1979年至1981年3年间,每年发行特别提款权40亿单位。

基金的增资，在于扩充基金所能运用的资金总额。就基金会员国家而言，增资的结果可使其基金融通的额度增大。因此，增资以后，国际上的流通性就趋扩充，至于新创造特别条款，也在于增加国际流动性。

④基金的平价。国际货币基金对于外汇汇率采取平价制度，规定各会员国均须设定本国货币的平价。基金第 4 条规定：会员国的货币的平价，概用黄金 1 盎司（英两）等于 35 美元表示。各国外汇买卖价格上下变动，不得超过平价的 1％。1971 年史密松宁协定成立后，此一现货汇率的波动幅度，已扩大为平价上下 2.25％的范围，而决定平价的标准，也由黄金改为特别提款权。至于经基金公布的平价，非经基金同意不得变更。但如果会员国的国际收支发生基本不均衡时，即可向基金提出调整平价的要求。若整幅度在平价的 10％以内，会员国得自行调整后，由基金予以追认。若超过 10％以上，则须先经基金同意才能调整。此种平价制度就是"可调整的钉住汇率"。虽然与金汇兑本位制颇接近，但基金的平价是基金与会员国所决定，而金汇兑本位制则由黄金含量比率所决定。

（3）基金的功能

①外汇资金的融通。会员国家在国际收支困难时，可以向基金申请贷给外汇资金。但其用途限于短期性经常收支的不均衡，各会员国可利用基金的资金，其最高限额为该国摊额的 2 倍，而在此限额内 1 年仅能利用摊额的 25％。后来，基金已慢慢放宽会员国对于资金利用的限制，以配合实际的需要。

②规定各会员国汇率、资金移动和其他外汇管制措施。会员国的国际收支，除非发生基本不均衡，否则不得任意调整其本国货币的平价。所谓基本不均衡，乃指除了因季节性、投机性、经济循环等短期因素外的原因，所产生的国际收支不均衡。对于资金移动，基金则规定：各会员国不得以基金的资金，用于巨额或持续的资本流出的支付。对于此种资本流出，会员国得加以管制，但不得因此而妨碍经济交易的对外支付。

③对会员国有提供资料和建议的作用。我国在基金的历史较早，1944 年的布雷顿森林会议我国便是与会 44 国之一，并作为大国而摊额十分庞大，仅次于美国的 275 亿美元及英国的 130 亿美元，与美、英、法、印度并列入摊额最大的国家。1959 年基金增资时，由于种种原因，我国摊额并未增加，因此不能列入摊额最大的 5 国之内，1961 年单独任命执行董事的资格为西德所取代。

过去，我国在国际货币基金的资格由国民党政府当局代表，自从我国恢复联合国合法席位后，于 1980 年 4 月国际货币基金通过取消中国台湾当局资格，恢复中国为会员国资格。

2. 特别提款权

在以黄金和关键货币为主要国际准备资产的金汇兑制度下，由于无法解决国际货币制度的基本困难，也就是国际流动性的问题，因而对于创造国际新准备资产的需求日益迫切，在这种情况下终于创设了特别提款权（Special Drawing Rights，SDR）。

（1）特别提款权产生的背景

自 1971 年美元贬值以后，国际货币基金制度中，黄金—美元制的时代已过去，国际货币基金则希望设计出一种新的制度来代替布雷顿森林协定。其中以采用现有的特别提款权来代替传统的准备资产——黄金与美元作为国际货币的主张最为重要。所谓特别提款权是国际货币基金在原有提款权外新创造的特别提款账户（Special Drawing Account）的账户信用，最初与黄金维持一定的比价，国际收支的逆差国可用特别提款权以偿付国际收支的逆差，但特别提款权不得用于累积外汇或黄金。1974 年 7 月 1 日改按"标准篮"来表示其价值。

①信用的创造与分配。特别提款权从本质上看，具有信用便利的性质，对于现有的国际准备资产而言，具有可供较长期使用的作用。当国际流动性不足时，国际货币基金可透过分配方式来创造特别提款权，以满足国际流动性的需要，减少因国际准备资产不足而导致世界经济的呆滞。当国际流动性过多时，可通过停止创造或取消的方式，防止世界性的通货膨胀的危机。如 1969 年，当时的国际流动性呈现极度不足，国际货币基金决定在 3 年时间创造 95 亿单位的特别提款权，以满足国际流动性增加的需要。到 1973 年时，美国的国际收支继续恶化，使国际收支流动性出现过剩，那时又不得不暂停特别提款权的继续创造与分配。

②纸金（Gold Paper）。特别提款权附有黄金价值的保证，其单位价值等于纯金 0.886 71 公克，与 1972 年 12 月美元贬值前的美元等值，即 35 单位特别提款权等于 1 盎司黄金。但特别提款权不能用以兑换黄金，故称为"纸金"。国际货币基金为鼓励其会员国保有特别提款权，给予适中的利息。在分配特别提款权时，要向接受分配的国家收取手续费。原先手续费和利率均为 1.5%，由于利息很低，所以一些国家对特别提款权兴趣不大。从 1978 年 10 月 1 日起，

利息已提高为年利率 4%。

③特别提款权的特点。特别提款权在性质上，与每一个国际货币基金会员国享有的"提款权"不同，特别提款权易于取得，由国际货币基金根据参加国摊额予以分配，参加国无须缴纳任何款项可取得，任何参加国在需要时均可动用特别提款权。而提款权是会员国会员并必须缴足所认摊额（25%用黄金缴纳，75%用本国通货缴纳）才能取得提款权。另外，特别提款权的动用，不必按照规定日期偿还，而使用提款权时，则必须按期偿还。此外，国际货币基金的提款权，只有黄金部分与超额黄金部分才能列入国际准备，但特别提款权的参加国则可以将全部获得的特别提款权列入其国际准备。

（2）特别提款权的角色

①特别提款权的规定。国际货币基金设置特别提款权账户的目的，是为了特别提款权交易的进行。国际货币基金将分配给各参加国的特别提款权，分别列入特别提款权账户中。假如参加国的国际收支发生逆差，就可以动用特别提款权，以取得所需要的外汇，但必须支付利息；而国际收支良好的参加国，负有接受其他参加国的特别提款权的义务，但可获得利息。按指定可兑换通货的国家，其提供义务以其特别提款权累积分配净额的两倍为限。同时，特别提款权有下列规定：

a. 参加国只有国际收支发生逆差或国际准备情形所必需时，才可使用特别提款权，不得用以改善其国际准备资产结构（调整特别提款权对黄金、通货准备资产与基金准备地位的比例）为唯一目的。

b. 每一参加国在任何基本期间内，其特别提款权平均持有数额，不得低于同一期间特别提款权累积分配额的 30%，如低于此数，应以可兑换通货收回特别提款权，以履行其义务，否则基金可以停止其特别提款权。

②标准篮。国际货币基金自 1969 年 8 月开始实施特别提款权，已有 10 多年的历史。特别提款权所能发挥的功能仍然仅止于作为记账单位而已。在美国极力主张特别提款权应脱离黄金的束缚的原则下，1974 年 7 月 1 日起，特别提款权的价值改按 16 种主要货币的加权平均所决定的标准篮（Standard Basket）来表示，并以"元"作为新国际货币制度的基础。在标准篮包括的 16 种货币中，各种货币主要依据该国出口值的大小确定一定比例的权数，唯一例外的是美元，它的权数占 1/3。美元兑换特别提款权的汇率不再固定，每天随美元对篮中其他 15 种货币汇率的变动而变动。特别提款权最大的优点就是平价稳

定，某些国家的顺差即其他国家的逆差，取其变动的平均值，比将任何一国的货币当做国际准备更稳定。

1976年1月，国际货币基金在波士顿通过的货币改革草案中，主张以特别提款权代替黄金的地位，也就是以特别提款权作为国际货币基金的主要准备货币。同时，从1978年10月1日开始，特别提款权的利率提高到年利率4％。由此可知，国际货币制度的改革，正在朝着促使特别提款权成为一种理想的准备资产方向迈进。如果特别提款权的利息提高到某一水准，可大大提高各国货币当局对于特别提款权持有的兴趣，进而逐渐取代关键货币及其他强势货币的地位，有利于解决当前国际货币制度的基本困难。

③替代账户的产生。由于美元过剩问题的出现并没有妥善解决，在1979年的国际货币基金会上，有人提出建立替代账户（Substitute Account）的建议。根据这建议，成立替代账户以收集冻结各国过剩的美元，降低美元对国际货币制度的影响力。然而，这项建议并未达成任何具体的协议，自1980年起，美国紧缩政策使美元的价值在外汇市场上回升，这种替代账户的构想也无人提及了。

10.5.2 世界银行

国际复兴开发银行于1945年12月与国际货币基金组织同时成立，是联合国的专门机构之一，总行设在华盛顿，由联合国发起，由各会员国投资设立，旨在以投资方式，协助"各地区的经济发展"，并包括贷款和保证业务。

国际复兴开发银行（the International Bank of Reconstruction and Development，IBRD），通称为世界银行（World Bank）。世界银行同国际货币基金组织一样，是根据1944年布雷顿森林协定所设立的机构。凡参加世界银行的国家必须是国际货币基金组织的会员国，但国际货币基金组织的会员国不一定都参加世界银行。

1. 世界银行的"宗旨"

根据"国际复兴开发银行协定"第一条规定，世界银行的宗旨是：

①"对用于生产目的的投资提供便利，以协助会员国的复兴与开发……以及鼓励较不发达国家生产与资源的开发。"

②"以保证参加私人贷款和私人投资的方法，促进私人的对外投资。"

③"用鼓励国际投资以开发会员国生产资源的方法，促进国际贸易的长期

平衡发展，并维持国际收支的平衡。"

④"在提供贷款保证时，应与其他方面的国际贷款配合。"

世界银行的主要任务就是向会员国提供长期贷款，促进战后的复兴建设；协助不发达国家发展生产，开发资源；同时协助解决国际收支长期性失衡的问题。贷款对象以会员国的政府为主。

2. 世界银行的组织结构

(1)银行的股份

世界银行当然属于企业，按股份公司的原则组织建立，成立初期，该行法定资本为 100 亿美元，全部资本为 10 万股，每股 10 万美元。凡会员国均须认购该行的股份，认购额由申请国与银行协商并经银行理事会批准。一般情况，一国认购股份的多少是根据该国的经济和财政力量，并参照该国的国际货币基金缴纳的份额大小而定。认购股份的缴付办法分两部分：

①会员国认购的股份，先缴 20%，其中 2% 要用黄金或美元缴纳，18% 以会员国的本国货币缴纳。

②其余 80% 的股份，于银行催缴时，再以黄金或美元或银行需用的其他货币缴纳，银行的协定虽然规定这 80% 的股份日后一定要缴纳，但在 1959 年银行增加资本一倍时，应缴资本也未缴纳。在此次增资时，实缴股份的数额并未相应增加，所以增资后会员国缴纳的黄金、美元部分由原占认购额的 2% 减为 1%，用会员国本国货币缴纳的部分由原占认缴额的 18% 减为 9%；而其余的 90% 并不缴纳，列为待缴资本(Uncollected Capital)，只有在世界银行需要对外偿付债务时，才向会员国征集。

世界银行的重大事项均经会员国投票决定。投票权的大小同会员国认购的股本成正比。与国际货币基金的有关投票权的规定相同，世界银行的每一会员国有 250 票基本投票权，每认购 10 万美元的股本即增加一票。美国认购的股份最多，有投票权 64 980 票，占投票权总数的 22.55%，对银行事务和重要贷款项目的决定起着绝对的控制作用。

(2)组织结构

世界银行的最高权力机构是理事会(Board of Governors)，由每一会员国委派理事(Governor)和副理事(或代理理事，Alternate)各一人组成。任期 5 年，可以连任。副理事在理事缺席时才有投票权。理事会的主要职权包括：批准接纳新会员国，增加或减少银行资本，停止会员国资格，决定银行净收入的分配，以及其他重大问题。理事会于每年 9 月举行一次会议，一般与国际货币基金的理事会联合举行。

世界银行负责领导并处理日常业务的机构是执行董事会（Board of Executive Directors）。执行董事现在由 22 人组成，5 人由持有股金最多的美国、英国、联邦德国、法国、日本 5 国指派，其余 17 人由其他 100 多个会员国按地区分组推选。

执行董事会选出主席 1 人，兼任行长（President），任期 5 年，可连任。历任行长均为美国人。理事、副理事、执行董事、副执行董事不得兼任行长。

行长无投票权，只在执行董事会表决中双方票数相等时，可以投决定性的一票。行长下设有副行长，协助行长工作。

中国是创始会员国之一，1980 年 5 月 15 日恢复在该行及附属机构的合法席位。

世界银行有许多办事机构，并在主要资本主义国家和许多发展中国家设有办事处，办理贷款有关事宜。

3. 世界银行的业务经营与贷款条件

世界银行的主要业务就是以其实收资本、公积金和准备金，或者以其从其他会员国金融市场筹措的资金，和其他金融机构一起联合对外发放贷款，或自行发放贷款；并且也承做对私人投资、贷款给予部分或全部保证的业务。

世界银行成立初期，发放的贷款主要集中于欧洲国家，以促进"战后生产恢复，经济复兴"工作。1948 年以后，欧洲各国的战后复兴主要依赖于美国的"马歇尔计划"的援助。于是，世界银行的贷款转向亚洲、非洲、拉丁美洲等发展中国家，帮助它们解决开发资金的需要。当前，世界银行对一般发展中国家的贷款条件是：

①限于会员国。如贷款对象为非会员国政府，则该项贷款须由会员国政府、中央银行或世界银行认可的机构进行担保，保证本金的偿还与利息和其他费用的支付。

②申请贷款的国家确实不能以合理的条件从其他方面取得贷款时，世界银行才考虑发放贷款、参加贷款或提供保证。

③申请的贷款必须用于一定的工程项目，有助于该国的生产发展与经济增长。发放贷款的重点工程项目为基础工程项目，如交通（公路、铁路、港口、航空）和公用事业（如电力、电信、供水、排水等）；发展农村和农业建设项目

以及教育建设事业项目等。只有在特殊情况下，才发放非项目贷款（Non-project Loan）。凡非项目贷款，借款国只能用以满足进口某项物资设备所需的外汇，支持生产，或用以克服自然灾害后维持经济发展计划的资金需要等。

④贷款必须专款专用，并接受世界银行的监督。银行的监督不仅在使用款项方面，同时在工程的进度、物资的保管、工程管理等方面也进行监督。世界银行一方面派遣人员进行现场考察；另一方面要求借款国随时提供可能影响工程进行或偿还借款的有关资料，根据资料与实际状况，银行可建议借款国政府对工程项目作政策性的修改。

⑤贷款期限。一般为数年，最长可达 30 年。从 1976 年 7 月起，贷款利率实行浮动利率，随金融市场利率的变化定期调整。与国际资金市场收取承担费（Commitment Fees）相似，世界银行对已订立借款契约，而未提取的部分，按年征收 0.75％的手续费。

⑥贷款使用的货币。贷款使用不同的货币对外发放，对承担贷款项目的承包商或供应商，一般用该承包商、供应商所属国的货币支付。如果由本地承包商供应本地物资，即用该国货币支付；如本地供应商购买的是进口物资，即用该出口国的货币支付。

世界银行使用会员国以本国货币缴入的股本发放贷款时，要商得该会员国的同意。美国缴入的股本多，一般借款均借用美元，美国在决定贷款时的权利也最大。

4. 世界银行贷款的资金来源

世界银行对外发放贷款的资金来源有三条渠道。

(1)会员国缴纳的股本

如前所述，世界银行成立初期，资本为 100 亿美元，以后又多次增加资本，1970 年增加到 270 亿美元，至 1977 年法定资本增至 340 亿美元。1977 年 6 月止，会员国认缴资本为 256 亿美元，认缴资本最多的 10 个国家如表 10-1 所示。

到 1978 年 6 月底，成员国认缴的资本为 266 亿美元，但会员国实际交付的股本大大低于认缴的股本，仅占认缴资本的 1/10，因此实收资本是有限的。目前，世界银行会员国全部实缴的股本仅有 25 亿多美元。用于生产建设的长期资本，不仅金额巨大，而且周转时间长，世界银行的实收资本远远不能满足需要。因此，必须另辟其他途径。

表 10-1 世界银行会员国缴纳的股本比例

	认缴股本(亿美元)	占总额(%)	投票权占比(%)
美国	64.70	25.30	22.55
英国	26.00	10.16	9.11
联邦德国	13.65	5.34	4.83
法国	12.79	5.00	4.53
日本	10.23	4.00	3.64
加拿大	9.41	3.68	3.36
印度	9.00	3.52	3.21
意大利	3.52	3.33	3.05
澳大利亚	5.67	2.22	2.05
比利时	5.54	2.17	2.01

(2)借款

由于对世界银行的贷款需求很大，而它本身的资本又为数不多，所以它还通过发行债券的办法、从外国借款的办法来筹集资本。它曾在美国、联邦德国、日本、瑞士、沙特阿拉伯、科威特等国家发行债券，美元债券所占的比量大。近年来，它还从石油输出国借款。据统计，世界银行未清偿的债务约184亿美元，而对美国的债务占92亿美元，占其全部债务总额的50%。由此也可看出，世界银行在促进美国的资本输出中占有重要地位，它的业务经营在一定程度上为美国的金融资本扩张服务，在战后初期尤为明显。

(3)债权转让

世界银行为了扩大贷款的能力，还把贷出资本的债权，转让给私人投资者，主要是美国金融资本，以收回一部分资金，扩大银行贷款资金的周转能力。这种债权转让为美国扩大资本输出开辟了另外一条安全途径。

此外，世界银行的利润收入，也是贷放资金的来源之一。

5. 贷款的程序和使用

由于世界银行发放的贷款要与一定的项目相结合，专款专用，并在使用过程中进行监督，所以会员国从申请借款到按项目进度使用贷款，都有一套严密的程序与严格的原则，概括起来，有以下几个方面。

（1）提出计划，确定项目

会员国申请借款，首先须提出计划，经银行贷款部门的初步审查后，派人到申请借款的国家实地调查，经与申请国研究、核实后确定最重要、最优先的项目。为保证贷出款项能够得到偿还，项目投建后确能收到实效，世界银行要对借款国的全面经济情况与技术水平进行调查。调查所涉及的范围相当广泛，其中包括工农业生产、交通、资源、经营管理水平、外贸和国际收支、偿债能力及经济政策等多方面情况。

（2）专家审查

在项目确定以后，世界银行的专家组对该项目进行多方面的审查，其中包括项目建设过程中的技术方案、组织管理方案、部件和附属设备配套计划、资金拨付方案、财务计划以及项目竣工后的经济效益的核算，等等。只有经专家组确定各项计划确实可行，经济效益显著，申请贷款国才能与银行进行具体贷款谈判。

世界银行的主要活动，是对成员国中的发展中国家提供用于发展生产、开发资源的资金。注意其他方式的国际投资，调整本身的贷款或保证业务，对更有用而急需之计划，无论规模大小，均予以优先处理。申请贷款时，一定要有工程项目计划，利息较一般贷款低。

10.5.3　国际金融公司

国际金融公司（International Finance Corporation，IFC）为世界银行的附设机构，专门贷款给私营企业，贷款人无须政府的介入。

1. 成立的经过及组织机构

世界银行的贷款对象主要为会员国政府，如私人企业借款，须由政府机构担保。这一规定，不仅限制了世界银行的业务开展，同时也不利于发展中国家发展民族经济的需要。为此，在联合国内曾经提出过"为资助经济不发达国家发展经济设立联合国特别基金方案"，但这个方案遭到美国反对，未能成立。1951 年美国以纳尔逊·洛克菲勒为首的国际开发咨询委员会（U. S. International Development Advisory Board）为了缓和矛盾，扩大对私人企业的国际贷款，建议在世界银行下设立国际金融公司，专门对私人企业进行贷款，这个建议通过世界银行向联合国提出。1951 年之后，由联合国大会及经理事会数次讨论，最后做出授权世界银行设立国际金融公司的决议。1954 年世界银行拟出创办计划。1956 年 7

月 20 日，国际金融公司正式成立。

国际金融公司名义上是独立的国际金融组织，实际上也是世界银行的一个附属机构。它的管理办法和组织机构与世界银行相同，总经理由世界银行的行长兼任，内部的机构和人员多数由世界银行相应的机构、人员兼管。

2. 国际金融公司的宗旨及其贷款

国际金融公司的宗旨是，对于会员国，特别是对于不发达国家的会员国，"通过和私人资本共同投资和提供管理与技术力量的方式，鼓励发展生产性的私人企业"。国际金融公司一般不对大型企业投资，而以中等企业为主要投资对象。

和世界银行的贷款不同，国际金融公司的贷款，不需要借款企业请求政府担保，可以直接给予私人企业。贷款期一般为 7～15 年，并且每笔贷款一般不超过 200 万～400 万美元，贷款须以原借款的货币偿还。贷款的利息，根据资金投放的风险和预期的收益等因素决定，一般为年利 6%～7%，有时高达10%，有的还要参加贷款企业的分红。

贷款的对象主要是亚洲、非洲、拉丁美洲的不发达国家，巴西、土耳其、南斯拉夫和南朝鲜得到的贷款和投资最多。贷款的部门主要为制造业、加工业和开采业，如钢铁、建筑材料、纺织、采矿、肥料、化工以及公用事业与旅游业。这些企业常与美国和其他西方国家的资本有着直接或间接的关系，发展中国家的民族工商业直接得到的实惠不多。

国际金融公司和私人资本共同对不发达国家的联合投资，在促进私人资本输出方面起着重要作用。据统计，从 1956 年到 1976 年的 20 年中，该公司与私人资本的联合投资为 63 亿美元，比公司的本身直接贷放高出 4 亿。

国际金融公司的设立，其目的为补助世界银行的活动，协助低度开发国家的私人生产企业，凡属世界银行的成员均可加入国际金融公司，到 1977 年，它的成员总数为 108 个。

国际金融公司贷款的资金来源主要来自会员国认缴的股本。根据国际金融公司的规定，国际金融公司的资本总额为 1 亿美元，分为 10 万股，每股 1 000 美元。1963 年增至 1.1 亿美元，截至 1977 年 6 月，会员国全部认缴股本为 1.083 4 亿美元，其中美国占 32.4%。其认缴股本应以黄金或美元缴付。与世界银行一样，会员国的基本投票权为 250 票，每认缴一股，增加一票。

国际金融公司的第二个资金来源就是从世界银行或其他国家的借款，截至

1977 年 6 月，国际金融公司从世界银行取得贷款 4.04 亿美元，从其他国家取得的贷款为 4 000 万美元。

3. 国际金融公司发放贷款的作用

在国际金融公司的股本中，美国仍然占较多比例，取得对该组织的控制权，是否给予贷款，基本上为美国之意图所左右。该公司有关贷款的各项规定，不仅可促进美国及其他发达国家的资本输出，并且具有以下的作用。

①限制不发达国家"社会主义经济"的发展。促进私人资本主义经济的发展，"二战"后初期与 20 世纪 60 年代以后，亚洲、非洲一些原殖民地国家纷纷取得独立，实行各种各样的"社会主义"政策，发展"社会主义"经济，国际金融公司有关只向私人企业发放贷款及联合投资的规定，在一定程度上抑制了这些国家发展"社会主义"经济，促进了资本主义经济的发展。

②寻求庇护，减少投资的政治风险。在不发达国家独立后的一个时期，许多国家为发展民族经济，消除外国资本对本国经济的控制与影响，常常对外国资本实行国有化的政策，没收外国资本，使国际资本遭受一定损失。而国际金融公司对私人企业的贷款与联合投资，则可打入该国民族资本内部，取得护身，猎取利润，控制企业，而免除了其资本被没收或国有化的风险。

③为垄断资本、扩大市场及取得原料来源提供便利。国际金融公司的贷款对象多为中小企业或采矿、原料部门，对一般重工业或生产设备部门则很少投资，这就便于国际金融资本扩大其设备的出口，掠取初级产品或原料来源。

10.5.4 国际开发协会

国际开发协会（International Development Association，IDA）是世界银行的另一个附属机构，也是联合国专门机构之一。它的性质与世界银行相同，也是提供长期资金的国际金融机构，不过借款条件较世界银行贷款为宽，如还本期限一般为 50 年，不计利息，只收 0.75% 的手续费，而且可以用本国货币偿还。它作为世界银行的一个补充，专门对较穷的发展中国家发放条件较宽的贷款，自贷款日起满 10 年，才开始偿还。

1. 国际开发协会成立的背景

1958 年 7 月美国参议院通过成立"国际开发协会"的议案，并于 1958 年 10 月由美国财政部长在国际货币基金与世界银行的理事会上提出成立"国际开发协会"的建议。经过一年多的酝酿，1959 年 10 月经世界银行通过，1960 年 9

月 24 日"国际开发协会"正式成立，并于 1961 年 5 月 12 日第一次向拉丁美洲的洪都拉斯发放贷款。

2. 国际开发协会的宗旨及贷款条件

国际开发协会的宗旨是"对落后国家给予条件较宽、期限较长、负担较轻、并可用部分当地货币偿还的贷款"，以促进其经济的发展、生产和生活水平的提高。它作为世界银行贷款的补充，从而促进世界银行目标的实现。

国际开发协会的贷款一般只向较贫穷的发展中国家的会员国贷放，一般人均国民生产总值在 375 美元以下的会员国才能取得该协会的贷款。贷款的对象为会员国政府或公私企业，但实际上均向会员国政府发放。贷款应用于电力、交通、运输、水利、港口建设之类的公共工程部门，以及农业、文化教育建设方面。贷款的期限为 50 年。头 10 年无须还本，第二个 10 年每年还本 1%，其余 30 年每年还本 3%。偿还贷款时可以全部或部分使用本国货币。在名义上贷款免收利息，但要收取 0.75% 的手续费，实际上是低利贷款。

3. 国际开发协会的资金来源

国际开发协会的贷款资金的来源主要有四种。

(1)会员国认缴的股本

国际开发协会原定的法定资本为 10 亿美元，以后由于会员国增加，资本额也随之略有增加。1977 年 6 月会员国认缴股本为 12.84 亿美元。到 1978 年 6 月止，认缴和补充的股本增至 168.9 亿美元。美国最多，占 28%。

国际开发协会的会员国分为两组：第一组是"工业发达国家"或高收入国家，有美国、英国、法国、联邦德国、日本、意大利、加拿大、比利时、卢森堡、荷兰、新西兰、挪威、瑞典、丹麦、芬兰、冰岛、爱尔兰、奥地利、澳大利亚、南非、科威特。这些国家认缴的股本须以黄金和可兑换货币缴纳。第二组是亚洲、非洲、拉丁美洲的发展中国家。这些国家认缴股本的 10% 须以可兑换货币缴纳，90% 可用本国货币缴纳。

凡是世界银行的成员国均可参加国际开发协会。到 1978 年国际开发协会的成员国共有 120 个。

(2)会员国提供的补充资金(Replenishments)

由于会员国缴纳的股本为数甚少，不能满足会员国的信贷需要。同时国际开发协会又规定，该协会不得依靠在国际金融市场发行债券来动员资本。所以，国际开发协会不得不要求会员国政府不时地提供补充资金，特别是第一组的会员国政府，这也就是美国倡议建立国际开发协会的一个目的。由其他发达国家共同承担援助不发达国家的负担。1977 年以前补充过四次资金，从 1977 年 7 月开始，在三年期内还要求第一组会员国政府第五次提供补充资金 76 亿美元，以扩大信贷资金的来源。

(3)世界银行的净收入

世界银行从净收入中拨给国际开发协会一部分款项，作为其贷款资金的来源。

(4)协会本身经营业务的净收入

借款者一般均为第二组的会员。到 1978 年 6 月止，国际开发协会批准贷款总数为 123 亿美元，贷款最多的国家是印度、孟加拉国、巴基斯坦、印度尼西亚等国。

截至 1978 年 6 月，第一组国家共缴股本 161.5 亿美元，占股本总额的 95.6％，持有投票权占全部的 64.31％。第二组国家股本为 7.4 亿美元，占股本总额的 4.39％，持有投票权占 35.69％。

国际开发协会会员国的投票权大小与其认缴的股本成正比。成立初期，第一会员国共有 500 票，每认股 5 000 美元增加一票；以后在第四次补充资金时，每会员国有 3 850 基本票，每认缴 25 美元再增加一票。和其他金融组织一样，美国认缴本额最高，它在国际开发协会所占的投票权也最大。

4. 组织机构

国际开发协会名义上是独立的国际金融组织，但从人事及管理系统来看，实际上是世界银行的一个附属机构，所以又叫第二世界银行。

国际开发协会的组织机构与世界银行一样。它的正副理事和正副执行董事长也就是世界银行的正副理事和正副董事。

国际开发协会的最高权力机构是理事会。理事会下有执行董事会，处理领导日常业务。它的管理办法和组织机构与世界银行相同。从经理到内部机构的人员均为世界银行相应机构的人员兼任。

【延伸阅读】

财富可敌 42 个国家：国际金融巨鳄索罗斯的传奇

乔治·索罗斯是当之无愧的金融天才，他于 1969 年创立的"量子基金"，有着平均每年 35％ 的综合成长率，这个数字恐怕只有巴菲特等少数人能够望其项背。索罗斯作为金融巨鳄的能力在于，他一句话就可以使行情突变，价格波动。

一名电视台记者曾做过如此形象的描述：索罗斯投资于黄金，所以大家都认为应该投资黄金，于是黄金价格上涨；索罗斯写文章质疑德国马克的价值，于是马克汇价下跌；索罗斯投资于伦敦的房地产，那里房产价格颓势在一夜之间得以扭转。

一、从交易员开始

1947 年的秋天，战争刚刚离开欧洲，17 岁的索罗斯只身离开匈牙利，前往西欧寻求发展。辗转过了瑞士、德国、法国等地后，最后来到了伦敦。1948年，索罗斯进入伦敦经济学院学习。

1953 年，索罗斯从伦敦政治经济学院毕业。他给城里的各家投资银行发了一封自荐信，最后 Siflger&Friedlandr 公司聘他做了一个见习生，他的金融生涯从此揭开了序幕。

两年后，索罗斯带着他的全部 5 000 美元的积蓄来到纽约。通过熟人的引见，进入了 F. M. May6r 公司，当了一名套利交易员，并且从事欧洲证券的分析，为美国的金融机构提供咨询。1960 年，索罗斯小试牛刀，锋芒初现。他经过分析研究发现，由于德国安联保险公司的股票和房地产投资价格上涨，其股票售价与资产价值相比大打折扣，于是他建议人们购买安联公司的股票。摩根担保公司和德累福斯基金根据索罗斯的建议购买了大量安联公司印股票。事实证明，果真如索罗斯所料，安联公司的股票价值翻了 3 倍，索罗斯因而名声大振。

二、量子基金

索罗斯自己的"索罗斯基金管理公司"成立于 1973 年。刚开始运作时只有三个人。虽然规模不大，但由于是自己的公司，索罗斯很投入，努力抓住每一个赚钱的机会。

除了正常的低价购买、高价卖出的投资招数以外，他还特别善于卖空。其中的经典案例就是索罗斯与雅芳化妆品公司的交易。为了达到卖空的目的，索罗斯以市价每股 120 美元借了雅芳化妆品公司 1 万股股份，一段时间后，该股票开始狂跌。两年以后，索罗斯以每股 20 美元的价格买回了雅芳化妆品公司的 1 万股股份。从这笔交易中，索罗斯以每股 100 美元的利润为基金赚了 100万美元，几乎是 5 倍于投入的赢利。

1979 年，索罗斯决定将自己的公司更名为量子基金，来源于海森伯格量子力学的测不准定律。因为索罗斯认为市场总是处于不确定的状态，总是在波动。在不确定状态上下注，才能赚钱。索罗斯基金呈量子般的增长，到 1980 年 12 月 31 日为止，索罗斯基金增长 3 365％。与标准普尔综合指数相比，后者同期仅增长 47％。此时，索罗斯个人也已跻身到亿万富翁的行列。

三、狙击英镑

20 世纪 90 年代初期，英国经济长期不景气，英国不可能维持高利率的政策，要想刺激本国经济发展，唯一可行的方法就是降低利率。英国政府需要贬值英镑，刺激出口，但英国政府却受到欧洲汇率体系的限制，必须勉力维持英镑对马克的汇价在 1：2.95 左右。高利率政策受到许多金融专家的质疑，国内的商界领袖也强烈要求降低利率。在 1992 年夏季，英国的首相梅杰和财政大臣虽然在各种公开场合一再重申坚持现有政策不变，英国有能力将英镑留在欧洲汇率体系内，但索罗斯却深信英国不能保住它在欧洲汇率体系中的地位，英国政府只是虚张声势罢了。

1992 年 9 月 15 日，索罗斯决定大量放空英镑。英镑对马克的比价一路下跌至 2.80，虽有消息说英格兰银行购入 30 亿英镑，但仍未能挡住英镑的跌势。到傍晚收市时，英镑对马克的比价差不多已跌至欧洲汇率体系规定的下限。英国政府动用了价值 269 亿美元的外汇储备，但最终还是遭受惨败，被迫退出欧洲汇率体系。随后，意大利和西班牙也纷纷宣布退出欧洲汇率体系。意大利里拉和西班牙比赛塔开始大幅度贬值。

索罗斯从英镑空头交易中获利已接近 10 亿美元，在英国、法国和德国的利率期货上的多头和意大利里拉上的空头交易使他的总利润高达 20 亿美元，其中索罗斯个人收入为 1/3。在这一年，索罗斯的基金增长了 67.5％。他个人也因净赚 6.5 亿美元而荣登《金融世界》杂志的华尔街收入排名表的榜首。

四、席卷东南亚

1997 年 3 月，当泰国中央银行宣布国内 9 家财务公司和 1 家庄房贷款公司存在资产质量不高以及流动资金不足问题时，索罗新认为千载难逢的时机已经来到。索罗斯及其他套利基金经理开始大量抛售泰铢，泰国外汇市场立刻波涛汹涌、动荡不宁。泰铢一路下滑。1997 年 6 月下旬，索罗斯筹集了更加庞大的资金，再次向泰铢发起了猛烈进攻，7 月 2 日，泰国政府由于再也无力与索罗斯抗衡，不得已改变了维系 13 年之久的货币联系汇率制，实行浮动汇率制。泰铢更是狂跌不止。泰国政府被国际投机家一下子卷走了 40 亿美元，许多泰国人的腰包也被掏个精光。

索罗斯初战告捷，并不以此为满足，他决定席卷整个东南亚，再狠捞一把。索罗斯飓风很快就扫荡到了印度尼西亚、菲律宾、缅甸、马来西亚等国家。印尼盾、菲律宾比索、缅元、马来西亚林吉特纷纷大幅贬值，导致工厂倒闭，银行破产，物价上涨等一片惨不忍睹的景象。这场扫荡东南亚的索罗斯飓风一举刮去了百亿美元之巨的财富，使这些国家几十年的经济增长化为灰烬。

不管是被称为金融奇才，还是被称为金融杀手，索罗斯的金融才能是公认的。他的薪水至少要比联合国中 42 个成员国的国内生产总值还要高，富可敌42国，这是对他金融才能的充分肯定。

资料来源：和讯网，2007-06-06。

【思考与训练】

一、名词解释

国际金融市场　外国金融市场　欧洲货币市场　国际资本市场　国际货币市场金融衍生品　国际投资　国际货币体系　布雷顿森林体系　牙买加体系

二、简答题

1. 简述国际金融市场的构成。

2. 什么是外汇？它有哪些基本特性？在布雷顿森林体系与牙买加体系中它有什么差异？

3. 简述国际投资和国际资金流动的形式与作用。

4. 什么是特里芬两难，在国际货币体系中如何解决？

5. 简述布雷顿森林体系与牙买加体系的主要内容。

第 11 章　开放条件下的宏观经济管理

【案例导入】

金融失衡急需政策调整

　　泡沫、过剩、失控、失衡，这些词在媒体上出现的频率近几年一直在暴涨。在转型并快速增长时期的中国，出现这些现象实属正常。不过，如果各类经济失衡日益升级，那就是另一回事了。股市泡沫、房价失控、外汇储备膨胀、出口顺差飞涨，还有就是银行存款真实利率为 -3%，因此以利率调整为宏观调控手段难以奏效，这些失衡现象从表面看好像彼此孤立，但实际上都是由人民币升值太慢所致，或至少是众多问题的主要根源之一。很多人说正是为了避免重蹈日本在 20 世纪 90 年代衰退的覆辙，而让人民币缓慢升值；可是，这样做的真实结果恰恰会导致中国经济重蹈当年日本的覆辙。人民币升值太慢已带来方方面面的失衡，股市泡沫是未来几年最大的经济和社会风险，是调整金融政策的时候了。那么，如何避免这种坏的结果呢？首先要做的是从源头开始，让人民币尽快升值，以此消除未来升值的可预期性，让人们不再自然认定每年还会升值 5%，从而，热钱就没有推动力了，贸易顺差也会缓和，外汇储备压力会减退，流动性过剩程度会减轻。这样一来，境外投资的吸引力会增加，这自然有利于优化家庭投资组合，改善老百姓的经济福利。同时，利率应该更快上调，结束负利率的时代，使钱存银行多少有点吸引力，减轻房地产价格上涨的压力，也减少给股市泡沫的供气。另外，利用现在股市的疯狂，推出做空机制，这必将让股价变得更理性，从根本上改善股市质量，让其代表的"优胜劣汰"机制，使价格回归价值；将股市的上市机会完全对民营企业放开，这不仅能增加股票的供给量，缓和股市泡沫压力，而且也能让中国股市真正起到激发社会创业、创新的催化剂，为创新提供最有效的激励动能。

　　资料来源：《经济观察报》，2007-11-19。

11.1　*IS-LM-BP* 模型

11.1.1　开放经济总的 *IS* 曲线

　　根据前面章节的学习，*IS* 曲线描述了当产品市场达到均衡时，收入 y 和

利率 r 的关系。或者说，IS 曲线描述了满足收入恒等式和支出行为方程的利率 r 和收入 y 的各种组合。在开放经济条件下（四部门的经济中），收入恒等式变为：

$$y = c + i + g + nx$$

其中，nx 为净出口。

在开放经济条件下，支出行为方程除了消费函数和投资函数外，还包括净出口函数式。今将消费函数、投资函数和净出口函数代入到收入恒等式中，就有：

$$y = \alpha + \beta(y - t) + (e - dr) + g + \left(q - \gamma y + n \frac{EP_f}{P} p \right)$$

经整理后得：

$$y = \frac{\alpha + e + g + q - \beta t}{1 - \beta + \gamma} - \frac{dr - n \dfrac{EP_f}{P}}{1 - \beta + \gamma}$$

或 $$r = \frac{1}{d} \left(\alpha + e + q + g - \beta t + n \frac{EP_f}{P} \right) - \frac{(1 - \beta + \gamma)}{d} y$$

以上都可以作为开放经济中的 IS 曲线方程。

从方程式可以看出，引入对外贸易后，开放经济条件下的支出乘数有所变化。利用数学中关于直线方程的知识，可以看出，开放经济条件下利率 r 和收入 y 仍维持了封闭经济时的反向关系。换句话说，开放经济的 IS 曲线仍是向右下方倾斜的。值得注意的是，根据方程式，IS 曲线的截距项的大小与汇率呈同方向关系，因此，在其他条件不变时，汇率提高会使 IS 曲线向右移动；反之向左移动。

11.1.2 IS-LM-BP 模型

开放经济下的 IS-LM-BP 模型可以用三个方程、三个未知数的方程组表示如下：

$$y = \frac{\alpha + e + g + q - \beta t}{1 - \beta + \gamma} - \frac{dr - n \dfrac{EP_f}{P}}{1 - \beta + \gamma}$$

$$y = \frac{hr}{k} + \frac{1}{k} \left(\frac{M}{P} \right)$$

$$r = \frac{\gamma}{\sigma} y + \left(rw - \frac{n}{\sigma} \frac{EP_f}{P} - \frac{q}{\sigma} \right)$$

以上分别是 IS 曲线方程、LM 曲线方程和 BP 曲线方程。

相应地，在以利率为纵坐标、收入为横坐标的坐标系中，这一模型可以用三条曲线，即 IS 曲线、LM 曲线和 BP 曲线来表示，如图 11-1 所示。

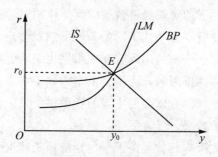

图 11-1　IS-LM-BP 模型

在图 11-1 中，IS 曲线、LM 曲线和 BP 曲线相交于 E 点，表示经济内外同时达到均衡。在开放经济条件下，IS 曲线与 LM 曲线的交点所对应的状态被称为内部均衡或国内均衡。BP 曲线上的每一点所对应的状态，是国际收支平衡或国外平衡。因此，图中的 E 点反映的是国内均衡和国际均衡同时得以实现的状态。其中，IS 曲线给出了在现行汇率下使总支出和总收入相等时的利率和收入水平的组合。LM 曲线给出了使货币需求和供给相等的利率和收入水平的组合。BP 曲线给出了在给定利率下与国际收支相一致的利率和收入的组合。有了 IS-LM-BP 模型，就能从理论上分析开放经济条件下的若干宏观经济问题，特别是一些政策问题。

11.2　固定汇率制下宏观经济政策的调节机制及其效应

在开放经济中，一国经济一旦发生国际收支的顺差或者逆差的失衡，就需要进行调整。一般来说，任何能够影响 IS 曲线、LM 曲线和 BP 曲线变动的因素，都可能直接或者间接影响国际收支的变动。如果通过宏观经济政策来影响或者改变那些因素，则既能够调节国内经济均衡和经济增长，同时也可以对已经出现的国际收支的失衡进行调节。

我们已经知道了通过 IS-LM 模型来分析宏观经济政策的调节作用。其实在开放经济条件下，宏观经济政策的调节机制还是一样的，只不过其效果因条件的变化而有所不同罢了。在开放经济条件下，除原有的财政政策和货币政策之外，还有汇率政策可以对国际收支的失衡加以调节。但是，一国政府采取汇率政策来调节国际收支失衡的条件是实行浮动汇率制或管理浮动汇率制。在固定汇率制度下，由于不能经常变动汇率，所以谈不上使用汇率政策。因此，当我们讨论开放经济条件下的宏观经济政策的调节作用时，必须区分不同的汇率制度。此外，也需要在资本流动性不同的条件下加以讨论。

在固定汇率制度下，一国的国际收支如果发生了顺差或者逆差，从而出现汇率趋于上升或者下降的压力时，为维持汇率的固定水平，政府必须通过中央银行对外汇市场进行干预。这就会使本国的货币供给发生变动，从而影响已经使用的宏观经济政策的效果。

为说明宏观经济政策对开放经济下国内经济增长状况和国际收支的调节作用与机制，我们先从开放经济条件下宏观经济政策的调节机制和作用分析入手。本节和下一节的内容将主要讨论从经济的内外一致均衡出发，宏观经济政策在一个均衡状态变动到（或者恢复到）另一个均衡状态过程中所起的作用和政策施行后经济本身的反应。

11.2.1 固定汇率制度下资本完全流动时的政策效应

1. 货币政策的效应

在资本完全流动条件下，极小的利率差异也会引起巨大的资本流动。在固定汇率情况下，IS-LM-BP 模型所得出的一个结论是，一国无法实行独立的货币政策，即货币政策不会发生积极的作用。这种情况可以参见图 11-2。

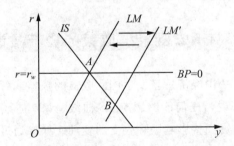

图 11-2　固定汇率制下资本完全流动时的货币政策的效应

在图 11-2 中，由于资本的完全流动，BP 曲线为一条水平线，这意味着，只有在利率水平等于国外利率，即 $r=r_w$ 时，该国才能实现国际收支平衡。在任何其他利率水平上，资本都会发生流动，以致该国的国际收支无法实现均衡。国际收支的失衡所导致的本国货币升值或贬值的压力又迫使该国中央银行不得不采取某种政策进行干预，以维持原有的汇率水平。这种干预在理论上会使 LM 曲线发生移动。

图 11-2 从最初的均衡点 A 点开始的扩张性货币政策，表示该国为推动经济增长而采取了货币政策。这使得 LM 曲线向右移动到 LM′ 的位置。这时表示经济内部均衡的点移动到 B 点。但在 B 点上，由于利率降低引起的资本外流会导致国际收支赤字的出现，因而产生使汇率贬值的压力。为了稳定汇率，中央银行必须进行干预，在本国外汇市场上抛售外国货币，同时购回本国货币。这样，本国货币供给就会减少，结果使 LM 曲线向左移动。这一过程会一直持续到最初在 A 点的均衡得到恢复为止。

同样的机制也可以说明，中央银行实行任何紧缩货币的政策都将导致大规模的国际收支盈余。这倾向于引起货币升值，并迫使中央银行进行干预以维持汇率稳定。中央银行的干预会引起本国货币量增加。结果，最初实行的货币紧缩政策的效应就被抵消了。

由此可见，在固定汇率制下，当资本完全流动时，采用货币政策调节国民收入，最终被证明是无效的。同样的道理也可以说明，在资本流动性较强的情况下，在固定汇率制条件下，货币政策仍然是无效的。

2. 财政政策的效应

当政府采取财政政策对固定汇率制和资本完全流动条件下的国民收入进行调节时，其效果将和货币政策的效果完全不同。其调节过程如图 11-3 所示。

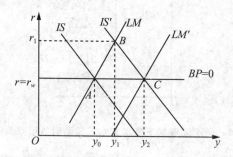

图 11-3　固定汇率制下资本完全流动时的财政政策的效应

在图 11-3 中，当政府采取扩张性财政政策时，IS 曲线向右移动到 IS′，国民收入暂时提高到 y_1，利率暂时上升到 r_1。尽管国民收入提高会使进口增加，但是由于资本具有完全的流动性，所以利率的上升使得资本流入增加的速度更快、幅度更大，因而净资本流入增大，出现国际收支顺差，达到 B 点。这时，本币升值的压力就出现了。中央银行必须干预外汇市场，购入外汇，增加本币的供给。这种干预会使 LM 曲线向右移动到 LM′，最终在 C 点达到经济内外的同时均衡。

由此可见，在固定汇率制度下而且资本具有完全流动性时，扩张性的财政策对国民收入的影响和作用很大。因为在资本完全流动时，财政政策所导致的利率上升，可以吸引大量的资本流入，国际收支因而出现顺差，货币趋于升值，中央银行为维持汇率固定，必须购入外汇，这样一来，货币供给不仅不减，反而增加，使利率维持在原来的国际利率水平。由此形成的货币供给的增加，更增强了扩张性的财政政策的效果。在这种情况下，外汇不仅没有损耗，而且会因为中央银行购入外汇而增加。

同样的道理也可以说明，在资本流动性较强时，在固定汇率条件下，财政政策也将比较有效。

11.2.2 固定汇率制度下资本完全不流动时的政策效应

1. 货币政策的效应

如果货币当局认为国民收入的水平太低，并试图在固定汇率而且资本完全不流动的条件下采用扩张性货币政策来达到这一目标的时候，其作用机制和效应如图 11-4 所示。

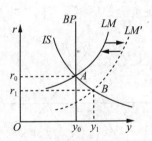

图 11-4　固定汇率制下资本完全不流动时货币政策的效应

经济中，原均衡点 A 为 IS、LM 和 BP 三条曲线的共同交点。中央银行采用扩张性货币政策而增加货币供给的时候，LM 曲线就向右移动到 LM′ 的位置，使国民收入暂时提高到 y_1，利率暂时降低到 r_1。代表新的收入和利率组合点的 B 点并未处在 IS、LM 和 BP 三条曲线的共同交点上，所以，这不可

能是经济的最终均衡点。由于 $r_1 < r_0$，$y_1 > y_0$，尽管在资本完全不流动时，
$r_1 < r_0$ 不会使资本流出，但 $y_1 > y_0$ 却会使商品和劳务进口增加，从而形成国际
收支逆差（y_1 与 r_1 的交点处于 BP 曲线的右方）。国际收支逆差的情况表示本国
外汇市场上对外汇的需求增大，外汇汇率趋于上升，本币趋于贬值。中央银行
为维持固定汇率（本币币值稳定），必须对外汇市场进行干预，抛售外币，购回
本币。这样，就会减少货币供给量，从而使图 11-4 中的 LM' 曲线再回到原来
的 LM 的位置，达到 IS、LM 和 BP 三条曲线的共同交点上为止。这时，经济
就处于稳定的均衡状态上了。

　　从整个过程来看，在固定汇率制和资本完全不流动条件下，货币政策从最
终结果看是完全无效的。同样的道理也可以证明，在资本流动性较弱时，在固
定汇率条件下，货币政策仍然是效果不大或者是无效的。

2. 财政政策的效应

　　假如政策当局认为当前的国民收入水平或者就业水平太低，而试图在固定
汇率制和资本完全不流动的条件下，采用扩张性财政政策来达到这一目标的时
候，其作用机制和效应如图 11-5 所示。

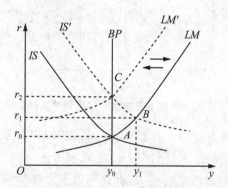

图 11-5　固定汇率制下资本完全不流动时财政政策的效应

　　经济中，原均衡点 A 为 IS、LM 和 BP 三条曲线的共同交点。当政策当
局采取扩张性财政政策试图达到增加国民收入或者就业水平时，图 11-5 中的
IS 曲线将向右移动到 IS' 的位置，收入水平将暂时提高到 y_1 的水平，利率暂
时上升到 r_1 的水平。由于 B 点不处在 IS、LM 和 BP 三条曲线的共同交点上，
所以，这不可能是经济的最终均衡点。

　　由于资本完全不能流动，所以，利率的暂时提高并不能带来资本的流入。
但是，收入的暂时增加却会引起进口增加，从而造成国际收支逆差。可以看

出，IS、LM 曲线的交点暂时处于 BP 曲线的右方。在本币贬值的压力下，货币当局必须干预外汇市场以保持固定汇率。中央银行抛售外币购回本币的举动，减少了本国的货币供给量，从而使 LM 曲线向左上方移动，直至最终达到与 IS、BP 和 LM′ 曲线相交的 C 点为止。在 C 点上，利率上升了，但收入却没有增加。

由此可以看出，在实行固定汇率制和资本完全不流动条件下，扩张性的财政政策除了使利率上升、外汇流失之外，对国民收入水平和就业水平最终不产生影响。不过，假定其他条件和前面讨论的一样，只是资本的流动性较弱，那么，政府实行扩张性财政政策，将会有一定的效果，其作用机制和效应将如图 11-6 所示。

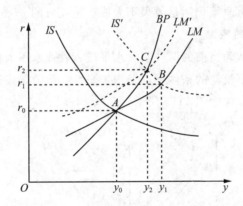

图 11-6　固定汇率制度下资本流动性较弱时的财政政策的效应

在图 11-6 中，资本流动性相对较弱，所以，BP 曲线的斜率高于 LM 曲线的斜率。假定原均衡点 A 是图中 IS、LM 和 BP 三条曲线的共同交点所决定的 r 和 y。扩张性财政政策将使 IS 曲线向右上方移动到 IS′ 的位置，使收入暂时提高到 y_2，利率暂时提高到 r_1。不过，由于 B 点并不处在 IS、LM 和 BP 三条曲线的共同交点上，所以，B 点并非最终均衡点。收入提高会使进口增加，利率提高会使资本流入增加。B 点位于 BP 曲线的下方，表示国际收支逆差。因为资本的流动性较弱，所以，资本流入小于进口增加，导致国际收支发生逆差，本国货币趋于贬值。在固定汇率下，中央银行必须干预外汇市场，抛售外汇，收回本币，这会导致货币供给减少，引起 LM 曲线向左移动到 LM′ 的位置，最终在 IS、LM 和 BP 三条曲线的共同交点 C 点，恢复均衡。在最终的均衡点 C 上，收入和利率水平都上升了。这表明政府以扩张性财政政策来推动经济增长、增加就业和调节经济达到新水平的内外均衡方面是比较有效率的。

可见，在资本流动性较弱和实行固定汇率制条件下，财政政策将会有一定的效果。

11.3　浮动汇率制下宏观经济政策的调节机制及其效应

在完全浮动汇率制下，汇率由外汇市场的供求决定，政府不需要为维持汇率的稳定而采取干预政策。这时，货币政策和财政政策的政策效应将与前面的情况有所不同。

11.3.1　浮动汇率制下资本完全流动时的政策效应

1. 货币政策的效应

在图 11-7 中，IS、LM 和 BP 三条曲线的最初均衡点为 A 点。当政府采取扩张性货币政策时，LM 曲线向右移动到 LM'，国民收入暂时提高到 y_1，利率暂时下降到 r_1。由于资本具有完全的流动性，所以，利率的下降使得资本流出增加。与此同时，收入的增加也会使进口增加、净出口减少。这两方面都会使经济产生国际收支逆差。在浮动汇率制下，本国货币趋于贬值。本币贬值使 IS 曲线移动到 IS' 位置，和 LM、BP 两条曲线共同相交于 C 点，达到新的均衡。

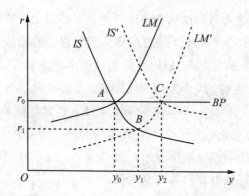

图 11-7　浮动汇率制下资本完全流动时的货币政策的效应

可见，在浮动汇率制和资本完全流动的情况下，货币政策将具有增加国民收入的效果，也就是说，货币政策有较好的效果。

其实，依据同样的道理可以知道，在浮动汇率制度下，当资本流动性较强时，货币政策同样是比较有效的。

2. 财政政策的效应

假定其他情况如前，政府想在实行浮动汇率制、同时资本完全流动条件下采取扩张性财政政策来增加国民收入，该财政政策的作用机制和效应将如图 11-8 所示。

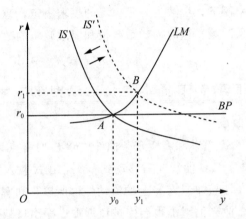

图 11-8　浮动汇率而且资本完全流动时的财政政策的效应

在图 11-8 中，IS、LM 和 BP 三条曲线的最初均衡点为 A 点。当政府采取扩张性财政政策时，IS 曲线向右移动到 IS′，国民收入暂时提高到 y_1，利率暂时上升到 r_1。收入增加虽然会使进口增加，但是由于资本具有完全的流动性，所以，利率上升会使资本大幅度流入，超过进口的增加。所以，B 点位于 BP 曲线的上方，表示国际收支发生顺差，使本币升值，出口减少，进口增加，IS′曲线又会向左移动，回到 IS 的位置。最终，重新在 A 点上恢复均衡。

所以，在浮动汇率制和资本完全流动条件下，财政政策完全无效。因为，在资本完全流动时，扩张性财政政策引起的利率上升，可以吸引大量资本流入，国际收支会发生顺差，本币升值，出口减少，进口增加，完全抵消扩张性财政政策的效果，以致财政政策完全无效。

不过，在资本流动性较强时，由于 BP 曲线是正斜率的而不是水平的，而且 BP 曲线可以随着汇率的变化而移动，所以，依据同样的机制可以知道，在浮动汇率制度下，当资本流动性较强时，财政政策也会有一定的效果，而不是完全无效。

3. 汇率政策的效应

假如一国政府试图采取汇率政策对固定汇率制和资本完全流动条件下的国民收入进行调节，希望使国民收入增加时，其作用机制和政策效应如图 11-9 所示。

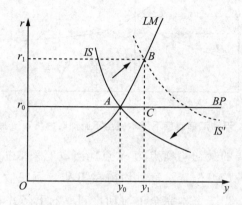

图 11-9　浮动汇率制下资本完全流动时的汇率政策的效应

经济中，原均衡点 A 为 IS、LM 和 BP 三条曲线的共同交点。假如政府试图以本币贬值的汇率政策在短期内推动出口，从而推动国民收入的增长，则 IS 曲线将向右移动到 IS' 的位置，收入将暂时增加到 y_1，利率暂时上升到 r_1。由于资本完全流动，利率的上升将引起资本的较快流入，使国际收支出现顺差。B 点位于 BP 曲线上方。国际收支的顺差将引起本币升值。结果，曲线 IS 向左移动，回到原先的位置，最终与 LM 和 BP 曲线共同相交于 A 点，恢复均衡状态。这时，一切情况都回到采用汇率政策之前。

可见，在实行浮动汇率制并且资本完全流动的条件下，政府的汇率政策最终将不具有实际效果。

11.3.2　浮动汇率制度下资本完全不流动时的政策效应

1. 货币政策的效应

假定其他情况如前，政府想在实行浮动汇率制、同时资本完全不流动条件下采取扩张性货币政策来增加国民收入，该货币政策的作用机制和效应如图 11-10 所示。

在图 11-10 中，BP 曲线因资本完全不流动而呈现垂直状态。假定 IS、

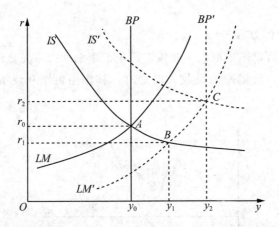

图 11-10　浮动汇率制度下资本完全不流动时的货币政策的效应

LM 和 *BP* 三条曲线的最初均衡点为 *A* 点。当政府采取扩张性货币政策时，*LM* 曲线向右移动到 *LM'* 位置。暂时均衡在 *B* 点，国民收入暂时提高到 y_1，利率暂时下降到 r_1。由于资本完全不流动，利率的下降并不会引起资本的流出，但国民收入的提高却会增加进口，造成国际收支逆差。在浮动汇率制下，本国货币会发生贬值，使 *IS* 和 *BP* 曲线分别向右移动到 *IS'* 和 *BP'* 曲线的位置，最终与 *LM* 曲线相交于 *C* 点，达到最终均衡。与最初的均衡点相比，采取货币政策使国民收入增加了，同时，本国利率也变动了（至于利率到底是上升，还是下降，取决于 *IS* 和 *LM* 曲线的斜率情况）。

可见，在浮动汇率制度下，当资本完全不能流动时，货币政策也是有效的。同样道理，在浮动汇率制和资本流动性较弱的条件下，货币政策也会是有效的。

2. 财政政策的效应

假定其他情况相同，政府想在实行浮动汇率制、同时资本完全不流动条件下采取扩张性财政政策来增加国民收入，该财政政策的作用机制和效应如图 11-11 所示。

在图 11-11 中，*BP* 曲线因资本完全不流动而呈现垂直状态。假定 *IS*、*LM* 和 *BP* 三条曲线的最初均衡点为 *A* 点。当政府采取扩张性财政政策时，*IS* 曲线向右移动到 *IS'* 的位置。在与 *LM* 线相交的暂时均衡点 *B* 点，国民收入暂时提高到 y_1，利率暂时提高到 r_1。由于资本完全不流动，利率的提高并不会引起资本的流入，但国民收入的提高却会增加进口，造成国际收支逆差。在浮

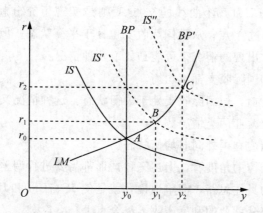

图 11-11　浮动汇率制度下资本完全不流动时的财政政策的效应

动汇率制下，本国货币会发生贬值，IS 和 BP 曲线将分别向右方移动到 IS'' 和 BP' 的位置，最终与 LM 线相交于 C 点，达到最终均衡。与最初的均衡点相比，采取财政政策的结果，使国民收入增加了，同时，本国利率也上升了。

可见，在浮动汇率制度下，当资本完全不能流动时，财政政策也是有效的，将使国民收入和利率同时上升。

依据同样的道理，在浮动汇率而且资本流动性较弱时的财政政策效果，也会使国民收入有所增加，利率有所提高。

11.4　调整经济内部均衡和外部均衡的政策

在前面内容的基础上，我们在本节主要讨论经济如何从不理想的均衡状态或者不均衡状态向理想的、内外一致的均衡状态调整的问题。

引入国际经济部门之后，宏观经济的管理和调控更加复杂。一般来说，经济的理想状态是，在国内实现充分就业的均衡时，也同时实现国际收支平衡。这样的理想状态反映在以利率为纵坐标、收入为横坐标的坐标系中，就是 IS、LM 和 BP 曲线相交于一点，如图 11-12 所示。

图 11-12 中的 y 为充分就业的收入水平，

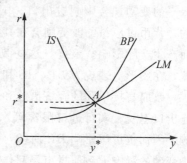

图 11-12　国内和国外同时均衡

r 为均衡的利率，IS 和 LM 曲线的交点 A 则是实现了充分就业的国内均衡，由于 BP 曲线亦通过 A 点，从而国际收支也处于平衡状态。但是，这种理想状态很少出现，经常出现的情况很可能是如下几种情况：

①国内经济和国际收支都不均衡。

②国内经济均衡，但国际收支处于失衡状态。这种情况又可以进一步分为充分就业和非充分就业两类情况。

③非理想的国内和国外同时均衡状态。

从宏观经济调控的角度看，上述三种情形都需要进行调整，以实现理想的均衡状态。调整的具体思路，简单地说，就是使 IS、LM 和 BP 三条曲线相交于一个能够实现充分就业的利率—收入组合点上。

这样，调整国内均衡和国外均衡的政策就可以分为三种类型：第一种国内和国外同时均衡类型是影响或改变总需求量的政策，例如财政和货币政策。这些政策将从总需求方面直接影响一国的经济活动水平。从理论上看，这些宏观经济政策都是可以移动 IS、LM 曲线的政策。第二种类型是调整支出结构的政策，例如贸易政策和汇率政策。这些政策主要在于改变或者影响经济活动的模式。从理论上看，这些宏观经济政策都是可以移动 BP 曲线的政策。第三种类型是抵消国际收支盈余或赤字的其他金融政策。在这三类政策中，第一类政策已经在前面作过解释和说明，第二类和第三类政策的详细内容可以在有关的国际贸易课程或国际金融课程中找到，这里，我们仅作适当的概要说明。

关于第二类宏观经济政策，也可以考虑进一步分为通过市场起作用的宏观经济政策和政府对经济的直接干预两类。通过市场起作用的宏观经济政策包括改变汇率、改变国内价格、货币供应量和利息率等政策措施。在其他条件不变时，本国汇率水平的变动（或者说本币升值或贬值）和汇率稳定情况下国内价格水平的变动，会影响进出口；国内利息率的变动，则使资本净流出额发生变动；货币供应量的改变则会在其他条件不变时既影响价格，也影响利息率，从而产生实际影响。最终，这些政策都会消除国际收支顺差或形成国际收支逆差，在图形上表现为 BP、IS 和 LM 曲线的移动。

政府直接干预的经济措施和手段，包括给予出口津贴、加征进口关税、实行出口退税、实行进口限额等。这些措施和手段会对进出口产生很有力的影响，因而也可以影响 BP 曲线，甚至 IS 和 LM 曲线，其影响情况与汇率和价格变动的影响大致通过市场起作用的宏观调整相类似。

第三种政策的实行，虽然不能改变国际收支函数，但是可以抵消国际收支失衡对国内经济的影响，从而收到与实现国外均衡相同的效果。这类政策主要涉及与资本流动、债务管理以及一国国外净资产的规模有关的金融政策。

下面，我们具体地考察两种情况下宏观经济失衡的调整。

1. 国际收支失衡及其调整

假定一国经济已经实现内部均衡，但处于外部失衡状态。换句话说，国内经济已处于 IS 曲线和 LM 曲线的交点，但这一交点却并不在 BP 曲线上，就像图 11-13 中的情况。

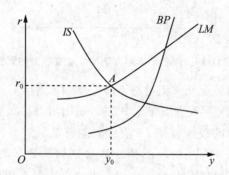

图 11-13　国际收支顺差与国内经济均衡

内部均衡由 IS 曲线与 LM 曲线的交点 A 所决定，这时，收入为 y_0，利率为 r_0。但由 y 和 r 所决定的 A 点位于 BP 曲线的上方（或左方），因而存在着外部失衡，更确切地说，存在着国际收支顺差。这时，要消除国际收支顺差，就要求 IS 曲线和 LM 曲线的交点既不能位于 BP 曲线的上方，也不能位于其下方，而只能位于 BP 曲线之上。要做到这一点，从图形上看，就要求三条曲线中至少有一条可以发生移动，以便使同一个 y 与 r 的组合点处于三条曲线的交点位置。应该注意：这种使一条或一条以上的曲线发生移动的调整过程，要取决于国际汇率制度是固定汇率制度还是浮动汇率制度。考虑到当前世界上大多数国家已经实行浮动汇率制度，我们在下面将着重说明浮动汇率制度下国际收支顺差的调整过程。

图 11-14 表示 LM、IS 和 BP 曲线代表存在国际收支顺差的情况。

一般来说，浮动汇率制度下国际收支顺差的调整过程大多是一种市场自动调节的过程。在该状态下，本国经济从对外净出口和资本净流入中获得的外汇量是正值，即处于顺差状态。也就是说，在我们考察的时期中，该国通过经常项目交易和资本项目交易，得到的外汇量超过了所支出的外汇量，结果引起该国外汇总量的增加。这会造成外汇市场上过剩的外汇供给。在浮动汇率制度

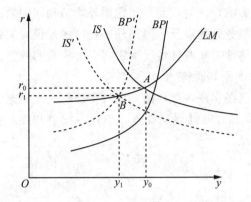

图 11-14 浮动汇率制度下国际收支顺差的调整

下，外汇的过剩供给将促使外汇价格下降，本国汇率上升。本国汇率上升表示该国商品相对于外国商品更加昂贵。于是，该国出口将减少，进口将增加，即净出口减少。净出口的减少会使 IS 曲线向左移动，汇率的上升也会使 BP 曲线向左上方移动。图 11-14 中，IS 和 BP 分别移动到了 IS′ 和 BP′。IS、LM 和 BP 曲线最终共同相交于 y_1 和 r_1 的组合点。在该收入和利率水平上，经济同时达到了内部均衡和外部均衡。但是，应该注意，在浮动汇率制度下，在上述调整过程中，中央银行一般不会改变本国货币供给量。因此，LM 曲统一般不会发生移动。

总之，在浮动汇率制度下，国际收支顺差的调整是借助于市场自动调节机制，通过 BP 曲线和 IS 曲线的移动来实现的。

关于国际收支逆差的调整原理基本和上面的情况相同，只是方向相反。对此，读者可以自己加以分析，此处不再赘述。

2. 经济内外失衡及其调整

对于这种情况，我们将从低于充分就业均衡以及同时发生国际收支失衡（以国际收支逆差为例）的状态开始考虑。

在图 11-15 中，充分就业的收入水平由 y^* 表示。经济的初始状态为：IS 曲线与 LM 曲线的交点位于 y^* 直线左边，这表明经济处在低于充分就业的均衡状态。由于 IS 曲线与 LM 曲线的交点不在 BP 曲线上，而处在 BP 曲线的下方，这说明经济处在国际收支失衡状态，更具体地说，这是国际收支逆差的状态。

如果政府的政策目标仅仅是实现充分就业或仅仅是实现国际收支均衡，则政策选择将比较容易：只需单独使用货币政策或单独使用财政政策就可以实现。

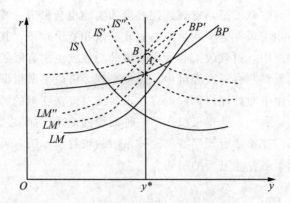

图 11-15　经济的内部失衡和外部失衡状态

例如，为了达到充分就业，可以通过扩张性财政政策使 IS 曲线沿 LM 曲线右移到 LM′线与 y^* 垂直线的交点处，或者，通过扩张性货币政策使 LM 曲线沿 IS 曲线右移到 IS′线与 y^* 的交点处。

再比如，为了达到国际收支均衡，可以通过紧缩性货币政策使 LM 曲线沿 IS 线左移到 IS′线与 BP 线相交的位置。如果政府的政策目标是同时实现充分就业和国际收支平衡，则需要将财政政策和货币政策协调使用。我们知道，BP 曲线与 y 垂线相交于 A 点。与 IS 曲线和 LM 曲线的交点相比，A 点意味着更高的收入和更高的利率。更高的收入可以通过扩张性财政政策达到：它使 IS 曲线沿 LM 曲线右移（扩张性财政政策也可以使利率稍微提高）。更高的利率，可以进一步通过紧缩性货币政策来达到：它使 LM 曲线沿 IS 曲线左移（紧缩性货币政策同时使收入稍微下降）。这种政策配合的结果将使 IS 曲线与 LM 曲线的交点不断接近 A 点。如果 BP 曲线保持在原有位置不变，则 IS 曲线与 LM 曲线的交点最终会达到 A 点。但是，IS 曲线与 LM 曲线的变动会引起总需求曲线从而价格水平的变动。在这里，由于 IS 曲线与 LM 曲线变动的结果是交点向右上方移动，总需求曲线也会向右移动，价格水平上升。价格水平上升造成净出口的下降，从而使 BP 曲线左移。BP 曲线与 y^* 的交点上移。假定 BP 曲线与 y^* 直线的交点由于价格水平上升而上移到 B 点。这意味着应当采取更加扩张的财政政策和更加紧缩的货币政策，才能使 IS 曲线与 LM 曲线的交点达到 B 点。

总之，从原理上说，在低于充分就业和国际收支逆差同时出现的情况下，政策调整的方针是，可以通过紧缩性货币政策提高利率以减少资本净流出，从而实现外部均衡，通过扩张性财政政策扩大总需求以提高收入，从而实现内部均衡。不过，应该注意的是，宏观调控政策的实施也会带来一些其他问题。因为作为封闭经济中实现充分就业手段的财政政策和货币政策，其功效就是有限的。而在开放经济中，财政政策和货币政策的功效就更加有限了。

由此，我们看到，在开放经济中，虽然宏观经济政策所依据的基本原理没有改变，但是，由于对外经济部门的存在，政策对经济变量的影响及其后果要比以前更为复杂。我们在这里仅仅作了一种简要的论述。如果读者希望进一步了解对外经济部门在整个宏观经济理论体系中的位置及作用，可以参阅有关的国际贸易和国际金融专业方面的书籍。

【延伸阅读】

华盛顿观察：奥巴马国际经济政策不得人心

11 月对奥巴马总统和他的经济政策而言是个沮丧的月份。在选举日投票中遭受"彻底失败"之后，总统的重商主义贸易政策在首尔举行的 G20 峰会上又遭到驳击。

在 G20 会议上他所强加的两项贸易议题——针对中国货币采取强硬措施和为达成贸易协定而与韩国极力讨价还价——都被断然拒绝了。即便同情奥巴马政府的《纽约时报》星期五在头版也承认"奥巴马的经济观点在世界舞台上遭拒，中国、英国和德国都向美国挑战——首尔的贸易会谈亦宣告失败"。

大多数的观察家赞同中国应继续采取灵活的货币政策，那就意味着人民币将更加坚挺，但奥巴马政府所坚持认为的中国的货币政策是全球复苏的主要绊脚石之观点则受到孤立。

全球领袖们拒绝了奥巴马政府超发 4% 国际收支经常项目顺差盈余和赤字的想法。德国财长布鲁德雷发出了来自欧洲大陆的强烈谴责，他将此项建议视为"旧式的中央计划经济"。

然而，最糟糕的时刻却是在于，奥巴马先生在试图与他的韩国东道主之间达成的美韩贸易协定因为政府坚决反对而铩羽而归。

在小布什政府任内谈判并于 2007 年签署生效的协议中，几乎取消了美韩两国之间在实施方面的所有的贸易壁垒。但是这项协议却因国会在汽车业条款上的反对而被延宕长达三年之久的时间。

众议院对"底特律三大汽车制造商"所宣称的该项协议无法达到排除汽车出口至韩国的非关税壁垒之声明非常敏感。他们基于美国从韩国进口的汽车远多于出口之事实而谴责韩国的贸易壁垒。局势在上周迅速明朗化，总统和美国谈判代表向韩国人施压，他们的目标或首要考虑的不仅仅是要进一步打开韩国市场，还在于延迟进一步开放美国市场。

在福特和克莱斯勒组成的全美汽车工人联合会的命令之下，总统迫使韩国方面延期适用在进口汽车方面逐步停止 2.5% 关税和 25% 运费的规定。全美汽车工人甚至要求出台一项汽车特殊保护条款，即如果韩国进口增长过于迅速的话，为安抚美国制造商起见，则允许强加特殊任务。韩国方面当然拒绝了市场开放条款之退却协议。

会谈中，奥巴马政府要求韩国放宽尾气排放和英里数标准，以便于美国汽车制造商可以更加容易地改装他们的汽车。这是一个同样的坚持其贸易伙伴方的所有贸易协议也必须加强环保和劳工标准的政府。然而，美国的谈判代表以强力姿态要求韩国政府接受他们自己的标准的同时，奥巴马政府却试图将售往美国的汽车强加以更高的英里数和排放标准。同样，韩国人不出所料地拒绝了。

与其以不合理要求将水搅浑，奥巴马政府毋宁接受具有百分之九十五完美的美韩自由贸易协定。美国国际贸易委员会估算该协定如果发挥全部效应的话，每年将会为美国增加 100 亿美元的出口额。那将为实现总统所设定的增加美国出口和为美国工人创造更高薪酬的工作的目标做出重要的贡献。

除了失去经济机会而外，奥巴马先生与韩国贸易谈判之不恰当处理是其重大的外交挫折。6 月份在多伦多举行的 G20 会议上，总统承诺与韩国总统李明博共同解决这次会议的歧义，并于 2011 年早些时候将协议呈送美国国会。事实上，奥巴马先生未能有效传达出他要减弱美国在其他的贸易谈判时的可信性之意愿，包括在多哈、卡塔尔等与世贸组织 150 个成员国之间不间断地会谈。

现在仍有时间去挽救美韩协定，并提交给将在 1 月份召开的具有潜在的更多支持友好贸易的国会。但现在，奥巴马先生必须在两家国内汽车制造商和他们的协会的狭隘利益与美国人民的政体经济和战略利益之间做出选择。

资料来源：腾讯财经，2010-11-29。

【思考与训练】

一、名词解释

IS-LM-BP 模型　资本完全流动　资本完全不流动

二、简答题

1. 调节国际收支的主要手段有哪些？

2. *IS-LM-BP* 模型与 *IS-LM* 模型有哪些不同？

3. IS 曲线的斜率在封闭经济和开放经济中有何不同?

4. 设一国边际进口倾向为 0.2,边际储蓄倾向为 0.1,求当政府支出增加 10 亿美元时,对该国进口的影响。

5. 在固定汇率情况下,国际收支平衡机制是如何作用的?

6. 对进口商品征收关税和实行进口限额对本国经济分别会产生什么影响?

三、计算题

假设某国的宏观经济模型为(单位:10 亿美元):

$$C = a + bY_D = 28 + 0.8Y_D$$
$$I = 20$$
$$G = 26$$
$$TR = 225$$
$$T = T_0 + tY = 25 + 0.2Y$$
$$X = 20$$
$$M = M_0 = mY = 2 + 0.1Y$$

(1)试求该国的均衡产出与贸易赤字(或盈余);

(2)用图示说明均衡产出与贸易赤字的关系。

四、论述题

1. 假如政府想通过改变汇率来减少贸易赤字,那么,政府应该采取什么样的货币政策?

2. 在顺差过热的经济情况下,应该采取怎样的宏观经济政策?

参考文献

[1][美]保罗·萨缪尔森，威廉·诺德豪斯. 经济学. 第16版. 萧琛等译. 北京：华夏出版社，1999.

[2]柴泳，杨伯华. 西方经济学. 成都：西南财经大学出版社，1993.

[3][美]查尔斯·沃尔夫. 市场，还是政府：市场、政府失灵真相. 陆俊等译. 重庆：重庆出版社，2009.

[4][英]大卫·李嘉图. 政治经济学及赋税原理. 北京：商务印书馆，1962.

[5]高鸿业. 西方经济学. 北京：中国人民大学出版社，2004.

[6]江泽民. 全面建设小康社会，开创中国特色社会主义事业新局面. 北京：人民出版社，2002.

[7][美]约翰·贝茨·克拉克. 财富的分配. 北京：商务印书馆，1997.

[8][美]鲁迪格·多恩布施等. 宏观经济学. 第8版. 北京：中国财政经济出版社，2005.

[9]李翀. 现代西方经济学原理. 广州：中山大学出版社，2003.

[10]李尚红. 西方经济学. 北京：中国物资出版社，2003.

[11]马克思. 资本论. 第3卷. 北京：人民出版社，1975.

[12][英]阿尔弗雷德·马歇尔. 政治经济学理论. 北京：商务印书馆，1965.

[13][美]曼昆. 经济学原理（上册）. 梁小民译. 北京：机械工业出版社，2005.

[14][美]保罗·克鲁格曼. 宏观经济学. 北京：中国人民大学出版社，2009.

[15]金太军. 市场失灵、政府失灵与政府干预. 中国论文网，2003.

[16][法]萨伊. 政治经济学概论. 北京：商务印书馆，1963.

[17][美]约瑟夫·E·斯蒂格利茨. 经济学（下）. 高鸿业等译. 北京：中国人民大学出版社，1997.

[18][美]罗伯特·巴罗. 经济增长. 北京：中国社会科学出版社，2000.

[19][英]威廉·配第. 配第经济著作选集. 北京：商务印书馆，1983.

［20］王海滋. 西方经济学. 武汉：武汉理工大学出版社，2006.

［21］许纯祯. 西方经济学. 北京：高等教育出版社，2006.

［22］［奥］约瑟夫·熊彼特. 经济分析史. 北京：商务印书馆，1996.

［23］［英］亚当·斯密. 国富论. 杨敬年译. 西安：陕西人民出版社，2001.

［24］［英］约翰·穆勒. 政治经济学原理及其在社会哲学上的若干应用. 北京：商务印书馆，1991.

北京师范大学出版集团
BEIJING NORMAL UNIVERSITY PUBLISHING GROUP
北京师范大学出版社

高教分社
社科室

地址:北京新街口外大街 19 号　邮编:100875
电话:010—58802786,58802753　传真:010—58802753
网址:www.bnup.com.cn　　电邮:skb@bnup.com.cn

高教分社社科室工作人员填写:
来源:电话/传真/信函/电邮/巡展/活动/会议/其他_____
获表日期:_____年_____月_____日　签收人_____
处理时间_____　用途:新建/更新　责任人_____

教师用免费教材样本申请表

　　请您在我社网站上所列的高校经管类教材中选择样书(每位教师每学期限选 1～2 种),以清晰的字迹真实、完整填写下列栏目,并由所在院(系)的主要负责人签字或盖章。符合上述要求的表格将作为我社向您提供免费教材样本的依据。本表复制有效,可传真或函寄,亦可发 e-mail。

姓名:_____　　　主要授课专业:_____

学历:□专科 □本科 □硕士 □博士 其他:_____（海外经历可一并注明）

职称:□助教 □讲师 □高级讲师 □副教授 □教授 □硕士生导师 □博士生导师 其他:_____

职务:□教研室主任 □系副主任 □系主任 □副院长 □院长 □无职务 其他:_____

学校全称:_____（若必要请注明所在校区）

学校地址:_____　　　邮编:_____

所在院、系、教研室:_____

电话区号:_____办公电话:_____宅电:_____手机:_____e-mail:_____（必填项）

授课科目 1:_____学生人数_____所用教材是_____出版社出版的《_____》

教学层次:□中职中专 □高职高专 □本科 □硕士 □博士 其他:_____

授课科目 2:_____学生人数_____所用教材是_____出版社出版的《_____》

教学层次:□中职中专 □高职高专 □本科 □硕士 □博士 其他:_____

教材指定者:□本人　其他:_____

所需要的教材样本书名	作者	定价

您认为本书有何缺点,具体应如何修改(可另附纸,您的意见被采纳后我们将酌付酬谢):

您近期高校文科教材方面有何写作计划:

您最重要的科研与教学成果:_____

院(系)负责人签章:_____　　联系电话:_____

感谢您对我社的信任,很荣幸接受您的意见和建议,祝您健康快乐!
欢迎您从我社高教分社网站 http://gaojiao.bnup.com.cn"资源下载"栏目下载教学课件!